家父盡了孤臣孽子之心，為人子的，
不能枕戈磨劍，代父分憂，已是十二分的抱憾。

小子今日在此一心學藝，以圖將來，不負家父所屬！

目錄

目錄

第一章　月下訪賢

明末清初，江南崔苻滿地，也有亡明遺臣孽子，嘯眾為患，雖是隨起隨滅，亦為可歌可泣之故事。

傳說太湖附近，有一個大鎮，鎮主史成信，為史閣部同宗，閣部困守揚州，成信已知大勢必去，即招集全鎮壯丁，辦理鄉團，實際是暗中訪賢納士，準備興大舉。但不久，揚州失守，清平鎮被圍，終以勢力單薄，全鎮被屠，史姓全家僅其公子未有遇難。

那村鎮被焚之後，即化為一片瓦礫，不久已成原野，後人多已不知史成信殉國的故事，幸有附近孟姓住戶，其先人曾與史公共事，史氏後裔即為其所救，孟姓世世相傳，尚能道出史公烈傳。

據說那個村鎮，在明末為清平鎮，全鎮管轄十多個村落，史家為全鎮大戶，成信為一不第秀才，因憤魏閹專權，紀綱敗壞，竟棄文習武，浪蕩江湖，結識高人甚多，劍術雖不甚精，亦與庸俗不同。李闖張獻作亂時，即糾合鄉勇準備防範，至清兵南下，預知大勢已去，明知不可為而為，決心整頓清平鎮，思與清兵一抗。

在史成信聚義之初，正在深秋時候，一日史成信與鎮上諸傑，同聚史宅大廳，於明月之下，飲酒浩歌，賦詩言志，那首詩至今孟氏遺裔仍能道出，詩云：

鞞鼓軒軒動未休，關心楚尾與吳頭。
豈知劍氣升騰後，猶是胡奴擾攘秋。
萬里江山多築壘，百年身世獨登樓。
匹夫自有興亡責，肯把功名付水流！

詩情激昂慷慨，堪稱一世，諸人自然稱美，也隨聲附和，史成信連飲三大觥，微有醉意，席上杯盤狼藉，燈闌酒盡，諸客紛紛告辭，史成信送出廳來，望著天邊明月，尚覺得戀戀，不肯便回，遂吩咐侍從向北行退去，只留二三壯丁護從左側，向鎮邊巡查，徘徊良久，方和二三侍人，跨上雕鞍，緩緩地踏月歸去。

在歸途中，史成信忽見清平鎮西邊數株大樹之下，罩著一家水邊人家，竹籬茅門，樸而不華，門外還張著一個大漁網。

在竹籬內，忽然有白光一道，閃閃霍霍，若銀龍般上下飛舞，史成信不覺駭異道：「這地方哪裡來的劍氣刀光，事非偶然，必有非常之人在那裡隱藏著，我既然見到，一定不肯放過。」

一個壯丁道：「那邊平常都住著些漁戶和養豬的，何來非常之人？」這時候劍光還在閃爍，不過沒有起初時的奔放夭矯了。

史成信搖搖頭道：「你們哪裡曉得？」說著話，把手向西邊竹籬內，指道：「你們不見那邊的白光嗎！」眾人正要看時，一剎那間已沒有了，史成信正有大志，怎肯默爾而息，立即就帶了壯丁，向那柳林走去。

到得那地方，立刻籬畔，凝神向裡注視，只見籬內是個空場，有幾株梧桐，梧桐樹下有一張小小的方桌，桌上放著些酒餚，有兩個人面對面地正坐著飲酒。一人年近五旬，頭上挽個短髮，身披短袍，足踏草履，像個漁翁模樣。又一個也有四十多歲的年紀，黑布纏頭，雙目爍爍如電，身穿一件藍布夾袍，足蹬薄底快靴，手裡托著酒杯，在那人身邊的梧桐樹上卻懸著一柄寶劍，綠鯊魚皮鞘，杏黃流蘇。史成信看著，暗暗點頭，遂命侍從上前叩門。

這時已有三更，裡面的人正在豪飲，忽聽叩門，驚起一陣犬吠，那個漁翁模樣的人臉上立刻露出驚異的神情，向對面的人說道：「半夜三更還有誰來敲門呢？」一邊說話，一邊藉著月光，也已看見籬外的騎影，難免更是疑異，遂和那人一齊立起身來，那人便摘下樹上的寶劍，掛在腰下，一同走到外邊來開門，呀的一聲，柴門已開，史成信不待詢問，很客氣地說道：「鄙人史成信，忝為本鎮聯莊會會長，今夜巡邏到此，口舌燥渴，借杯水酒如何？」那漁人端詳了半晌，笑道：「史莊主眼力果然不差。」哈哈一笑，便拉了史成信的手進去，一面介紹自己道：「我姓孟名哲。」又指那黑布纏頭的道：「他姓鍾名常，平日好習槍棒，方才酒後練習，被莊主見笑。」

史成信和鍾、孟二人一同坐下，孟哲端過酒來，先談些國術，便談到明室覆亡，天下大亂，三人志同道合，又在酒後，不免披肝露膽，有話便說，說得興起，鍾常拔出劍來，擊案作聲，孟哲道：「鍾仁兄，何妨舞起一套，請莊主指點。」

鍾常對成信說一聲「放肆了」，便將外邊長衣脫下，拔出寶劍，寒光耀目，走至梧桐樹之東，將劍一揮，從容起舞。初起時上下左右，好似落英繽紛，舞至後來，但見一團白光，兔起鷹落，不睹人影。史成信拊掌稱好，忽然白光如車輪般直滾至東邊牆側，突又飛回來，則如白練繞樹，在桐樹下旋轉三四，方才止住，人影復現，成信眾人莫不驚奇。孟哲道：「鍾常兄夙諳國術，確是俊傑之士，但鄙人卻老而無能，結廬於此，終日捕魚，不問外事，只求安樂地做一湖上漁翁，以老天年罷了。家中有一老妻，既無兒女，又無昆仲，打得魚歸，換來美酒，藉此澆愁，且以嬉樂，所以生平唯有麴酒與小人最親了。前二年釣魚湖上，得遇這位鍾兄，他隱居湖濱，足跡罕入城市，性亦喜酒，我常常送魚給他吃，他請我喝酒，二人遂為知交。今日他因我數日未至他家，故來探望，痛飲濁醪，舞劍助興，敢勞莊主駕到，這是夢想不到之事。」

史成信笑向鍾常道：「鍾兄先前作何生理，可否告訴一二。」鍾常道：「少年無賴，實不足道，年來國事蜩螗，我輩只能憤憤，實亦無力迴天，便來到洞庭西山太湖之濱，買得茅屋三椽，隱居在青山綠水中，種竹栽花，以終吾生。膝下只有一個女兒，名喚紅薇，且喜天性聰慧，如嬌鳥依人，足使小人忘憂解愁，伊性喜學習國術，小人遂把自己會得的教她一二，又令她入鄰家一個私塾裡去讀些四書五經，因為小人唯一的希望也就只有在我女兒身上了。其他時候當泛一葉扁舟，在太湖中徜徉自樂，孟老漁翁能飲一石不醉，不慕名利，垂釣湖濱，小人認為是個高尚之士，志同道合，所以常相往來，今宵貪賞月色，猛飲少舞，卻不料驚動了莊主，謬蒙讚許，彌覺汗顏。」

大家又談了半晌，直至五更，史成信才和壯丁回鎮。

史成信得到鍾常、孟哲兩人，幫同整頓鎮上防務，並又聯合各莊有志壯丁，聲勢漸壯，這時便聽到史閣部死守揚州，揚州攻陷的消息，史成信痛哭流涕，誠繼閣部遺志，恢復亡明，鍾常、孟哲，亦扼腕不已。

忽一日，守鎮壯丁報告，清兵偵得本鎮聚議，派兵來圍，鐵騎數千，勢力雄厚，請莊主定奪。孟哲道：「我鎮新培武力羽毛未豐，恐難抵禦清兵。」史成通道：「雖然如此，我等也得死守，才對得起閣部。」便傳知全鎮各村，小心提防，準備死守。

清平鎮聯合十多個村落，招集壯丁也還有一千餘人，因史成信極力招納，其他各地流亡到此的倒有三千以上，合計五千餘人，聲勢也還不小。清兵最初小覷了這個地方，只派來少數兵卒，攻打本鎮，哪裡禁得住清平鎮上的人，正是一場熱血沸騰之時，幾次交鋒，清兵都被打退，鎮上情形，變為小康，一般無識壯丁，便不由得興高采烈起來。

孟哲暗和鍾常計議道：清平鎮地勢狹小，清兵屢次不入，等到他處戰事結束，定要派大兵前來，如那時眾寡不敵，必無幸理，史成信立志玉碎，只是全家婦孺，如何安排？史成信只有一子，名叫史麟，自幼知書明理，又學習武功，確是一個有希望的青年，若是一日玉石俱焚，史家豈不絕嗣。

鍾常聽了，默然半晌，便道：「仁兄先離開此地，擇一幽僻所在，一到事機緊急時，我必能想法救出史麟。」孟哲道：「還是先和史成信表明，以免臨時找尋史麟不著，以致誤事。」

二人計議決定，便去拜見史成信，說明來意。史成信最初還是執定全家殉難的見地，後來孟哲再三解說：第一是後嗣問題，第二是將來遇機再舉的問題。史成信看著鍾常，深信他有一些本領，把史麟託付與他，將來必有希望，也便同意。

當下叫史麟道：「現在清平鎮危如累卵，我志已決，以身殉國，毫無猶疑。只你年紀還輕，這樣殉難，未免可惜。現有你鍾、孟兩伯父，為當代豪俠，將你帶出清平鎮，今後一切聽鍾、孟兩伯父的指教，不要忘掉你自己的前程，不要忘掉你父親的志願。」

史麟年只十幾歲，聽了父親的訓後，落下淚來，史成信便著家人備了筵席，請孟、鍾兩人痛飲，把他一首詩抄寫了交給史麟道：「我一家許國，無物遺留，這首詩要你好好地儲存，日後見了詩就如同見了我一般。」

此日上午史麟帶了行李箱篋來見孟哲、鍾常，要跟從鍾常和孟哲到太湖去。他們三人先至孟哲家中，在孟家中用了午飯，便把自己的漁舟，載送鍾史二人到太湖。漁舟一葉，駛入萬頃煙濤，湖光山色，上下一碧，真是好看煞人。蘆葦中時有漁舟出沒，一群群的野鳥迴旋飛翔，又有許多網船，魚貫而駛，船上都是些裸足袒胸的漁人，唱出很好聽的漁歌。大好水雲鄉中，別有風景，使人心曠神怡，寵辱皆忘。

在紅日西墜時，孟哲漁船已駛至一個小小的灣中，湖水漸淺，而清晰可以照影。鍾常回轉頭來，見史麟正一手支頤向遠處遊目而觀，就笑嘻嘻地對他說道：「少莊主，你坐了半天的船，覺得厭氣嗎，到了到了。」說著話，一手指著岸上竹籬東邊三四間矮屋，臉上滿面的笑容。史麟跟著看時，見那三間瓦屋，牆上都有綠色薜荔，隨風蕩漾，如碧浪一般；院裡面有翠柏一株，亭亭如蓋，又有修竹數竿，甚是清幽；門外兩扇柴扉悄悄地閉著，籬邊還有數叢黃菊，真是個隱士之家，遠離塵囂。岸邊有兩株柳樹，可是時已三秋，柳絲已謝，只是稀朗朗地剩著數條枯黃的垂絲，水邊正有一群鴨子在那裡戲水逐波，呷呷的叫著。漁舟已到岸邊，徐徐泊下。湖水很高，和陸地相去無多，水邊且有很平正的石堤，所以三個人很不費事地走到了岸上。孟哲又用舟上的一根鏈把小舟繫在了水邊一根木樁上。鍾常已去叩動柴扉，只聽門裡有人問一聲是誰，這聲音清脆而婉媚，傳入耳鼓，如聽黃鳥在枝頭上弄音。史麟定睛看去，呀的一聲柴門開了，走出一個小女子來，年可十六七許，桃臉含霞，柳眉映翠，生得非常清麗，穿著一件淺紫色的短褂、淡綠色的褲兒，足下卻是一雙天然腳，踏著黑緞繡紅花的大鞋兒，怪觸目的，頭上梳著兩條小辮兒，用紫色絲線紮著，飄在兩肩，甚是好看。她一見鍾常，便撲到他身邊去說道：

「爹爹，你怎麼又去了多日，在外邊忙些什麼，丟下我一個人在家裡，好不冷冷清清。」說著話，又向孟哲叫一聲：「孟老伯，你也同來嗎？」一眼又看見史麟站在二人背後，不由一呆，四目相視，各人都覺得眼前十分光亮。鍾常一手摸著他女兒的小髮辮，哈哈笑道：「醜丫頭不伴你遊玩嗎，你只要好好讀書，好好玩耍，在此地怕有老虎來吃掉你嗎？我自有我的事，不得不向外邊走走，今天我和孟老伯還帶得一位小朋友來此，來，你見見，他姓史，名麟，是個很有志氣的少年。至於他的來歷，少停再行詳細告你。」一邊說，一邊將手向他一招道：「這就是小女紅薇，將來你們要常在一塊兒玩耍，一塊兒學劍，不可不見見的。」史麟知是鍾常的女兒，忙上前磬折為禮，紅薇也福了一福，卻躲在她父親背後咯咯地笑。於是鍾孟二人，又去漁舟中幫著他忙將行李搬出船來，帶到鍾常家中去。紅薇在旁看著，她不知來的少年究竟是個何許人，像要住在她家中的模樣了，心裡十分奇異，但看這人的相貌態度，雍容英華，絕不是尋常市井小民呢。

孟、鍾等一行人走入裡面。庭院很是寬敞，種著許多花木，那亭亭如蓋的翠柏，即挺立在東窗之前。正中三間屋子，左面是一客屋，右面便是臥闥，中間卻是客堂。有一個蓬頭麻面的醜陋不堪的丫鬟，從客屋裡跑出來，向鍾常叫一聲：「老主人回來了，紅小姐天天盼望你歸家呢！」說著話，她見主人手裡拿著東西，便過來接在手中，又到孟哲、史麟身邊，把行李都接了過去，雙手扶著箱篋，好似一些不用氣力似的，飛步走入客屋中去了。史麟看著，覺得這個丫頭的氣力也著實不小了。他隨著鍾常等步入客屋，見客屋中的陳設甚為簡樸潔淨，正中懸著松竹梅歲寒三友的中堂，旁邊掛著一副張旭草書的對聯，不知是真是假。鍾常早一拉手請他們二人到客屋中去坐下。孟哲是常來的，也不用客氣，他握著史麟的手，踏進室中，便讓他在屋裡的大椅子裡坐了。史麟見二人沒坐，他也不肯就座，只是負著手在室裡細細端詳。室中陳設也很簡單，供著數盆盆景，鍾常請他們二人上坐，自己和紅薇坐在下首相陪。此時丫頭已放下她手裡的行李，端上茶來。鍾常舉起茶杯，說聲請，又對史麟說道：「少莊主，這裡僻處湖中，一切都是簡陋得很的，少莊主向來養尊處優，不知驟然間到了茅居，可過得慣這種寂寞生活嗎？」少莊主道：「鍾老丈，小子隨老丈到此，是奉著家父之命，一則預防不測，二則跟著名師習藝，並非貪圖逸樂。家父盡了孤臣孽子之心，為人子的，不能枕戈磨劍，代父分憂，已是十二分的抱憾，今託給於老丈，蒙老丈盛情許可，不以互鄉童子見棄，收諸門牆，心中銘感，何日忘之，故小子今日在此一心學藝，以圖將來，不負家父所囑，不知有他，安敢耽於安樂，自誤前程。管子有言：『晏安鴆毒，不可懷也。』孟子亦云：『生於憂患而死於安樂。』小子能不特別自勉呢！務請老丈把我如一個小孩子看待，耳提面命，一切不用客氣，這才是小子的大幸了，又少莊主這個稱呼，也望免掉，只呼名字便了。」

鍾孟二人不防史麟小小年紀，竟會說出這種話來，真是深明大義，不由得連連點頭，連在旁邊的紅薇聽了，也把一雙曼妙的目光，射向史麟的臉上，鍾常說道：「少……」說到「少」字又縮住了口，改說道：「我，那麼就遵命了，大膽喚你的大名了，你所說的話，句句打入我的心坎，足見你的胸中有志，使我們十分佩服，只恐我們才疏學淺，不足輔導呢，此後我們都要如自家人一般。你住在這裡，如嫌寂寞，我女紅薇也隨我學習武技，自可一同練習，有個伴侶便可活潑一些，只是我女生長草野之中，性情雖然直爽，而恐她不知禮儀，如有冒犯之處，請你不要與她一般見識。」

史麟道：「老丈你又要客氣了，小子既得老丈指點國術，又蒙視同家人一般，教令嬡和我一起練習，如此優渥，五衷感激，只恐小子有什麼不當之處，還請老丈也要原宥。」紅薇聽他們說話，只是嘻開著嘴笑，忽然她好似想起了一件要緊事情的，跳起身來對父親說道：「哎呀，我幾乎完全忘懷了，今天早晨柏樹村的何正送來一筐洋澄湖的大蟹，說是他的親戚從唯亭帶來的，他因爹爹喜歡吃酒，所以不欲自嘗，特地送來給爹爹吃的。我因爹爹不在家，不知何日回來，要想退回他，但他一定不肯帶回去，他教我待到晚上，父親不回家時，可以把它洗乾淨放在甕中，飼以米粒，隔二三天不死的，我只得受了，恰好爹爹和孟老伯等回來了，家中沒有家餚，這時正好享受，爹爹要不要立刻做來吃呢？」

鍾常一聽有蟹，便笑起來道：「妙極了，我正想吃這個東西，洋澄湖蟹又大又結實，今晚可以大家飽啖一頓了。」紅薇道：「我去拿給爹爹看。」說著話，早已跑出去了，一會兒手中提著一個大筐子，放到鍾常的腳前，說道：「爹爹請看這蟹大不大？」鍾、孟等三個人一齊走近看時，見那筐子外面是用一根根竹籬做柱，空著很方的格子空隙，看到裡面約莫有二三十隻大蟹，重重疊疊地伏在其中，金爪鐵殼，唾吐成沫，果然不是平常河裡的小蟹，做熟時金膏玉質，其味無窮。鍾常說一聲：「好大蟹！」便叫一聲阿俊，那丫頭便跑了進來，鍾常吩咐伊道：「這一筐子的大蟹，你快拿去一一地洗了，放在鍋中去燒，我們今晚要吃大閘蟹咧。」醜丫頭答應一聲，拿了竹筐便走。

此時天色已黑，紅薇便去掌上燈來，對鍾常說道：「這許多蟹恐怕醜丫頭對付不了，待我去幫她的忙。」鍾常點點頭道：「很好，你去端些醋和薑，再把那半隻火腿切了熬些湯喝，並預備幾樣吃飯的菜，從後面菜園中摘些大菜切幾顆，把蝦米一同燒，捕的魚也可煎一段，再把甕中的酒舀起四五斤來，燙熟了一齊拿上來。」孟哲把手搖著道：「我們都是自己人，不必多勞令嬡，隨便吃什麼就是了。」史麟也道：「今晚有鬧蟹足供大嚼，老丈不要多忙。」鍾常哈哈笑道：「這算什麼呢。」

紅薇退到外面去，鍾常卻脫去了長衣，先到外面客屋裡，把兩張桌子拼在一起，又去點亮了正中懸著一盞玻璃燈，走至庭中，把籬邊陳列著的十多盆菊花陸續搬進來，放在桌上，史麟立即幫著同搬，菊花已是怒放，紫的、黃的、白的、紅的，齊色各樣，清香撲鼻，鍾常錯綜地把菊花放好了，向孟哲微笑道：「今晚我們可以效古人行螯賞菊了，這都是何正所賜的，但這一筐的大蟹確乎是不容易吃呢，其中尚有一段曲折的經過，至今思之，尚有餘悸，現在趁這還沒有做好的時候，你們請稍坐，待我講出來給你們聽聽吧。」

第二章　楓村拯弱

汪洋三萬六千頃，七十二峰，沉浸其間，風景的偉舉，足以蕩滌俗慮。而在這個水雲鄉中，所居的許多人民，都有特異的習俗，和外間又是同又是不同。隱士鍾常，攜愛女紅薇及醜婢阿俊，倦遊歸來，卜居湖南紫雲村，起初鄉下人對於他們不甚熟悉，自然有些歧視，可是後來鍾常和他們相處得熟了，大家佩服他的國術和他豪爽而有禮的性情，一村之中凡有疑難之事，常要找他來商議，所以鍾常在紫雲村中，儼然為一巨擘。

然他並沒有別的心思，對鄉民們甚是謙恭，他自己的生活也十分清閒，有時和老漁翁孟哲飲酒談天，有時教他的女兒紅薇學習劍術，其他時候，每每喜歡獨自一個人駕著扁舟到太湖中去隨處遨遊，竟日而歸。

這一天正在清晨，他是一天亮就要起來的，在家裡吃了一些東西，立刻坐了一隻小船，想出去遊湖，因其時天高氣爽，正是中秋已過，重九將臨之時，太湖裡秋色大有可觀，鍾常遂一清早便要出去了，紅薇知道她父親的脾氣，說什麼就要做什麼的，只對她父親一笑，說道：「爹爹早去早來。」鍾常答應一聲，到湖邊去下了船，鼓動雙槳，駛出紫雲灣，便到了萬頃碧浪之中。

太湖裡的村子很多，大家都是聚族而居，民風厚樸，然而又有些橫暴，男女之間，桑間濮上之風，也很盛行。這時正值鄉民大捕野鴨的當兒，那野鴨在太湖裡最多，要算是湖中的特產，每值秋季，淺汀蘆畔之旁，一簇一簇地成群而翔飛，黃嘴翠羽，到處覓食。因為野鴨的肉味鮮而且香，是野味中的上品，尤以富人酷其甘，鄉人遂在此時，爭捕野鴨，一對對拿到城裡去賣。他們捕野鴨的方法，有些特殊，人們往往帶著火槍，悄悄地潛伏在蘆葦葉中，等鴨子們起飛的時候，便迅速地開槍射擊，一槍放出時，有許多很小很小的彈丸，野鴨紛紛下墜，但這不是最良好的方法。大多數的鄉民在晚上到湖邊去安排下捕野鴨的網，專待野鴨覓食時自投羅網的，到了清晨，鄉民們叫他們家裡的女兒或是童養媳到水中去取已入網的野鴨。

這些女子大部分是十七八歲的少女，身體很是康健，泅水術也熟諳，身上脫得赤條條的，只穿著一件入水的肚兜，用幾根帶子上下束著，掩護了她們的私處和胸前的雙峰。她們很天真地一個個奮勇跳下水去，泅到她們的捕鴨網所在，見了網中滿滿的野鴨，好不歡喜，大家負著網，連網帶鴨，從水裡扯回家去解俘。

鍾常出來的時候，正遇見這些捕鴨的少女，他看著很覺有趣，又遇見許多網船都往湖心裡去捕魚的，成群結隊去趕著水上生涯。鍾常劃了一會兒，稍覺乏力，遙見東邊有一座小山，山下紅葉蕭疏的林中，有一個村落，鍾常便想到那邊村子裡去玩玩，所以將小舟划進灣去，正要泊了舟上岸，去小酒店裡喝些酒，休息一會兒，再往別的地方去遨遊。忽見岸邊有一個年輕的漢子，形色敗壞，腳步匆忙地向太湖邊來，背後有一夥人緊緊地追趕。那漢子跑到水邊，滿頭是汗，見了鍾常便呼救命。鍾常雖不知是怎麼一回事，但見到許多人緊追一個人，而這人又向自己求救。他本是一個俠義之輩，怎能袖手旁觀？遂將小船靠近了岸，向那漢子一招手道：「下來吧。」那漢子跳到船裡，氣喘吁吁的，向鍾常說道：「老丈，可憐我的，快快把我搖開去，岸上那些追趕的人，要將我置於死地呢。」鍾常因為事機急迫，也來不及細向根由，立刻把船划向灣外去，划到一箭之遙，岸上追趕的人已到水濱，高聲大喝：「你這小子逃到哪裡去，誰敢把他救去，誰就要和他一同處死，還不將船划回來嗎？」鍾常不去理會他們，只顧將小舟划向外邊去，要脫離他們的威脅，又聽岸上人喊道：「哼，憑你們逃到什麼地方去，老子一定不肯輕易饒過的，天下有這種便宜事嗎，滅損了班家的威風。」

鍾常出了村灣，已望不見岸上的人了，看這漢子年紀還不滿二十歲，面貌生得還好，但略有些傻態，身穿一件青灰面袍，並不像農家之子。此時他伏在船中，滿露著驚惶的形態，似乎十分可憐。鍾常一面划槳，一面細察這人既不像盜匪之類，為什麼岸上那些人緊追不捨，一定要把他處死，忍不住向他問道：「你姓什麼，是不是這村中的人，他們為什麼要害死你？究竟為著何事？你要告訴我知道。」鍾常問時，只見他臉上一紅，囁嚅著說不出話來，只說：「小子姓何名正，但人家都喚我何傻子，並非這裡村裡的人，是住在鄰近的柏樹村，小子實在是做事太荒唐了，以致鬧出這個亂子來，他們定要殺死我，但小子實在是三房合一子的，請老丈援救我出險，當結草啣環以報。」鍾常聽他說話倒還斯文，像個念過書的，他自己雖是個武夫，平常卻很敬佩讀書種子，所以他更是不忍眼看何傻子被那些人給害了，又對他點點頭道：「你不要害怕，我必救你出險。」何正卻把手向背後一指道：「哎呀，不好了，老丈，你看他們追來了。」鍾常回頭一看，見背後五六條浪裡鑽的小船如飛一般地向自己船追來，每隻船上立著三四個人，手中都高高舉著棍棒、鋼刀等武器，又有二人划著槳如火如荼，好似遇到了湖匪，鍾常雖把自己的船向前緊搖，但速力卻差著甚遠。一剎那間，後面的浪裡鑽小船越追越近，便有人高聲喝道：「你這人好大膽，是從哪裡來的，載著這小子逃學生，莫非和他是同黨嗎？好待老子來收拾你們一同去見閻王！」

何正指著後面當先一條船上握著鐵棍站在船頭的一箇中年漢子說道：「老丈，這人就是此間丹楓村裡的班老四，別號赤尾蛇，設著拳社，招募弟子，聽說他的本領很好的。老丈，以我看難以逃走了，他們追得漸近，老丈你能夠把我送到柏樹村嗎，到了那裡，我們村中也好出來相助了。」鍾常搖搖頭道：

「一則我不曉得往你們柏樹村的水路怎樣走法，二則時間也不早了，這不是他們已是追近嗎？」何傻子哭喪著臉說道：「那麼怎樣辦呢？不是又害了老丈嗎？」鍾常哈哈大笑道：「你雖年紀輕，卻為何這般不中用，憑我一人一力，包管擊退他們，你會搖槳嗎？你快坐到船艄來，代我搖槳，我自己在船頭上去對付他們。」說著話便將手中的槳交給何正，何正有些似信不信地說道：「搖槳我是會的，但老丈手中沒有兵器，又是一個人，怎敵得過他們十數個男子呢？」鍾常道：「這個你莫要管，我自有能力，你只要好好兒地搖著槳，心裡千萬不要驚慌，把船搖得穩定，就是你的責任，其他天大的事有我一人擔當，不要說這些十來個胎毛未乾、初出茅廬的小子，便是有千百兵馬在前面，我也視若無物的。」遂把他自己身上的長衣脫去，走至船頭，喝令何正把船調轉身去，何正這時也只得硬著頭皮，調轉小舟，唯望鍾常抵擋一陣，聽天由命。

當鍾常的船調轉身來時，丹楓村上的追來的船已相隔一丈來遠了，那個班老四惡狠狠地舉起鐵棍，向鍾常說道：「你叫這小子快快束手就縛，免得我們動手，誰叫他跑到我們村子裡做歹事，我若饒了他，就不再姓班。」鍾常抱著雙拳，很鎮靜地立著，不動聲色，等班老四的船近時，方才開口說道：「凡事有理可講，何必要如此蠻幹，姓何的究竟有了什麼罪，你們把他看作盜賊一般呢，倘是好好地講話，我願意代你們排難解紛，消怨釋嫌，豈不是好。」班老四道：「你既然不知內中情由，用不著你來多管閒事，只要交出姓何的小子來，我們也不來傷害你，何苦要袒護這小子，若強欲出頭，那我就不客氣了。」鍾常聞言，冷笑一聲道：「姓班的不要自恃技高，你有棍子，我有雙拳，不妨來比試比試吧。」

班老四聞言，氣往上衝，說道：「你這人有多大本領，敢是吃了豹子膽，來此挑釁。」旁邊又有一個拿著短刀的少年，說道：「四哥，你和他多說什麼。」班老四的船這時已和鍾常的船接近，看著鍾常赤著空拳，更不放在心上，他把手中的棍子緊一緊，直向鍾常胸口搗來，鍾常哪裡注意他，等到棍子貼胸時，身子向左邊一側，伸右手乘勢向前一抓，早將那根齊眉棍搶住，班老四等也未免太大意一些，故此被鍾常抓住；他心裡一想，連忙用力要把棍子收回去。但是鍾常怎肯放過這機會，早運用神力，向裡面一帶，班老四沒有鍾常力氣大，立足不穩，身子向前直倒，口裡說聲不好，連忙將手一鬆，身子跌到船頭上，兩手撐住，若不鬆手時，早跌入湖中去了。鍾常的身軀只微往後略側一側，一根齊眉棍早已搶到手裡，此時的鍾常真是如虎添翼，挺著這根棍子，瞋目大呼道：「哪個還來嘗試嘗試這根棍子！」船後的何正看著也不由愁眉頓開，嘴也張開來了。

班老四跌得快，爬得也快，站起身子，見自己的棍子已落入他人之手，左右都是他的朋友和門下，平日夜郎自大，目空一切，常在他們面前誇口，今日竟然當眾出醜，怎不羞愧，臉上立刻漲得紅紅的如豬肝一樣，便從他的同伴手裡取過一柄樸刀，咬牙切齒的對鍾常說道：「你趁我不防，奪我棍子，何足道哉，須吃吾一刀。」說著話，惡狠狠的一刀照准鍾常頭上砍來；鍾常有了棍子，便把齊眉棍去撥開班老四的刀，還手一棍，向班老四下三路掃去，班老四急忙跳過，險些兒著了一棍，便又覷準鍾常的咽喉，疾刺一刀；鍾常橫棍格住。兩人鬥得不到五六合，班老四的刀方向鍾常腰間刺去，卻被鍾常將棍子使個旋風掃落葉，和刀背碰個正著，班老四手中那柄樸刀，早已飛到三丈外的水面上去了。

眾人見鍾常厲害，呼哨一聲，四面擁上來，想要以多取勝。鍾常不慌不忙，將棍子從容舞開，只見上下左右都是棍影，宛如一條匹練，忽東忽西，眾人哪裡是他的對手，碰著棍的，不是頭青臉腫，便是打落下水，一連打落了四五人。鍾常一心要把他們擊退，救出何正；忽然聽得何正在背後說聲不好，回轉頭來看時，只見船後水裡上來兩個漢子，揿住何正衣服，喝了聲下去，撲通一聲響，何正早已躍翻水中去了，接著水裡又伸出兩條手臂來，扳住船頭，自己那隻小船便滴溜溜地打轉起來。鍾常知道不妙，忙將棍子往船幫一掃，手便縮下去，船也不轉了，但又見水裡探出幾個人頭來，向他窺探，又有一個漢子浮出水面，手裡挾著何正，溼淋淋地抱上對面一條小船上去了。此時鍾常方知被他擊落下去的人都會水性的，他們不能以力取勝，便來水底暗算自己了。何正被他們捉去，船上無人搖槳，自己一個人又要力戰船上的人，又要對付水裡的人，真是孤掌難鳴，不免要吃他們的虧呢。他一面手裡毆鬥，一面眼睛帶望著水波之中，他們可要再來扳船；倘然自己的船傾覆沒，那麼自己雖勇，不諳水性，便要得到大大的危險。他正在思想之際，水底裡果然又有幾條手臂來扳他的船，他又將棍子去掃時，手又縮下去了；一會兒船梢已被人扼住，這船又滴溜溜地打起轉來。鍾常知道這個樣子，是終於要吃虧的，顧了前不能顧後，不容易防護好自己的船隻，於是他縱身一躍，跳到了班老四的船上。

班老四剛才手中的棍被鍾常奪去，刀也被他磕去，他手裡又換了一柄短劍，正在指揮同黨，包圍鍾常。不妨鍾常勇氣無雙，驀地跳到自己的船上，不由心裡嚇了一跳。鍾常直奔到他的面前，喝一聲：「小子不要以人多為勝，看你家鍾爺來捕你。」說著一棍打班老四的肩頭。班老四把短劍架住他的棍子，已知他的厲害，心中膽怯，硬著頭皮迎戰。鍾常覷個空隙，一棍擊中班老四的大腿，就在船中，趁勢奪了班老四手中的短劍，插在自己的腰裡，右手握棍，左手揪住班老四的髮辮，高高提將起來。

眾人見班老四被拎，蜂擁而前，尚欲來援救，鍾常高聲說道：「姓班的小子已為我擒，難道你們的本領還比他高強嗎？誰敢上前來救的，我就叫他劍下喪生。」說罷，又把棍子放下，從腰帶上取下短劍，提著班老四的後頸說道：「你快叫他們不得動手，否則我先殺死了你，再去對付他們。」班老四這時性命已在他人掌握之下，顫慄不已，連忙依著鍾常的話，向眾人說道：「弟兄們快快住手，莫害了我的性命。」眾人聽班老四呼喊，又見鍾常威風凜凜，不可侵犯，立刻呆呆地都停住，鍾常見已鎮住強人，心中暗喜，遂又吩咐班老四道：「你快叫水裡的人一齊上來，不許在下面暗算，不然我就把你的頭割下。」

班老四道：「我說我說，請你千萬不要傷我。」便又對水裡的人說道：「水中的弟兄都上船來吧，不要動手。」水裡的人正在無主意，聽了班老四的話，果然一個個都跳了上來。鍾常又對眾人高聲說：「你們如要我釋放姓班的，快些先將姓何的釋放回船，要不然我可先殺了姓班的，再和你們廝殺。」眾人聽了這話，猶豫不決，鍾常又把短劍在班老四耳朵上觸了一下，說道：「你也吩咐他們一聲。」班老四忙又說道：「弟兄們快把這人放了再說，今天我們算輸了。」班老四說過這話，便有一人放了何正，放他爬回自己船中去。

鍾常見何正已回到自己船中，沒有損傷，心中大為安定，班老四哀告道：「我都依了你說的話，此刻你總可以把我放下來了。」鍾常道：「你別慌，只要你能順從我，絕不至於傷你，但此時還要稍緩片刻。」他說完了這話，仍把班老四高高舉起，短劍插在腰裡，提起棍子一步步地走回自己船上，又對眾人說道：「你們若要我放回姓班的，那麼你們只可留下一條船、兩個人，隨我的船再往前行，到了相當之處，我自然放他，讓他坐船回去，其餘的船都不許逗留，快快回去村裡等候，大丈夫出言如山，絕無更改，我絕沒有片言隻語哄騙你們。」眾人聽了面面相覷，做不得主。鍾常又和班老四說道：「你快快說吧。」班老四嘆了口氣，只得對眾人說道：「弟兄們請留下一條船，兩個人隨我同去，其餘的人只好先請回去，等我回村再作道理。」眾人聽了班老四的吩咐，果然留下一條小船、兩個健兒，餘眾垂頭喪氣地回船去了。

鍾常見他們一一依了他的說話，便又對何正說道：「現在已無事了，你快快把船搖回村裡去。」何正答應一聲，很興奮地搖著槳在碧浪中悠然而去。

班老四那邊留下的一條船，跟著鍾常坐船而行，過了一段水路，已隱隱望見前面陸地，鍾常指著問何正道：「前面可就是你們村莊嗎？」何正點點頭，鍾常便將班老四釋放，說道：「今天姑且警戒你一下，以後再不要恃強欺人，快快回船去吧。」班老四已吃了苦頭，不敢再和鍾常分辯，垂頭喪氣地回到他自己船上去。他的同伴接到船中，方才安了心，鼓槳如飛，回到他們村中去了。

鍾常放回班老四，又對何正說道：「今天我救了你，索性把你送回村去吧。」何正道：「老丈真是金剛身手，菩薩心腸，使小人不勝感激。你若送我回去，家父知道了一定要感激涕零，將來父子們要代你供個長生牌位，一輩子不忘大恩德的。」

鍾常聽他說話真不像是傻子，便又問他道：「你究竟在那邊和姓班的有什麼過不去的事，而他們要追捕加害你呢？他們這也太沒有王法了。」何正復經鍾常這一問，他的臉上不由一紅，囁嚅著說道：「這事也是小子一時糊塗，自取之咎，本也不能深怪班老四的。但班老四等眾人惡狠狠地必要殺死我，那也未免太殘暴了。老丈請恕我的荒唐，待我把此事事實真相告訴你吧。」於是何正一邊搖槳，一邊將他在丹楓村裡所做的事分條分縷奉告。

何正本是湖濱柏樹村上的人，他的父親何壽田是村中的富翁，田地財產很富，伯叔都在蘇城經商，三房只生他一子，所以不但他父親愛如珍寶，一家一族都是喜歡他的，鄉人最重後嗣，因為何壽田若不生何正，他們都要變作若敖氏不食之鬼了。自幼他父親便請了一位老儒在家，給他講讀五經四書、詩賦文章，希望他可以做個讀書種子，博取功名，光榮門楣，誰知他有些呆頭呆腦，小處雖能明瞭，大處偏要糊塗，有時文章做得很好，有時卻又不知所云，不守格律起來。後來那位老儒因自己教他不好，便氣憤告退，何壽田無可奈何，只好讓兒子在家自修，兼習繪畫，因此大家都稱他何傻子。他父親眼看著兒子漸漸長大，功名雖無成就，恰逢時勢大亂，還是姑且養閒，不過何正既然是三房合一子的，不可不代他早早授室，自己也可早得弄孫之喜，以慰桑榆之暮景。無奈何正性情十分固執，必要他自己眼裡看得中的，方可聯秦晉之好，雖有許多做媒的來說合，卻多不能成功。他父親幾次勸他，責備他，把孟子「不孝有三無後為大」的話講給他聽，他總是不肯順從父母的意思，何壽田也奈何他不得。一年一年的因循下來，他父母不知何正究竟要怎樣一個女子做他的妻室。這一來何正到丹楓村去賞紅葉，遊玩山景，住在姓魯的鄉人家中，姓魯的是他的父執，確知何正是三房合一子的富家子弟，特別殷勤款待，留他一連住了數日，打發人到何家去通知，留住他不放回去，誰知一段孽緣由此而生。

有一天下午，何正自己出來散步徘徊，忽見東邊小籬旁有個園林，樹木甚多，有幾枝紅楓已是胭脂般紅起來了，在西山許多村子裡大多數人家種植果樹，所以園子很多，而且不論什麼過路客人，都可以從樹上採取果實，肆意飽啖，絕不取值，只不許帶回家去，這也因為洞庭東西山各處都是著名出產水果的區域，有果樹的人家出產得多，當然不計較他人吃一些了。

這時候橙子已黃，棗兒甚大，何正是喜歡吃棗子的，遂信步走將進去，只見一叢叢的樹，沒有一個人影，他走至一株大棗樹下，偏巧那邊地下有一支竹竿橫著，他就取在手裡，抬起頭來，覷臨棗子多的地方一陣亂敲，那已熟的棗子便紛紛落到地下。何正見地下已有不少棗子，便丟下竹竿，且拾且吃，吃了一個暢快，不捨得離去，又從林子裡走過去遊玩一下，只聽那邊橙樹上窸窸窣窣的聲音，仰首一看，忽見有一個綠衣女郎，立在一條樹枝上，亦在摘取橙子，兜滿了一衣兜，露出裙下一雙金蓮，紅緞鞋兒，繡著黃色的花、綠色的葉，雖然沒有三寸小，至大也不過四寸，瘦瘦的很在樣兒，這一喜真是非同小可。原來何正所以不肯娶妻，並非真的不要妻子，實在他讀了古書，忽然有一種嗜好，便是喜歡女子的小足，他喜歡娶一個女子最好要像窅娘一般的纖纖蓮鉤，瘦不盈握，那麼帳中被底，特別銷魂，因此他曾作了十首詠繡鞋的詩，寄託情懷，自誓非有小足的女子不與締姻。可是鄉間的女兒十有七八是天然足，她們都要做工，纏了小足如何能耐勞苦。即使有幾家大戶人家，強迫女子纏足，也是有名無實，只有胖腫而不美觀，貌美的雖有，足小的不多，因此他的婚姻便耽誤起來了，然而他的父母哪裡知道他的心事呢？否則早向城裡女子去求親了。何正物色多時，更覺蓮鉤難得，痛寐思之，今天忽然見了這一雙小足，豈非驀地裡遇見了風流冤孽嗎？

他不由輕輕咳嗽一聲，樹上的女郎聽得下面有人，低頭一看，乃是一個陌生少年男子，不禁雙頰紅暈，回過臉去，何正先見雙鉤，已是魂銷不禁，後見女子玉姿絳香，風姿霧鬢，不覺目怡神往，呆呆地立在樹枝，默默無語。綠衣女郎見樹下有了男子，也不再摘取橙子，心慌意亂地要緊溜下樹來。哪裡知道小足一滑，竟從樹上跌將下來，口裡說聲「不好」，這株橙樹很是高，她又爬在最高處，倘然跌在地上，定要受到重傷。

此時何正正在下面，也顧不得男女授受不親，奔上前去，伸手將女郎一抱，女郎早跌在何正懷裡，何正支持不住，撲地坐向草地將女郎托住。一絲毫沒有受傷，在她衣兜裡的橙子，卻跌了個滿地。女郎受驚之餘，面色變白，似乎已有些暈厥的模樣，何正不知她的芳名，只湊在她的耳旁，低聲喚道：「姑娘醒來，姑娘醒來。」喚了二三聲，女郎櫻唇裡嚶嚀一聲，睜開星眸，見自己的嬌軀竟坐在這少年的懷裡，如何不羞愧萬分，忙伸雙手掩住了她的面龐，說道：「怎的怎的。」何正道：「姑娘莫驚，剛才我走至樹邊，見你從樹上墜下，倘然不救，必有死傷，所以不避嫌疑，趕上前將你抱住，幸姑娘並沒有受傷，而虛驚卻不免了，請姑娘鎮定心神，不妨事的，並乞諒吾孟浪了。」女郎聽了這話，閉目不語，何正見伊不開口，也不動身，他也坐著不動，軟玉溫香抱滿懷，一陣陣的肌髮之香透入他的鼻管，他忘記了所以然，一時神不守舍，半晌沉默。

過了一歇，女郎才嚶嚀一聲，立了起來，何正又向女郎一揖道：「幸恕冒昧，願聞姑娘芳名。」女郎回轉頭來，臉色又轉紅了，羞怯怯地答道：「我姓趙，閨名香玉，今日因為愛吃橙子，故到自己園裡來採取，稍有不慎，失足而墜，幸君前來救援，感愧得很，但不知尊姓大名。」何正道：「小子姓何名正，是柏樹村人，來此盤桓，巧遇姑娘，三生有幸。」說罷又是一揖，女郎聽了「三生有幸」這句話，微微一笑。何正見四下靜悄悄地別無他人，遂又向女郎說道：「姑娘，為何不叫傭人上樹採取，而自己不怕有損玉體的危險……來登高樹呢。」香玉眼圈一紅說道：「妾已十有九歲了，但因先母見背，在後母膝下過活，後母自己有了兒女，把妾時常虐待，妾孤苦伶仃，萬分酸楚，一切操作都要動手的，哪裡可以叫人做呢？」

何正聽香玉身世如此可憐，心中更是感動，發生了一種極濃厚的同情心，遂說道：「原來姑娘遭逢這般不幸，使小子聽了，萬分扼腕，小子今年虛度十九，已和姑娘同庚，不瞞你說，家裡父親屢次要代小子完婚，而小子因為不得心上中意的人，所以寧做鰥夫，尚未如願。」香玉把一塊手帕在唇邊咬著問道：「那麼何君心上的人是誰呢？」何正近兩步，大著膽子，向香玉又是一揖，輕輕說道：「姑娘，我的心上人兒就是你了。」何正說了這句話，香玉卻低著頭，不作一聲，何正見她並不叱責，便知這事有幾抽成功，遂又說道：「姑娘不要惱我無禮，怪我輕薄，只因我自誠願得纖足的女子為偶，今姑娘貌美如花，足小如荄，只是我所渴望的人，故斗膽向你說了，如蒙垂允，我回去就叫人來捏合，可締絲羅，這也是天作之合，否則怎會有這樣的巧呢，千乞姑娘可憐小子，切勿見拒，那麼此後一生幸福都是姑娘之賜了。」

何正這話說得甚是誠懇，以為可得香玉青睞，誰知香玉把手搖搖道：「何君，妾很感君美意，當願侍奉巾櫛，但是恐怕何君忘記了這其間還有一個問題，使妾與君難以成姻緣的，請君不要痴想吧。」

何正一聽這話十分疑異，一時倒想不出是何問題。香玉見他疑異，想不出方才說的問題，便緊蹙蛾眉，對他說道：「何君，你難道忘記，我們丹楓村五年以來，早有禁令，全村人民不論大小人家，均不得和你們柏樹村人通婚姻之好嗎？」何正被她這麼一問，方才如夢初醒，立刻哭喪著臉，說道：「不錯，小人倒忘記了，這個確實是一個難題，我們將怎麼樣呢。」

原來七年以前，丹楓村裡有一家高姓的，他一個十三歲的女兒送與柏樹村中農人梁某家中去做童養媳婦，誰知梁某的老妻馬氏性情十分暴戾，和他的兩個女兒把新來的童養媳百般虐待，時常痛打。有一次高某去探望他的女兒，見他女兒額上有明顯的傷痕，便向他女兒詢問，他女兒且泣且訴，偷偷地把情形實告。高某是個性急的人，遂和梁某理論，不許以後再虐待他的女兒，梁某受了高某的責言，等到高某回去後，便去怪怨他的妻子；誰料馬氏是著名的雌老虎，豈肯受丈夫的責備，夫婦倆勃谿一番。這婦人又以為都是童養媳在她父親面前挑唆，以致鬧出這個氣惱，便和她的丈夫尋覓童養媳婦一些小過，母女三人把她結結實實地毒打一頓，打得她遍體鱗傷，又把她關在一間小屋裡，不給飲食，馬氏的兒子一則怕他的母親，二則和童養媳婦沒有什麼感情，也就不去過問，梁某在外邊賭錢，不知這事，可憐那童養媳婦受傷沉重，又不得醫治，僅僅禁閉兩天，一條小性命便不活了，等到梁某知道，也已無及。恰在此時，高某又來探視，偏巧親眼看見這幕慘劇，於是他放聲痛哭之下，要和馬氏拚命，馬氏不服，挺身而出，和高某理論。

馬氏半點錯處也不肯認，高某和她有理講不清，勃然大怒，打了馬氏一個耳光，馬氏有兩個女兒相助，到了這個時候，梁某也幫助他，和高某鬥了起來，把高某打了半死。高某回到丹楓樹，已是奄奄一息。高某臨死前，表弟洪某恰來探傷。高某把前後經過告訴了洪某，要洪某代他報仇雪恨。那天晚上，洪某聚集本村壯漢，商議復仇。洪某本是村裡的無賴，勇而有力，他見他的表兄和姪女兒都死於柏樹村之中，難嚥下這口怨氣，又有高某臨死委託，所以他天明立刻便聚集了許多村民，奔赴柏樹村興師問罪，也把梁某和馬氏打得半死，搗毀梁某全家財物，算代他表兄和姪女報了私仇，馬氏受傷最重，不久也因傷而死。柏樹村的人以為洪某不該帶領大批打手到柏樹村裡來毆人致死，明明蔑視村中無人；柏樹村中自然也有不少好勇鬥狠之徒，藉著這問題，也聚集了百餘健兒，到了丹楓村去和洪某毆打，洪某不甘示弱，率眾抵禦，兩人惡鬥一場，柏樹村打了勝仗，洪某也因此傷重殞命；丹楓村人隔了數天，又去柏樹村問罪，班老四率眾迎鬥，兩村遂成了械鬥的局面，事態擴大，彼此結下怨仇，相爭不休，最後由柏樹村裡的幾家富家巨紳，向官中呈文報告，要求太湖廳出來秉公調解，方才終止械鬥，可是丹楓村中人推求禍根，免不了深恨柏樹村人，所以他們村中定下一條禁令，就是以後他們村中不論任何人家，均不得與柏樹村人通婚，雖然隔了數年，前事淡忘，兩村人互有往來，而禁止通姻這條禁令尚未取消。這就是香玉姑娘說的疑難問題。

何正呆立多時，香玉也含情脈脈地站在他的對面，二人相憐相愛，一見傾心，卻因為這個問題無法解決，未免可惜。何正早已醉心於香玉的裙下雙鉤，怎肯硬著頭皮就因此放棄。色情狂會使人膽大起來，超過了一切，對立半晌，何正忍不住又對香玉說道：「我們既已相愛，何必顧到這問題，能夠成功的話，這自然是最好了，否則我將來也必攜帶家財，和姑娘雙雙走向他方去，不是很好嗎？」那香玉也沒有什麼主張，只微微一笑。何正又說道：「姑娘家中人多嗎？今夜我可能私下到你閨房裡來一會兒嗎？」香玉一聽這話，不由臉上微有紅暈，低著頭回答道：「你要到我那裡去嗎？我也不忍拒絕你，我家的人不多，父親到無錫去了，後母不管我的事，並且我住的一間臥室，單獨在後邊，和他們隔離甚遠，你若在夜裡到我房中來時，他們不會知曉的。」

何正聽了這話，喜形於色，點點頭道：「這就是小子的大幸了，只不知姑娘的家門在哪裡，請姑娘指點明白。」香玉道：「這園是我家的，晚間也有護園的住著，你來時不便，況又在黑暗之中，何處覓路呢？在園門外西首有一條小巷，巷裡左右有兩個小小的門戶，左邊的便是我家便門，今晚我可暗暗把門虛掩上，你可打從那邊進來，順手轉彎，有個小天井，在天井對面有兩扇長窗，我站在那裡候你，絕不有誤。」何正聽了，牢牢記在心裡，香玉又道：「我們既已約定，請你就去吧，我不便在此和你多談，倘有人看見了，反為不妙。」

何正說聲「是」，他遂向香玉作了一揖，轉身走出園去，走至園外，照著香玉所說的話，已走到西首一條小巷裡，見那巷是走不通的，巷左右果然有兩扇一樣的小邊門，何正認清了一下，方才回到魯家。晚上推說頭痛不適，要早些睡眠，自往客室中去熄了燈，默坐一會兒，延至外邊人聲靜寂時，他就偷開了魯家的後門，溜到外面路上，這天還是很黑暗，他小心翼翼地循著牆根走到那邊，且喜沒有遇見他人，才向小巷裡一溜。他還是第一次做這偷香竊玉之事，大著膽子，鼓起勇氣，自以為不入虎穴，焉得虎子。摸著這扇木門，正是虛掩著的，輕輕一推即開，慌忙閃身進去，乃是一條小小過道，昏黑不辨門徑，暗想香玉若歡迎我來，何不在此掛一盞明燈，好叫人容易走路，繼思這本是祕密的行為，她怎好掛起燈來，使人猜疑呢，只有暗地摸索了，便將小門仍舊掩上，摸索入內，順手走了個彎，黑暗中見有一條苗條的黑影走過來，把一隻軟綿綿的手伸到他的手掌裡，低低說道：「怎麼你遲至這時才來？」何正只說了一聲「是」，接著纖手，早已魂銷，不禁望著黑影往裡面而去，不見所謂天井和長窗，暗想香玉姑娘不是說站在長窗邊候我的嗎？怎麼她又在黑暗裡迎上來呢？他也不敢詢問，從黑暗裡隨著她去進一個小小臥室，室中沒有亮著燈，聽她悄悄地將門掩上時，何正心裡不由卜突卜突地緊跳著。接著見她伸開雙手，早將自己一把摟住，親親熱熱地把櫻唇湊到自己嘴上接了一個吻；何正暗想不出斯斯文文的香玉，竟會這樣熱烈的，她究竟是不是個閨女呢？這也是一個疑問，他心中這般暗想。她早又問道：「我的好人，你怎麼今晚變了啞子，一句話也不說呢。」一邊說一邊早拉著何正的手，撫摸她的乳胸，何正這才覺得情形有些不對，聲音也微異，便叫聲「你可是香玉嗎？」她突然鬆開纖手，發出驚駭的聲音道：「你……你是誰，什麼香玉，你走錯人家了，這這，如何是好。」何正也驚慌道：「那麼你是誰家，怎樣引我至此了。」

兩人都作疑問，忽聽室門嘭的一聲響，又有一條黑影闖將進來，說道：「阿梅阿梅，你在此和哪個講話？」室內的黑影接著說道：「不好了，我屋裡有一個賊闖進來了。」外來的黑影說道：「快把他捉住。」何正發急喊起來道：「我不是賊，你們快快放我出去。」何正情急了，他到底有些呆氣，竟沒有顧慮到他自己身處在什麼地方，竟貿然喊了這麼一聲。外面早有人驚起，兩條黑影都說一聲不好，那外來的黑影早轉身便逃，何正此時也知不妙，跟著拔腳想走，早被女的一把將他拖住，也喊起來道：「哥哥，我們這裡有賊。」何正大驚，用力將女的一推，才擺脫身軀往外便逃，但在黑暗時東碰西撞的如何走得快，早見背後有燈光，又有人大聲喝道：「哪一個吃了豹子膽，不管三七二十一地闖到我妹妹的房間來做甚，逃到哪裡去，我班老四捉住了你，務要剝你的皮，抽你的筋。」何正一聽班老四三字大名，把手一摸頭顱，自思我是要走到香玉家中去相會的，怎樣會跑至班家來呢，自己也弄不明白了。班老四是本地村中有名的拳師，別號赤尾蛇，惹也惹不得，今夜我遇見了他，我的頭顱將要保不住了，所以嚇得心驚膽顫，沒命地向外飛跑，好容易跑出後門，穿出小街，卻見背後已有幾個人照著火把追來。

何正雖想回魯家，但苦不及，後面追趕的人漸近，面前邊又有犬吠之聲，怕要遭人堵截，偏巧旁邊有個荒落的桑園，矮樹亂草，黑乎乎的看不清楚，他也不知害怕，便往桑園中一鑽，跌跌撞撞地逃向裡面，叢樹背後藏身，聽外面足聲雜亂而過，火光漸遠，他才暗暗放心，捏了一把汗，自思這一遭真像鬼摸了頭，跑至班家去，所謂阿梅其人，當然是班老四的妹妹了，她如何會知我來而牽我入內呢？還有後來的黑影是誰呢？

這明明是班老四的妹妹另有姦夫，約作幽會，起先認錯了我，而我也是走錯了右邊的門戶，以致鬧出這個岔事來，這雖是說他不巧又是巧了，但願他們追我不著，回家去吧，我在此躲過了一夜，明天逃回家去，萬事全休，只好有負香玉的深情了，否則我若不幸而被班老四捉住，豈不是有口也難辯嗎？

何正這樣想著，忽聽人聲又起，似乎人數越多了，火光又明，很快地走回來，只聽得班老四粗暴的聲音喊著道：「那廝怎會跑得這般快，蹤影都不見呢。」又有一個人說道：「小弟聽得這裡喊叫聲，忙和他們三弟兄從小杏橋邊迎上前來，也不見有一人影，那廝難道插翅飛上天去不成嗎？」又一人接著說道：「班老四哥，我料那廝一定逃到這邊桑園裡去的，你不信時，我們進去搜查一下。」班老四說聲好，即見火把移向桑樹邊來，有幾個黑影竄入園中，何正驚慌極了，摸著身邊地下有兩塊小石子，連忙拿在手中，將身子蹲在樹根邊，眼睜睜地看見有一黑影，也走向自己這邊來，忙將一塊石子向他飛去，落在那人腳邊，只聽那人罵道：「小王八，真的躲在裡面。」背後一人喊道：「老王你要當心。」話剛說完，匆匆又一石子飛出，正擊中老王的嘴巴，啊呀呀地喊起來，前後的人跟上前時，何正又取了亂石塊飛出去，擊中兩人，於是這些人吃了虧，火把集了一處，不敢向前，退出去了，又聽他們中間有人說道：「那廝已在裡面了，黑夜進去，他從暗處可以看得出我們，而我們都看不見他，徒然被他飛石擊傷，太不值得，不如守在四處，把這桑園圍住，等到天明後再進去，把他擒住，活活地種了荷花，方出得我們這口氣。」班老四道：「老弟有主見，依你這麼辦吧，那廝也不打聽打聽，敢到我妹妹房中欲行非禮，該死不該死。」眾人哈哈大笑，於是又見火把四處散開了。

何正暫時得安，自思轉瞬天明，自己終成甕中之鱉，逃到哪裡去呢，必須在這夜間想法逃遁為妙。他潛伏了好多時候，實在忍不住了，便爬上一株桑樹，向四周窺探，果見四面有火把亮著，班老四等監視在外，自己逃到哪裡去呢？默察良久，只有東北角上火把離開甚遠，而且一無聲息，自己不如就逃向那邊去吧。遂下了樹，懷中揣著許多小石子，做緊急防身之用，膝行而前，從叢樹中摸到矮牆之下，尋得立足空隙。越牆而出，且喜班老四等尚沒知覺，已有四鼓時候了，在黑暗中走了數十步，不敢回魯家去；因為那邊橋畔也有隱隱火把亮著，他只往村外走。一會兒東方已白，他越是心慌，想找只船兒坐了，逃回柏樹村去，這是最好的方法，然而僱船必須說明，自己又露不得面；倘若給他們看見了，怎肯載送我歸呢？晨光旭旭中，前面已有人走動，他忙把懷中石子丟了，低著頭走，幸喜無人遇見。走了多時，遇到了個牧童，坐著牛背過去，也沒注意他。他走至小溪旁邊，見有數只小舟，他想前去偷取，東邊矮屋裡已有人出來，他轉身便走，不知自己走到哪裡才好，繞著圈兒想回魯家去，拜懇他的父執出來代為緩說求和，然又恐被班老四撞見，走兩步退一步，趑趄難前，這時候忽見遠遠的田岸上有一群人向這邊飛奔而來，他一看便知是班老四那邊的，手裡都拿著刀槍棍棒，氣勢洶洶，他連忙轉身奔逃。

班老四等天明後在桑園裡四處搜查不著何正，心有不甘，遂又追尋。遇見牧童，向他詢問，牧童告訴有一生人走過，於是他們追向這邊而來，果然遇見。何正無路可奔，只往水邊走，巧遇鍾常划舟到此，情急呼援，也是他的僥倖，遂被鍾常仗義救下，護送回村，此時他在舟中把經過的詳情告訴了鍾常。鍾常也覺奇怪，徐徐劃著槳，到得柏樹村，村上人家甚為繁密，何正引導舍舟上岸，一同到家，鍾常一看何正門牆高大，屋宇連綿，內外僕從甚多，真是村上殷富之家了。何正引導他去見父親，何壽田見兒子同一位魁梧奇偉之士回來，未免有些驚異。何正此時方向鍾常問起姓名，介紹想見，何壽田經他兒子的簡略報告之下，知道鍾常是救兒子性命的恩人，怎不感激異常，連忙設宴款待，鍾常老實上座，舉杯暢飲，且叫何壽田好好管束兒子，又勉勵何正數語，酒終席散，告辭歸去，何家父子苦留不得，只得由鍾常回去。

鍾常回到紫雲灣，他的女兒紅薇迎著問道：「爹爹何處去遊覽的？」鍾常哈哈笑道：「我是出去救一條性命的。」便將丹楓村救出何正的事告訴了紅薇，紅薇也覺好笑，隔了三天，柏樹村中的何壽田和他的兒子何正帶了不少隆重的禮物，親自前來拜訪，接談之下，方知何正雖然遇到了一次危險的風波，何正未遭毒手，而心裡仍是捨不下趙家的香玉，而香玉的一雙纖足，尤使他念念不忘，所以幾次三番地向他父親懇求，要他父親來此，拜懇鍾常出面去到丹楓村趙家為媒，玉成婚姻，消釋前仇。他父親應兒子之請，遂來商請，順便備了幾份厚重的禮物贈送鍾常，申謝他前天救助之德。

鍾常哈哈笑道：「何君受了這場驚恐，卻仍不能忘情於趙氏女嗎？這件事很是困難的，因你們兩村既有世仇，一時不易消釋，除非有排難解紛的魯仲連出面調解，不易成功。」何壽田又向鍾常拱手道：「閣下便是今世的魯仲連，所以此事非借重大力不可，鄙人所生只有這一個兒子，又是兼祧三房的，不免寵愛情重，早想代娶婦，無奈他執拗不肯，必要裙下雙鉤細如束筍，鑑美於古之窅娘的，方中他的心意。此番他在丹楓村中見了趙家香玉，夢魂難忘，只是捨不下，天天在鄙人面前要求，因此只好來拜託閣下，玉成其事，有煩至丹楓村向趙家一說。乘此機會，好將我們兩村的世仇一筆勾銷，豈不是好？想閣下藹然仁者，一定能夠俯允所請，救救小兒這條性命，吾兒若不得成功此事，他一定要思念成病，沒得藥救了。吾兒有不測，我家將為若敖氏鬼，所以此事無論如何要懇求閣下幫助成功的，不但愚父子終身感德，何氏數房宗族是同深感戴。」說罷又向鍾常連連作揖。此時鍾常再不能不答應了，遂說道：「既然如此，我明天準向丹楓村去找姓趙的說項，看你們的命運如何。」何壽田大喜道：「難得閣下允許，這是愚父子的大幸，你到了那邊，再可以找鄙友魯九淵，說起鄙人託閣下前來商量這事，他和我很相得，他必肯幫忙。」鍾常點點頭說聲：「好吧。」問明白了魯九淵的住處，坐談了一會兒，何壽田父子方才告辭而去。鍾常那時要璧還他們的禮物，但何壽田一定不肯，鍾常也只得受了。

到得明天，鍾常坐了船，又到丹楓村去，找到了魯九淵，將來意告知。魯九淵一則是村裡有名的好先生，二則又和何家至好，當然十分贊成，遂介紹鍾常去見趙香玉的父親趙德，把此事的前因後果說個明白，要求趙德允許。趙德心裡雖然同意，但村中的禁令尚未撤銷，未便答應。和鍾常商量之後，遂請到班老四，和他講明，要把前仇清除，班老四見了鍾常之面，非常羞慚，自己知道本領相差太遠，枉在村中設了拳社，貽人訕笑，鍾常卻對他十分謙遜，沒有驕矜自喜的樣子，班老四方才稍安。鍾常和他反覆講了，班老四此時也已察知他妹妹的行為，不會太深責何正，但因鍾常是個壯士，不得不聽他的話，於是召集村中父老，商議取消禁令之舉。魯九淵和班老四先後說了，鍾常又在旁發言，勸兩村和好，悉釋前嫌，本來兩邊械鬥之事，已隔數年，為首的都已物化，所以大家沒有一個反對，很容易地把禁令取消了。禁令既然取消，何、趙兩家婚事自然沒有問題，鍾常此行果然不虛，遂至柏樹村何壽田處覆命，何家父子非常歡欣，異常感激，遂又請鍾、魯二人為媒，往返說合，使何正和香玉配成良緣，如願以償。

班老四佩服鍾常的國術，自己到紫雲村來見鍾常要拜在門下，可是鍾常因見班老四好勇鬥狠，為人不很純良，不欲將武藝傳授與他，所以婉辭拒絕，班老四討了一場沒趣而去，心中未免有些怨恨。何正卻是感激鍾常相助的恩德，銘刻心間，時常贈送禮物，所以此次又送了陽澄湖的大蟹來了。

鍾常借花獻佛，便請史麟和孟哲持蟹賞菊，等他把何正的事告訴完畢，阿俊已託了一大盤閘蟹上來了。

第三章　湖濱習劍

鍾常便對孟哲、史麟二人說道：「我的故事已講完，菜已來了，快請持箸吧。」史麟帶笑道：「這蟹果然雄大，我們是靠老丈的福，得快朵頤，老丈一片俠義心腸，人家到底是感激不忘的。太史公所說的，既已存亡死生矣，而不矜其能，羞伐其德，蓋亦有足多者焉。老丈為了何正，水中械鬥，幾瀕於危，依賴神勇獲勝，完璧歸趙，又不憚詞費力，親自去丹楓村說親解怨，成全了人家的好事，自始至終，敢作敢為，使小子更是佩服得五體投地了。」

孟哲聽史麟這樣說，頻頻點頭。鍾常道：「某有何德能，只是行我心之所安罷了，二位快吃大蟹，不要把蟹冷了。」說著話，便向盆中挑選兩隻最大的雄蟹，分送到二人面前，說道：「今晚吃蟹，當然要先吃雄的，方才名副其實。」二人各謝了一聲，便動手吃了。孟哲道：「菜已煮熟，令嬡在哪裡，快請出來同食。」鍾常道：「孟兄休得客氣，她在廚下，恐怕還要預備好兩個菜，然後才能出來吃呢。」說著話斟上酒，托著酒杯，連聲說道：「請啊請啊，這酒也是好酒，平日裡我是藏著不捨得吃的，今天當著貴賓，方從缸裡取出來敬客呢。」史麟連說：「不敢當，不敢當，敬拜長者之賜。」

於是三人圍坐著吃酒，留著下首一個空位，是給紅薇來坐的。孟哲和史麟吃過雄的，又吃雌的，一隻隻都是非凡結實，金膏玉液只其味美而已，一會兒阿俊又添上一盤嫩筍來，孟哲問道：「紅小姐在哪裡？」阿俊答道：「剛才和小婢燒好了菜，在廚下洗手呢。」孟哲道：「請小姐出來吃哩。」鍾常遂大聲喊道：「阿紅快來。」醜丫頭轉身進去時，紅薇已很快地走了出來，笑嘻嘻地站在一邊，鍾常指著下首的空座說道：「你來坐下，陪著孟老伯等吃兩隻吧。」孟哲也說道：「紅小姐，你太辛苦了，這樣飽滿的大蟹，自己不來嘗嘗味道嗎？」紅薇點點頭，走過來坐在位子裡，一眼斜睨著史麟帶笑說道：「這蟹果然不錯嗎？何正這人有辦法。」孟哲道：「雌雄都好，老朽雖是一向捕魚的，然而像這樣好的蟹也是難得快嚼的啊。」

紅薇伸出玉手也去盤中取了一隻雄的便劈分著吃，鍾常又請二人拿來吃，大家吃著酒，談著江湖上的軼事。史麟年紀雖輕，酒量著實不錯，竟和鍾、孟二人對喝著，一點不讓，鍾常不由稱讚史麟好酒量。紅薇是不會喝酒的，喝了一點，兩頰帶酒，益發紅如玫瑰，嬌豔絕倫，孟哲卻對鍾常說道：「後生可畏，史少莊主的酒量可觀，除卻老兄能和他對喝，小弟不能再喝了。」鍾常哈哈笑道：「年紀輕的人尚不甘示弱，我們老當益壯，斷不可自甘敗北，今晚盡量多多痛飲，缸子裡的酒尚多著呢。」一邊吃一邊代孟、史二人斟酒，又吩咐阿俊快些兒再把酒燙將出來。孟哲勉強又喝了一杯，帶笑說道：「我今天一定要醉倒在這裡了。」鍾常道：「不用慌，臥榻早已預備，任君酣臥。」

一會兒阿俊把酒燙上，又端上兩樣菜來，一樣是蝦米燒青菜，碧綠的菜心上面加著許多蝦米；還有一樣是干貝炒蛋，上面散著火腿絲，孟哲讚一聲好菜，阿俊道：「都是小姐煮的，我不過幫幫忙罷了。」孟哲又向紅薇稱讚道：「紅姑娘，你年紀雖輕，卻能燒得出這樣的好菜。真不容易，老朽此後要常來叨擾呢。」紅薇把頭一搖道：「我哪裡會燒，只不過胡亂煮一些，恐怕不配胃口吧，孟老伯若是不嫌不好之時，請常常到此，我家只有山菜野味而已。」鍾常聞言，很得意地微笑，招呼史、孟二人快喝，史麟吃著，也讚一聲可口的好菜，鍾常笑道：

「你不要讚了，你一向山珍海味吃慣了的，怎麼也稱好起來呢。」史麟道：「實在是好，並非恭維。」孟哲道：「久食膏粱者得嘗藜藿，換換口味，自然也要覺好。何況紅薇姑娘燒煮得果然好呢。」

紅薇也持著蟹兒而微笑，隔了一會兒，她立起身來，走到廚下去，和阿俊又端來三樣熱騰騰的菜來，一盤是兩條大鯉魚，用冬筍紅燒的，一盤是芹菜炒肉絲，一碗是火腿蘿絲湯，放在桌子上，說道：「我看孟老伯確實有些醉醺醺了，蟹已吃夠，再喝熱的菜和湯吧。」孟哲道：「啊呀呀，紅薇姑娘怎麼又燒了這許多菜來，我們已吃不下去，我今晚真的醉了，不能再喝，鍾常兄還要喝時，我可就獻醜哩。」說話時舌頭已然短了，紅薇道：「孟老伯酒不能喝時，吃些飯吧。」孟哲道：「好的，姑娘教我吃飯，有了這許多美餚，就是喝不下，也要喝下去的了。」鍾常卻又代他斟上了一杯酒，說道：「孟兄，這杯酒請你乾了，再可吃飯。」孟哲向他看了一看，說道：「你今晚一定要灌醉我嗎？好，我若不領情，不夠朋友了。」說罷，馬上拿起酒杯湊到他唇上，一仰脖一氣立刻喝完，又將酒杯向鍾常亮了一下，鍾常說聲好，自己也斟滿一杯，喝下肚去，又代史麟斟酒，史麟欠身托著酒杯，連說不敢不敢。也照樣喝了一杯，紅薇坐在旁邊看他們喝酒，只是憨笑。鍾常方才舉起竹箸招呼道：「請吃些菜吧。」史麟很喜歡吃鯉魚的，他也就老實不客氣地拿著竹箸夾魚吃。

孟哲剛才夾了一塊火腿，送到口裡去嚼時，忽然哇的一聲，別轉臉去，想要吐時又忍住了，立起身子不能支持，像要跌倒的樣子。紅薇慌忙去扶住他，史麟知道他要吐，早向窗前取一隻痰盂來，孟哲見了痰盂，一張口吐了數口，轉身坐到椅子上，口裡還說：「鍾兄你要我再喝嗎，我可再喝一杯。」鍾常笑道：「果然不能喝了，你吃飯吧。」此時阿俊已送上四碗飯來，把蟹殼收拾下去。孟哲要想吃飯，卻忍不住又要吐了，紅薇仍把他扶住，鍾常笑道：「今晚他似乎喝得太多一些，紅薇，你同阿俊扶他去睡吧。」紅薇答應一聲，遂教醜丫頭掌了燭臺由她扶著孟哲送到客室裡去，一會兒已走回來。鍾常問道：

「孟老伯已安睡嗎?」紅薇點點頭，道：「我已扶至榻上，孟老伯倒頭便睡，醜丫頭代他脫了衣服，蓋上棉被，方才離去的。」

鍾常道：「很好，讓他多睡一會兒吧。」於是，他又叫紅薇坐下，陪著史麟吃過飯，桌上殘餚由醜丫頭來撤去，紅薇端上一盆冷水來，去摘上一些菊花葉，請史麟把菊花葉擦了手，可以洗去蟹的腥氣。史麟和鍾常父女先後洗過手，醜丫頭又換上一盤熱水來，請他們洗臉，大家洗臉後，掌著燈，又把史麟引至書室裡憩坐，鍾常嘖嘖稱讚史麟好酒量，喝了這許多醇酒，竟會不醉，正是自己的勁敵，史麟又謝他們父女款待的盛意，鍾常道：「你將來要常住舍間了，何用客氣，我們都是自己人，你要什麼也盡可以向我說，我能夠辦到的，一定為你辦到。」

史麟道：「小子能在此間藏身學藝，這是最大的幸事，還請老丈不吝教誨，耳提面命，這正是小子的願望。」鍾常點點頭道：

「這國術方面的事，那自然我要悉心教授你的，我終不負令尊之託。」二人說著話，紅薇端了兩碗薑片白糖湯進來，請二人喝，因為多吃了蟹，可多喝些糖湯，解去寒氣，她自己早喝過了，史麟謝了一聲，端直糖湯，喝了一個乾。紅薇又走出去了。

鍾常陪著史麟閒談一刻，說道：「時候不早，你也該早些安歇，我送你到客室裡去吧。」遂喊過阿俊一同掌著燈走出書室，穿過客堂，在客堂後面向右手轉一個彎，有一個小小天井，在天井裡有一株桂樹和幾叢海棠月季花之類，也有幾盆菊花。天井對面有一間小臥室，向南四扇明瓦長窗，左邊一扇小門虛掩著，裡面隱隱透出些燈光，鍾常推門進去，原來就是孟哲睡的所在，東西設著兩張小床，一張沒有帳子的床上睡著孟哲，鼾聲沉沉，沿窗方桌上點著一盞油燈，小小的火亮著，醜丫頭把燈放到桌子上，室中更見光明，桌旁兩邊放著烏木交椅，鍾常請史麟在椅中坐下，醜丫頭早已把史麟帶來的鋪蓋開啟，代他鋪上了鮮明的被褥，請史麟安睡。

史麟他看這屋子很小，因為搭著兩張床，地位已是不多，壁上倒也掛著些書畫。還有一座小小衣櫃，自己的行李也堆置在床邊，鍾常又對史麟說道：「敝居是狹小得很的，請你暫時委曲著在此下榻，等明天孟兒回去後，這一張床也可拆去，讓室中可以寬廣一些，你在白天時候不妨在外邊書房裡練書習字，後面小園中舞槍弄棒，都很可以的，我女兒和這醜丫頭都喜歡學習武藝，她們也會伴你同玩，諒不至使你寂寞。」醜丫頭站在一邊，聽了這話，背轉臉兒去笑。史麟道：「老丈如此優渥，小子感激之至。」鍾常道：「不用客氣，你今日疲乏了，便請安睡，我們明日再見。」說罷，便和醜丫頭掌著燈，轉身走出房去。

回到書室，醜丫頭把燈點著，悄悄走出去了，鍾常並沒有喝醉，他的酒量是很洪大的，獨坐在椅中養神，看著桌上的燈，壁上的劍，凝思了一刻，不見紅薇走來。聽聽外面遠遠的更鑼已鳴三下，萬籟寂寂，他就掌著燈走回自己房中去，他的臥房是在書房門對面，前後分為兩室，前面的一間是他住著，後面一間便是他女兒紅薇的臥室，中間有一扇小門可通。他回到臥室裡，把室門關上，持燭放在桌上，聽聽裡面紅薇房中只有喇喇的聲音，聽不得紅薇有什麼話，便喚一聲：「紅薇，你在房中做什麼？」說著話，立即一推小門，走到後房裡去，只見紅薇她拿著她的一柄明月寶劍在那裡擦拭劍鞘，摩擦青鋒，鍾常不由很奇怪地問道：「你為什麼在此弄這寶劍，還不去睡。」紅薇仍是低著頭擦拭劍鞘，很隨便地答道：「這寶劍是你老人家賜給我的，我很慚愧，不能好好兒學習武功，有負此劍，好幾天沒有舞它，今天看見劍鞘也是黯然無光，沒有人家的好，所以把來擦抹一下。」

鍾常聽了紅薇的話，方才明白她的意思，因為剛才在書房裡史麟坐下的時候，曾把他的一柄龍泉寶劍從腰旁解下，懸在壁上的，不料給紅薇看在眼裡，便以為自己的劍不及人家了。

鍾常知道，她是好勝心重的人，現在史麟來了，我倒不可不叮嚀她數語，他這樣一想，便在紅薇對面椅子裡坐下。

這臥室雖不大，卻被紅薇收拾得十分整潔，一榻一椅布置得井然有序，後面也有四扇短窗，正對著後園的，所以坐在屋裡便可聽得一二涼蟲的哀鳴。鍾常靜默了一回，方才對紅薇說道：「我要告訴你，從現在我們家裡多來了一位貴公子，他要長住在這裡，我們都要照顧他，愛護他，如同家人一般，那位貴公子就是你我方才陪他持蟹賞菊的史麟，也是史閣部這支的後裔。」紅薇抬起頭來說道：「我本不認識他，父親為什麼把他留在這個幽僻的湖濱上來呢？」鍾常道：「這個我起先也沒有告訴你，只因這事須嚴守祕密，不得不稍鄭重的。」於是鍾常遂把自己和史成信相遇，以及成信如何把史麟託他照顧的事，詳細告訴與紅薇知曉，且說道：「此事除了我與你以及孟家老伯知道，別人面前都不可洩露半句話，將來很有關係的。」紅薇點頭。

鍾常又說道：「我既受史公之託，自當忠人之事，史麟在此，我一切都要留意在他的身上，且要把武藝傳授於他，你當伴同他一起練習，互相觀摩，更易進步。但我有幾句話不得不叮嚀你的，就是因為你是我獨生的女兒，家中除了我只有你。

什麼事我都放任你，所以我知道你的脾氣很是高傲，不能受人家半點兒委曲，也喜歡妄自尊大，和人家慪氣，這也是我過分寵愛你所致。但你的年紀漸漸長大起來，尤當要趨向溫和幽嫻，凡事和人家要謙恭，不可傲視他人，恐防你以後要有什麼任性的舉動，得罪人家，使人家不歡，你終要多多忍耐，款待人家，當有禮貌，不要給人家說我鍾某溺愛不明，又譏笑你不懂規矩。」

紅薇聽了她父親的一席話，不由把頭一扭道：「不就是來了個姓史的嗎？不管他是什麼貴人，他若好好待我，我自然也好好待他。爹爹不要只說我當守禮貌，我跟隨爹爹隱居在這村中，已有好多年，我常和醜丫頭頑弄，也不和他人交接，安見得我對人不能謙恭呢？爹爹也要叮囑姓史的休惹惱我，我自然不會得罪他。」鍾常聽了，把足一頓道：「我早知和你說不明白的，你倒會說話，須知就是因為你不多和人交接，一切的事，愛怎麼說便怎麼說。不知讓人三分，醜丫頭是件件讓你，聽你的，自然沒得話說了，我方才說的話，絕不會錯，我是愛你，所以先要和你說明，你一定要聽從我的話。」鍾常說這話時，聲色都較前嚴肅一點，紅薇只得勉強答應了一聲，把劍插在鞘中，掛向床邊，慢慢兒走至桌子邊，背轉身立著，剔著手指甲，默默無語。

鍾常明知他女兒素來不受人說的，今晚自己性急了些，未免向她說得太嚴重了些，她是受不起委屈的，所以他心裡卻又不忍起來，又帶笑向她說道：「紅薇，我知道你是肯聽我的話的，人家有哪個敢欺你呢，只要你好好對待人家便了，不過你有些孩子氣，容易使人家誤會，但這也是你的天真，人家絕不會說你壞話。史麟雖是閣部後裔，但性情十分和氣，和你相處一起，必能合得來的，我只望你優待他些就是了，我想他也一定能夠敬重你的，至於為父的意思，你必然都體會得到的，村上人都稱呼你是孝女哩。」紅薇聽了「孝女」兩字，噗的一聲笑了出來，回轉身來對她父親說道：「爹爹說笑話了，我哪裡可稱孝女呢，你老人家的意思我當然體會到的，往後我當益發謹慎，若有得罪人家時，任憑爹爹怎樣責打我便了。」她一邊說，一邊臉上露出笑容，鍾常看了，方才安心，便點點頭道：

「你能這樣做，這不稱孝女是什麼呢？我心裡快活多了。今晚時候不早，你也早些睡吧。」紅薇道：「爹爹也該早睡了，你今夜的精神怎麼這樣好啊？」鍾常哈哈笑道：「大約多喝了些酒，意興倍增，紅薇，你快睡吧。」鍾常說罷，走回自己房中去了。

一會兒房中燈火已熄，父女二人也已同入夢鄉。次日天明時，史麟早已起身，推開長窗，望著天井裡花叢中正有一隻黑貍貓在那裡窺伺小鳥，太陽的影子還沒有照下來。孟哲也醒了，伸了一個懶腰，見了史麟，便說：「我昨晚竟喝醉，可有失禮之處嗎？誰扶我來睡的？」史麟帶笑把昨夕孟哲醉酒的光景，告訴一二。孟哲點點頭道：「僥倖在至友處沒鬧笑話，史麟，你的酒量怎麼這樣好，我竟望塵莫及，不如你們小輩呢。」

史麟道：「小子時時侍奉家父飲酒，因此酒量稍能和人家周旋，但鍾乂的酒量可說洪大，倘然再喝下去，小子也要敬謝不敏哩。」

二人正說著話，丫頭已聽得客房裡談話聲，知道客人已起身，遂送上洗臉水來。孟哲趕緊披衣下床，和史麟一同盥洗畢，聽得外面步履聲，鍾常已走來看他們了，大家見面，道著早安，鍾常請二人到上面去用早餐，醜丫頭早已端上。史麟因為自己要在此間長住下來的，不再多作無謂的客氣，孟哲和鍾常是老友，更不用談客套，三人一同吃過早飯，又談起昨晚的食蟹之樂，紅薇早梳妝後走出想見，她今天又換了一件淡紅袂衣，臉上薄施脂粉，蛾眉天然，孟哲對她帶笑說道：「昨晚我竟喝醉了，都虧姑娘扶我去睡。我沒有臟你的衣服嗎？這蟹的味道真不錯。」紅薇笑道：「孟老伯的酒量太淺了，第一個醉倒，以後人家也不喝了。」孟哲道：「我也算可以喝幾杯，無如昨晚逢的都是勁敵，我就不能勝任了，今天我還覺頭腦有些不清哩，少停我就要告辭回家去酣睡一夜。」紅薇道：「孟老伯不能在此多住一天嗎？昨晚的大蟹尚沒有吃完，我可以用蟹黃炒給你們吃，這裡很多鮮蝦，我已命醜丫頭買了一小籃，預備在早晨炒蝦仁的。」孟哲道：「謝謝你，我真的要回去了，舍間尚有些小事情呢。」鍾常說道：「孟兄，你何不在此盤桓一天再去。」孟哲道：「不爭這一天工夫，往後我是常要來的。」一邊說，一邊看著史麟微笑。

史麟道：「小子盼望老丈能時時到此，使我得益良多。」孟哲道：「希望你能在此安心學藝，不負史公之託，鍾常兄是最忠實的良師，我也要常來拜望你的。」鍾常道：「小弟只識武術，不懂國學，關於國學方面還是要仰煩老兄的。」孟哲道：

「我也是門外漢，懂什麼呢？」紅薇笑道：「不要客氣，我也要請孟老伯教書呢。」孟哲笑道：「姑娘不嫌老朽無能，我當然是要常來的啊。」鍾常道：「孟兄既這樣說，我也不再緊留你了，改日有暇，務請惠臨的。」於是孟哲別了鍾常父女和史麟，道了珍重，走出門來。鍾常等三人一齊送至湖邊；孟哲下了船，又回頭向他們拱拱手，然後搖動雙槳，自回蘇城去了。

鍾常等站在水邊，直看到舟影已杳，然後一齊回至家中，鍾常陪著史麟在書室裡閒談，紅薇卻到後面廚下去和醜丫頭預備炒蝦蟹的佳餚了。

午飯時，大家吃過午餐，史麟又嘗到紅薇做的佳餚，心裡暗暗佩服她年紀雖輕，而烹飪的手段卻很高明，天資真是聰慧呢。

下午鍾常在書室裡憩坐了一回，史麟坐在旁邊看書，鍾常望望日影已照到西邊牆上，便立起身來說道：「史麟，我們到後園去練習一刻武藝可好？」史麟聽了正中下懷，欣然答道：

「極好，小子等候多時了，正要請老丈賜教。」鍾常道：「你把你的寶劍帶去。」史麟遂向壁上摘下龍泉寶劍，鍾常到裡面搬出一柄大刀和一條樸刀，和史麟一同走到後園去。

後面的園地很大，一半是種著些名花果樹，還有幾座假山，和一座小小的茅亭，外面是種的菜和山芋蔥韭之類，中間在茅亭之東有一片空地，鋪著淺草，就是平日預備給紅薇和醜丫頭練習國術的。鍾常陪著史麟走至這地方，他把大刀、樸刀放在地上，脫下外邊的衣服，對史麟說道：「我的武藝是淺薄得很，然有令尊之厚託，我也許當仁不讓，貢獻一得之愚，但不知你以前練習些什麼，你先使一路劍給我看看可好嗎？」史麟答道：「小子以前也缺少有真實本領的人指教，所以學習得十分淺陋的，今日方得名師，榮幸非凡，老丈既教我舞劍，我也只得獻醜了。」遂也把外衣服脫下，走至中間，將龍泉劍向懷裡一抱，使個金雞獨立的架勢，把劍漸漸地舞將開來，上下左右，進退疾徐，無不中節，舞到後來，劍法漸緊，居然也變成一道白光，滾東滾西，把人影掩蔽了。鍾常在旁看著，不由鼓掌叫好，然而南邊短窗裡起了一陣笑聲，隱隱地也在那裡說好，鍾常回轉頭一望，原來是自己的女兒紅薇和阿俊立在房中，開著後窗，在那裡偷看呢。

此時史麟已把一路劍法舞完，聽得鍾常喝采之聲，立即收住寶劍，向中間站定身軀。鍾常見他面不改，氣不喘，全無力竭之象，不覺又點頭說一聲好，又向那邊窗中招招手道：「紅薇，你也過來練習練習。」史麟也回頭看見了窗裡的紅薇，想不到她在那邊作壁上觀，又驚又喜。

那時紅薇已撲地將窗關上，一會兒只見她捧著明月寶劍，和阿俊一同走來，對著鍾常笑嘻嘻地說道：「爹爹有何吩咐？」

鍾常對著史麟道：「紅薇，我今天陪著他在此練習國術，史麟不愧是將門之子，年紀雖輕，而他的劍法很有可觀，方才恐怕你也已看見了，你也是愛國術的人，今後可以和史麟一塊練習，有了很好的朋友，更將使你高興了，彼此不要客氣，他的劍術你已見過，現在把你學的梅花劍使給史麟一看如何？」紅薇聽了父親的話，斜轉眼睛，對史麟微笑道：「我的劍術淺陋，不值識笑的，怎能舞給人家看呢？」史麟一聽這話，像要開口的樣子，卻又縮住，只是對著紅薇微微一笑，阿俊卻在背後對紅薇說：「小姐，你平日只要拉扯著人家和你使刀弄槍的，今天有了很好的同伴，老爺讓你舞一回劍，你又怎樣推辭起來呢。」鍾常哈哈笑道：「阿俊說話不錯，紅薇不要不好意思。」

紅薇回轉頭去說道：「誰，要你開口做什麼。」她遂將明月寶劍一橫，嗖的一聲，從劍鞘裡抽出昨夜剛才拂磨過的青鋒，輕移腳步，走至中間，將劍使一個旗鼓，又帶笑說道：「請不要恥笑，我今獻醜了。」徐徐把劍舞起，一路緊一路，上下左右都是劍影，把她的嬌體遮蓋在中間，這梅花劍法共有五大門，一百二十五路，是鍾常按著平生的經驗變化出來的，很忠實地教給他女兒，加著紅薇盡心學習，所以神妙非常；史麟在旁看著，只是點頭讚嘆。紅薇本是好勝心重之人，今天當著史麟更特別要賣弄本領，全神一致地貫注在這柄明月劍上，鍾常在旁負著手，觀他的女兒舞劍，也覺得今日異樣精彩，每一路劍都是身到手到力到神到，沒有一點半點的懈怠，若能天天這樣用力使弄，進步自能一日千里，他也明知今天的情形是特別的，這是女兒故意要爭口氣，不肯示弱於人，雖然給史麟看了，教他知道我女兒的武藝高強，自己的面上未嘗不增光榮，因此他老顏生花，一張嘴嘻開著，只是合不攏來。

紅薇把一百二十五路梅花劍舞畢，收住寶劍，仍往懷裡一帶，往旁邊一點，神情自若，向她的父親帶笑說道：「我舞得不好，徒給人家見了笑掉牙齒。」說著話，又對史麟流波一顧，史麟忍不住走上前對鍾常說道：「恭喜老丈，令嫒這一套梅花劍使得神出鬼沒，小子望塵莫及，佩服得很。」鍾常笑道：「這算是什麼，小孩子胡亂舞弄，未臻上乘，你不要誇讚，反使她生驕心。」紅薇將頭一偏道：「我自己知道功夫淺薄得很，哪裡敢驕傲。」

鍾常點頭道：「你這話說得很好，越是有本領的人，越不可驕矜自喜，所謂滿招損謙受益，往往自負多能之流，很易跌翻在人家手裡，因為技術是沒有底止的，只自己以為好，誰知人家比較他還要好呢。以前我在南陽沈子雄友人家裡曾遇見一個異人，那人是一個男傭，容貌清瘦且眇一目，沒有人看得起。沈子雄是仗義好客的江湖英傑，在豫南一帶很有名氣，善使一對黃金鐧，別號金鐧太保，國術高強。這天大會賓客，席間大家談些國術，說得高興時，大家挨次在庭中獻藝，傭僕站在兩旁靜靜觀看。其中有一個姓楊的是著名的大力士，他獨自在庭中玩弄五百斤的石鎖，好似絕不費力的樣子，沈子雄當著眾人，大大稱羨姓楊的有力如虎，說古時候的烏獲也不過如此，且說今日會開群英，都是當世俊傑，而楊君可稱巨擘。眾賓客聽沈子雄讚美姓楊的，自然齊聲附和，齊口稱譽，姓楊的趾高氣揚，左顧右盼，自謂那年在山東濟南擺設播臺十八天，打敗了六十多人，沒有人能夠把他打倒，因此人家都稱他大力士將軍。姓楊的正滔滔地說著得意的話，誰知那個眇目的男僕本站在一旁上菜的，這時候忽然挺身而出，對沈子雄說道：

『這位姓楊的客人自稱大力士將軍，真是狂妄得了不得，在小的看來，這些蠻力有何足道，在濟南擺擂臺時，也許沒有遇見能人，以致僥倖獲勝，天下之大，四海之廣，安知沒有比你本領高強的人。不要說天底下，便是在這裡，堂上堂下坐著許多人，難道沒有一個能夠勝過姓楊的嗎？何以大家這樣畏縮，讓姓楊的目高於頂，睥睨一切呢，小的實在看得氣憤，所以敢說這幾句話。』眇目的僕人說罷，眾人都不由一怔，沈子雄也覺來得突兀，正要開口說話，那姓楊的方閱聽人人的稱譽，忽然被一個貌不出眾的下人當面搶白，他自然怎能忍受得住？他早哇呀呀地叫起來道：『你是誰，你不過是沈家的一個奴才，你主人尚看重我，不敢和我較量，你卻吃了豹子膽似的走出來，胡說八道，真令我氣死，難道你也有勝人之力，出我之上嗎？』

沈子雄也對這眇目的下人說道：『獨眼龍，你雖是新來的傭僕，怎麼這樣不懂規矩，得罪客人，快快退去。』眇目的下人卻冷笑一聲說道：『今天我是看不慣姓楊的如此傲慢，所以出來說這句話，人不可以貌相，海水不可以鬥量，你們休要小覷人家，我第一個便不佩服他。』眇目下人說了這話，姓楊的早跳起身來，一腳踏在椅子上，把手指著他說道：『好，你敢說這話，必定你自己以為有了本領，不肯佩服我，那麼我今天就借沈府這裡擺擂臺，你若能得勝我時，讓你出頭，情願送你一百兩銀子，我也立即離開南陽，不再稱大力士將軍了。』姓楊的說了這話，把外面的長衣一脫，立時一個箭步跳到庭中去，站在正中，把手一招道：『來來來，我姓楊的豈懼怕這獨眼龍，但是你自己要度量度量，休得輕捋虎鬚，打斷了你的脊梁骨，莫要後悔。』眇目的下人笑嘻嘻地慢慢走到庭中去，也不脫去身上衣服，對姓楊的說道：『你我怎樣較量，我都可以，我的脊梁骨，不知你能夠打得到打不到，要打出來看哩。』此時沈子雄和賓眾一齊帶著驚懼之色，起身出席來看他們交手。那時候我也是其中的一個人，自己雖有薄技，卻不敢在人前賣弄，懷著好奇之心，在旁作壁上觀。」

鍾常說到這裡，頓了一頓，咳嗽了一聲，史麟、紅薇和阿俊都立在旁邊靜聽，鍾常又說道：「我看他們倆比試時候，姓楊的先動手，一拳打到眇目下人的胸前，他絕不避讓，反挺著胸子受他一拳。說也奇怪，一招打在胸口，宛如打著破棉絮一般，聲音也聽不出，姓楊的剛想收回自己的拳頭，誰知自己的拳頭已緊緊吸住在眇目人的胸頭，饒他怎樣用力，要想拳頭收回時，他的拳頭好似生了根一般，拔不回來。姓楊的臉都漲紅了，連忙又一拳打向他的肋下，真奇怪的，照舊吸住，好似獨眼的下人身上都是磁石，含絕大的吸力一般，姓楊的雙手全都被吸住，動彈不得，獨眼的人倒退三步，姓楊的隨退三步，失去了自主力，盡由獨眼人擺布。獨眼人笑了一聲說道：『如何，你的力氣雖大，有何用處，去吧。』又把身子一挺，姓楊的倒退數步，跌倒地上，良久方才爬起身來，滿面羞愧，低著頭退回原座，一語不發，方才的氣焰頓時挫折，消滅於無有之鄉了，獨眼的下人卻尚立在庭中。

「沈子雄在旁看著，有些不服，走過去對他說道：『你的本領大概專練習這一套的吧，也許你懂什麼妖法的，把人家糊糊塗塗地弄輸了，這有什麼稀奇，你做了我們的下人，卻得罪我的賓友，使我對不起人家，我倒要自己和你較量一下呢。我們大家要打對手的，這樣不動手而取勝於人，現不出你的本領，我的雙鐧可說在黃河南北無敵手，你也能夠用了軍器和我鬥一百合嗎？』獨眼的人此時不稱呼沈子雄為主人了，卻淡淡地答道：『不動手使人家輸，是不足為奇的嗎？這卻是我的客氣，你說要用軍器和我鬥一下子，我也可以遵命，什麼刀槍劍戟我都不用，我只要用一根馬鞭子就得了。』沈子雄自仗技高，說一聲好，便叫左右去取出自己的黃金鐧來，一會兒早有兩個下人捧著一對黃兵刃過來，他這對兵刃有三尺長，共重三四十斤，燦爛光輝，是沈子雄生平喜用的祖傳利器，在這對兵刃下不知打敗了多少英雄好漢。他取到手裡，向左右擺盪了一下。

獨眼的人自到外邊去取了一條較長的馬鞭子來，說道：『這是馬伕老陳的，我向他借來用用。』此時眾人又圍攏來觀看，姓楊的也如鬥敗公雞一般站在一邊，沈子雄用手向獨眼下人一指道：『你這樣藐視我們，豈有此理，這馬鞭子又有多大用處，我真不信，不妨你打過來便了。』獨眼人微微一笑道：『我雖然來的時候不多，你總算是我的主人，不能不讓你幾分，請你先動手好了。』沈子雄冷笑一聲道：『我手裡兵刃卻不認識人的，今日是你自己討死，死而無怨。』獨眼人笑道：『放心吧，今天我絕不會死，不要你破費錢買棺材的。』

「沈子雄又是一氣，舞開兵刃，踏進一步，照准獨眼人當頭一鐧打下，獨眼人騰地向左一跳，沈子雄一著打個空，身子向前衝了一衝，罵一聲：『瞎奴，你怎麼躲起來了。』又使個枯樹盤根，兵刃向獨眼人下三路掃去，獨眼人縱身一躍，從兵刃上跳過，沈子雄又打了個空，咬緊牙齒，又罵了一聲，左手兵刃向前虛晃一下，故意讓他避向右邊去，卻跟著又是一鐧橫掃過去，離開眇目人胸前只三寸，口裡喝一聲著，大家在旁看著，這一個聲東擊西之計，以為眇目下人萬萬閃避不及了，姓楊的更是歡喜，幾乎拍起手來，誰知眇目人不知怎樣的又是輕輕一跳，已至沈子雄背後，冷冷地說道：『有勞貴手，我在這裡呢，僥倖我的脊骨還沒有打斷。』沈子雄又氣又惱，又驚又愧，暗想這獨眼人躲避的功夫真好，莫不是平日練成的，自己一連三次，竟打不到他身上，在眾賓客面前怎樣交代得過呢，馬上次過身來，圓睜雙目，又對眇目人說道：『你這人只管東閃西避，跳來跳去做什麼，是真有本領的，怎麼不與我交手。』

眇目下人笑嘻嘻地說道：『你該明白，這是我讓你三下，客氣一些，你若要再打過來時，休怪我要無禮了。』沈子雄大怒道：

『啊，我要你讓什麼？』右手一起間，嗖的一聲，又向他當頭打下，眇目的人此時不再閃避了，舉起馬鞭往上輕輕一撩，早把沈子雄的兵刃搭住了，馬鞭是軟的，在兵刃上繞了兩轉，順手一推，沈子雄不知不覺地左手一鬆，手裡的兵刃已落到地上。

心裡一怔，還不肯讓，惡狠狠地又把左手兵刃呼的一聲打至眇目下人的腰間去，眇目人不慌不忙，又將鞭子迎住兵刃只一繞，說也奇怪，沈子雄左手中的兵刃，又噹的一聲，墜落到地上，兩手成空，口裡不由喊了一聲『哎喲』，眇目人哈哈笑道：

『大力士將軍，金鐧太保，我都領教過了，可再有什麼英雄好漢，讓我看看他的真實功夫。』沈子雄硬著頭皮說道：『你拿一條馬鞭子，以巧勝人，大概是妖法的吧，我還是不服。』眇目人說道：『你還不服嗎？我老實告訴你吧，久聞金鐧太保名高中州，所以我假作到此求做傭僕，要看看你的本領，究竟如何？來此一月，已知你淺陋得很，並無什麼特異之處，見面不如聞名，使我感到失望，本想在日內離去了，今天適逢大會賓客，又想看看你的客人中間可有什麼奇才異能之士，誰知那姓楊的徒具蠻力，沒有真實的功夫，餘者碌碌，更不足道，心裡實在有些不耐，故出面遊戲三昧，姑與你們小試其技，果然都是銀樣鑞槍頭，毫不中用。天下人大都向聲背實，可恥可笑，我也不要你們的一百兩銀子，我今去了。』說罷，將身一躍，疾如飛鳥，早已到了屋上，縱聲大笑，笑聲過後，倏忽不見。

「眾賓客無不目痴口呆，沈子雄聽了這話，倏然無色，自知遇到了異人，沒奈何拾起地上兵刃，交與僕人拿去，自己和眾賓客退到座上，嘆口氣說道：『這人來此不過一個月光景，自言窮途落魄，願在此間操作，作一豢養，哪裡知道他是有心來試探人家的喲？今天我們吃虧了，由這人猖狂，我很慚愧。』

姓楊的也說道：『這人專會以巧取勝，真實的力量也沒有施展出來，我們只當他是個瘋子，活見鬼，今日算我霉氣。』於是大家斟酒重酌，強作歡笑，將這事掩飾過去。當時我雖在座，自知國術尚是淺薄，所以未敢多事，但知那眇目的一定是位異人，他的本領出人頭地，能用軟功得勝姓楊的，又用馬鞭套人兵器，這些還不是真實本領嗎？可笑沈子雄和姓楊的明明輸了，還不肯坦白承認，反為識者齒冷，這真是不足為訓了，所以今日我把這往事告訴你們，就是要警誡你們千萬不可恃才傲物，而當虛懷若谷，因為能武的人往往喜歡好勇鬥狠，彼此仇殺，這也當切忌深誡的啊。」

鍾常說罷，史麟、紅薇都聽得津津有味，史麟說道：「老丈之言正是很好的教訓，小子敢不自勉。」鍾常又道：「往日我所遇的奇聞逸事甚多，以後我再告訴你們，現在你們倆都已舞過劍，待我舞一回大刀給你們看著可好？」史麟道：「小子正要請教。」鍾常便從地上拿起一柄大刀握在手裡，走至場中，擺一個騎馬勢，將大刀上下左右地飛舞起來，一片刀，不見人影，唯聞刀環上叮噹亂響，史麟在旁很留神地看著，覺得鍾常這路刀法非常緊張，上中下三路，每路有獨到之處，與眾不同，很有幾下殺手，可以令人學得。等到鍾常一路刀使畢，把刀頭向地下一插，走過來對史麟道：「我是胡亂舞著，你看我的刀法有沒有破綻。」史麟帶笑說道：「光搖冷電，氣凜清風，老丈使得好刀法，可謂世無其匹了。」鍾常笑道：「何必如此謬讚，你是天縱之才，若能用心學習，前途進步，未可限量，惶憾老朽寡能，不足為人師資罷了。」史麟道：「老丈休要謙卑，小子能得老丈指示，實在是天大的幸事，尚請老丈時時指教。」

鍾常點點頭道：「我當然要極盡我思，貢獻於你的，方才你的劍法很好，不知你喜歡學習什麼。」史麟道：「我見令嬡舞過的梅花劍，非常精妙，小子也想學會這一套，老丈可肯賜教。」

紅薇聽史麟要學梅花劍，不由微微一笑道：「我使的梅花劍幼稚之至，爹爹再使一套吧，人家要學，卻不能說不好了。」

鍾常點頭道：「也好。」於是他便從紅薇手裡，取過這柄明月寶劍，一路一路舞給史麟看，史麟很留意地注視著，等到鍾常一百二十五路梅花劍舞畢，才帶笑說道：「老丈使得真好，小子當心練習，現在稍休憩吧。」鍾常道：「我還不覺疲乏，且把此中訣竅指點於你，你是聰明人，不難窺得門徑。」遂把梅花劍前後起訖諸要點，講解與史麟聽，史麟恭恭敬敬地耳聆面誨。鍾常講了一番，又對紅薇說道：「今後你閒暇之時，可以陪伴史麟世兄練習武藝，也不必客氣，也不許胡鬧，我是知道他脾氣的，人家是很有規矩的，莫給人家笑為鄉村裡的女娃。你們也可以兄妹稱呼，如同一家之人，你須要好好款待這位嘉賓。」

紅薇聽了，笑而不答，她把一雙秋波去斜盼史麟，鍾常也對史麟說道：「小女性情直率，日後倘有什麼不到之處，言語衝撞，你也要看在我的面上，不要和她計較，只當她是個小孩子便了。假若她的母親在世時，也許她還要索奶吃呢。」說得史麟、紅薇和阿俊都笑起來。

這時候史麟和紅薇彼此漸漸接近，且知道各人的本領了，晚上鍾常又陪著史麟喝酒，讚他好酒量，史麟不敢多喝，適可而止。鍾常見他彬彬有禮，更是歡喜。從此史麟住在紫雲村，讀書習武，換了一種生活。

孟哲有時也來探望，講些經史給他聽，他也是執卷請益，析疑賞奇，飲酒談天，足解寂寞。鍾常是直率的人，待他如自己兒子一般，使他大大感激，而紅薇漸漸和他熟了，常在一起習武，看著紅薇一種天真的嫵媚，也足使這位公子忘憂解愁，何況湖上風景清美，波光山色，也能蕩滌胸懷呢。

第四章　俠女比武

有一天鍾常到鎮裡去拜訪孟哲不在家，午後無事，史麟坐在書室中看書，四下裡靜悄悄的，只聞簷前小鳥唧唧之聲，忽聽腳步響，抬頭一看，見紅薇挾著寶劍，走進室來，他連忙放下書卷，立起身來，做出歡迎的樣子。說道：「世妹請坐。」紅薇道：「不用客氣。」便在他對面一張椅子裡坐下，史麟也坐在原座，紅薇說道：「世兄，你在此用功看書嗎？我想同你到後花園中去練習劍術可好？」史麟道：「很好，今天因為尊大人不在家，所以我本不想練習，在此看一會兒書。」紅薇道：「國術是要天天練習的，不要管我父親在家不在家，我們仍舊要用些時間去練習，方才我在後園中等待不至，所以跑來請你，不知你高興不高興？」史麟道：「當然高興，但有勞世妹久待，抱歉之至。」紅薇聞言，立起嬌軀道：「抱歉什麼，我們快到後園去吧。」史麟知她是性急的人，不敢怠慢，就走向壁上摘下龍泉寶劍，伴著紅薇一同走到後園。

這時候已在十月之初，籬畔黃菊已漸枯老，卻還挺著傲霜之枝，和那西風抵抗，有許多樹已是落葉枝禿了，唯有一株丹楓，卻尚紅著，二人走至草地上，兩人對面立著，史麟細看紅薇今天穿著一件墨綠的夾衫，臉上略敷脂粉，額上排著瀏海，背後梳著一條松鬆的髮辮，又是一種裝束，越顯出她的處女之美，不覺一陣出神，紅薇喜孜孜道地：「今天我們不用打拳了，大家各舞一會兒劍好嗎？」史麟點點頭道：「很好，世妹請先舞，我學的梅花劍法還未純熟，不及世妹精通，也好給我暫時觀摩了。」紅薇也不客氣，便道：「你教我先舞，我就舞一下子給你看看。」遂抽出寶劍，使開解數，紅薇霍霍地將一百二十五路梅花劍舞畢，然後收住寶劍，向旁邊一跳，又對史麟說道：「我今天舞得很不好，世兄請舞吧。」史麟也把龍泉劍抽出鞘子，將劍向外一擺，立刻舞將起來，也將一百二十五路梅花劍法使完，向紅薇連忙說道：「我真舞得惡劣不堪，請世妹指教。」紅薇道：「你舞得果然很好，莫怪我爹爹常在我面前誇讚你的聰明，他又說將來你的武藝超出我之上呢。」

史麟聽了這幾句話，受寵若驚，忙笑說道：「世妹這樣說，使我慚愧極了，我怎敢望師妹的項背呢。」史麟這樣說，雖是表示謙虛，但紅薇卻搖搖頭說道：「我不信，你說的是不是真心話，你莫不是反說，習武藝的人大都不肯示弱，不情願說自己的本領不如人家的，你卻說不敢望我，這不是有意諷刺我嗎？」史麟向紅薇臉上望了一望說道：「啊呀，我怎敢說世妹你，簡直我的本領不及你呢，我當然說的真心之言，由衷而發。」紅薇仍搖著頭道：「我不信，我不信。」史麟見她如此，卻再沒有話可說了，只好仰著臉，看看天空，不出一聲。紅薇又道：「敢是惱我嗎？」史麟聽她的話越說越不對了，忙走前一步說道：「世妹是我敬愛的，我怎敢戲耍你呢？世妹不必疑心，我們再來舞劍可好？」史麟想藉此拉扯過去就完了，誰知她又說道：「你要我相信，今日我和你各用寶劍比上一比，誰勝的就是誰的本領高強，不用話說了。」史麟把手搖搖道：「我怎敢和世妹比試劍術，倘然彼此失手，如何是好，我自己承認我的本領不如世妹。」紅薇將頭一扭道：「你又這樣說了，我一定要和你比試的，彼此若如有失手，誰也不能怪怨誰，爹爹也說你的本領不錯，我自己不信比較你好，無論如何一定要比過一番，方見高低，你若不和我比時，你就是惱我。」紅薇說這些話，一張小嘴早已凸起，像是生氣的模樣，史麟在此答應不好，不答應也不好，真是進退為難，處在無可奈何的地步，不知所以，口裡囁嚅著說不出話來。

紅薇本是性氣高傲的人，所以她父親在史麟初至時便向女兒告誡，教她不要傲視人家，為難人家，可是紅薇生性如此，怎肯聽從她父親說的話。而鍾常又不知不覺，在她面前說起史麟的專心習武，是個可造之才，將來也許他的武藝比較紅薇要好，這也是鍾常一時歡喜史麟，說出這句話，藉此勉勵紅薇的，誰知紅薇因此偏不服氣，早存著心要和史麟比試比試，方才罷休，恰巧今天鍾常不在家，她就逼著史麟必要和她比試劍術，把這個難問題加到這位公子身上來了。史麟遂不得已說道：「我倆不用比劍，大家比一回拳可好，我的劍術哪裡及得世妹精妙呢？」紅薇搖搖頭說道：「不，我一定要和你比劍的，你這話是反說，不比一下，怎分高低？比打我罵我，還要厲害呢。」史麟聽紅薇說話如此堅決，今天無論如何逃避不了，便對著她的俏面龐凝視了一下，帶笑說道：「世妹是一定要和我比劍，那麼我也只好奉陪了。」

紅薇聞言，方才回嗔作喜道：「世兄早答應我不好嗎？快來快來。」說著話，提了明月劍，退下數步，右手反挺著寶劍，對史麟點頭微笑，史麟也將龍泉劍一擺，說道：「世妹請。」紅薇笑道：「我是主，你是客，主人是理該敬重客人的，我不先下手，請你快快過來吧！」史麟見紅薇憨態可憐，雖然不贊成她的驕矜之氣，可是小女兒一片天真，在這裡未嘗不見得有可愛之處，便將寶劍使個遊龍取水式，向她胸前刺過來，還說道：「我的寶劍來了。」紅薇把劍向外一撩，噹的一聲，架開史麟的劍，踏進一步，使個恨蝠來遲的劍法，一劍已橫掃到史麟的頭上，史麟覺得這劍來得迅速，將頭一低，在劍鋒下鑽過去，又是一劍向他下三路劈去，紅薇一劍掃個空，見史麟的劍又至，不及遮格，把身子往上一跳，躲過了一劍，二人這樣的你一劍我一劍，來來往往，鬥了十數合，紅薇覺得史麟的劍法果然不錯，她自己把劍使高興了，只顧一路緊一路地威逼上去，忘記了自己和他是比著玩的；史麟見她逼得緊，他只得很謹慎的招架，不知不覺地漸向後退。紅薇左一劍右一劍，苦苦進迫，竟乘個空隙，一劍掃向他的脅下，史麟險些兒不及躲了，把身子向左一橫，奔奔蹌蹌地倒退數步，幾乎跌下地去，總算僥倖躲過這一劍，汗流浹背，心裡嚇了一跳，暗想：「我是和你比著玩的，你怎麼認真進攻，倘不是我躲得快時，不要被你刺傷嗎？紅薇太不知利害了，自己不能太示弱哩。」他這樣想著，紅薇跟進一步，又是一劍向他下部掃來，於是他假作防禦，俯著身子，把劍往下一撩，紅薇剛想收回劍時，史麟早已使個鳶飛戾天式，驀地跳至紅薇身旁，一劍向紅薇頭上掃去；紅薇說聲不好，忙將首一低，幸虧史麟的劍偏了一些，從她的髻旁削過，紅薇髻上本插著一朵小紅花，早被劍鋒削落在地上。紅薇側身往旁邊一跳，伸手摸摸自己的雲發，已略有一些蓬亂，臉上不由一紅。史麟連忙收住劍，向紅薇深深一揖道：「我一時不小心，有驚世妹了。」紅薇正是要說話時，門裡面笑聲哈哈，阿俊已跳將出來，拍手說道：「好劍好劍，小姐輸了。」

紅薇當著阿俊之面，倒不好意思發作，只得勉強帶笑說道：「輸了輸了，世兄的劍法果然高強，經過這遭比試之後，我就知道你的國術比我好得多了。」史麟道：「怎敢怎敢，世妹不要謙遜，這是世妹故意讓我的，我怎敢有傷世妹，所以趕快收住寶劍，但已削落了世妹頭上的一朵花，多多得罪，待我來賠償與你吧。」說畢，忙走到西首假山石邊採了一朵紫色的花朵，跑過來代她插到發上，紅薇起初心裡不免有些著惱，以為史麟有心欺弄自己，尚有些不服輸，但也覺得史麟的劍術神奇，應付靈活，斷乎不在自己之下，給阿俊丫頭跑來一說，她也板不起臉來；現在史麟又去採了花朵，代她插上，連連向她道歉，不禁使她回嗔作喜，哈哈笑出聲來，說道：「世兄說什麼話，這樣一比試，你的本領比我強得多了，我很佩服。」史麟聽紅薇銀牙裡迸出「佩服」兩個字來，真不是容易的事，如膺華袞之榮，心裡說不出的快活，嘴裡只說：「不敢不敢。」

紅薇回顧阿俊說道：「你好大膽，竟敢來此偷看。」阿俊笑道：「這樣好的比劍豈可不看，我在門裡偷看多時了，公子的劍起初甚是遲慢，小姐卻專捉他的破綻緊緊進攻，其勢十分凶猛，公子步步退讓，險些中了你一劍，所以他也還擊了你一下，我看小姐太咄咄逼人哩。史公子這一劍是敗中取勝，出於不意的，幸虧彼此都沒有損傷，其實如此比劍很是危險的，和真相殺又有什麼分別呢？老主人若然知道了，一定要不許的。」

紅薇忙說道：「你不許多說，少停我父親回來時你千萬不可說的。」阿俊笑道：「我知道的，老主人倘然知曉，連婢子也要責備在內，婢子怎敢饒舌呢。」

紅薇點點頭，又回頭對史麟說道：「阿俊也習過國術，世兄你要見見她的本領嗎？」史麟道：「原來令婢亦諳武藝，難得難得，真是將門之中無弱手了。極願一見。」阿俊聽紅薇說她懂武，忙道：「啊呀，婢子一些不會的，怎敢班門弄斧，在公子面前出醜，小姐自己要賣弄本領，怎麼拉扯到小婢身上來呢？」紅薇道：「你不要假惺惺了，你若是不會武藝的，平時怎會和我一起練習呢？今天無論如何，你必須試一回，否則我絕不饒你。」史麟也在旁邊說道：「小姐教你試一下，你試一回吧！大概你也有很好的本領，大家都是自己人，何必客氣。」

阿俊聽史麟如此說，就點了一下頭說道：「那麼婢子只得遵命了。」立即轉身出去，取了一雙鴛鴦鍾進來，史麟看她手中的雙鍾，約莫有四十斤重，能夠使這東西，武藝一定錯不了。阿俊走至中間對二人說一聲：「婢子放肆了。」將雙鍾左右一擺，慢慢兒舞將起來，漸舞漸緊，恍如兩團黃雲，上下左右的旋轉，把她的身子都蓋沒了。舞到酣急之時，驀地收住，垂著雙鍾，又向二人說一聲獻醜獻醜，史麟拍手稱讚道：「錘法甚佳，無懈可擊，平常二三十人近身不得呢。」

阿俊又帶笑對紅薇道：「自從史公子來後，小姐天天和史公子練習，丟下了婢子，婢子已有多時沒練習，手裡自覺生疏了。」紅薇聽她這話，似乎有些醋意，便道：「誰教你怕羞，不來一塊練的呢？」史麟道：「以後正好一起練習，你們主僕倆都是有根基的人，使我十分欽佩哩！」紅薇笑道：「世兄又要這樣說了，大家的本領都已知道，不必再說客氣話；練好了武藝，將來自有用處，世兄比我們更其重要。」史麟聽了這話，觸動他的心事，不由感觸萬分，雄心勃勃，阿俊見他們在談話，她就提著雙錘退出去了。史麟又對紅薇說道：「阿俊容貌雖然醜些，而身懷絕技，勇敢剛烈，也是青衣中不可多得人才，真是人不可以貌相呢！全國術大概都是從尊大人傳授的吧！」

紅薇道：「要說這丫頭很有來歷，差不多在七八年前，我父親還沒到太湖邊上來的時候，他老人家有一次到嵩山附近去拜訪一個朋友，走到歸途的當兒，錯過了宿頭，腹中十分飢餓，看見遠遠的樹林邊有一茅舍，他想那邊既有人家，何不跑到那邊去告借一餐呢，於是他飛快地跑至那家，雙扉空掩，矮垣裡聽得叮叮噹噹，有金戈之聲，我父親十分驚奇，連忙推門而入，只見亭中有一個老嫗拿著一柄單刀，正和一個胖頭陀惡戰，那胖頭舵手裡一支鐵禪杖，舞得十分酣急，有風雨之聲，老嫗的刀法雖然不錯，但力氣已弱，不是他的對手，漸漸向後退卻，那胖頭陀哈哈狂笑道：『你這老乞婆逃到哪裡去，今日俺送你上鬼門關去吧！』猛地一禪杖掃中那嫗的頭顱，仰後而倒，我父親料想那胖頭陀必非善類，白晝傷人，不容坐視其猖狂，於是拔出佩劍，跳至胖頭陀身旁，正要問話，那胖頭陀一見我父親，以為是老嫗家中的人，馬上呼的一禪杖打向我父親的腰際，我父親遂和他惡鬥一回，那胖頭陀果然厲害，我父親使出降龍伏虎劍來，方才逼住他的禪杖，向他一劍刺去，擊中他右臂，鮮血直流，胖頭陀狂叫一聲，拖了禪杖，逃出門去。

我父親也不追趕，便俯身察視那地上的老嫗，那時室內有一個女孩子跑出來，伏在老嫗身邊哀哭泣，那老嫗臉上一片血肉模糊，一隻眼珠子也凸出了，對我父親嘆口氣說道：『義士，你來此拔刀相助，刺傷了那胖頭陀，使我十分感激於你，但我這條老命不能活了，只好來生結草以報吧！』我父親正要說話時，那個小女孩卻在旁邊拖住老嫗的衣襟，大哭大跳，老嫗又對我父親說道：『這女孩名喚阿俊，是我的孫女兒，可憐她的父母都早死了，她的父親就喪在那胖頭陀的師兄手裡，我和丈夫為了報仇，二年前曾把仇人刺死。那胖頭陀的本領很強，所以隱居埋名地來到這嵩山之下結廬而居。不幸去年我丈夫患病逝世，拋下了我和孫女二人在此。誰料那胖和尚依然會探根問底地找到這地方來，他雖知我的丈夫業已去世，卻仍不肯放過我，要取我的性命。我為自衛計，遂和他狠鬥起來，可是我年老力衰，敵不過他，中了他的禪杖。我死無怨，唯不忍我這小孫女凍餓而死，無人照顧，我要請求義士收養她做個小丫頭吧！她面貌雖醜，心地卻很忠厚，千萬請你答允我的請求。』那老嫗斷斷續續說到這裡，已不能再說話了，立刻瞑不視，我父親不忍不依老嫗臨死之言，只得帶了女孩子回來，漸漸長大，便是這丫頭的歷史了。可是當時老嫗死得很快，沒有將他們一生的事跡說個明白，問這個丫頭時，她也完全不知，只好變成個悶葫蘆了。她自幼臂力很強，我父親教中國術的時候，常在一旁偷看，所以我父親也將國術傳授於她，也使我多一個同伴哩，可憐她孤苦伶仃地，連自己的家世也不知道，有時和她講起了，她常常要流淚哩。」

紅薇一句一句地告訴史麟聽，史麟只是點頭嘆息，紅薇剛才說到這裡，忽見醜丫頭跑到後園來，對紅薇道：「小姐，那個姓何的又來了，真不巧，主人又不在家。」紅薇道：「是不是何正？」醜丫頭道：「是的，還有他的夫人一同來的。」紅薇道：「那麼我只好出去接待了。」說罷話，遂和史麟一齊走到外邊客堂裡，只見何正和他的夫人趙香玉坐在一旁，他們看見了紅薇，慌忙站起身來道：「鍾老爺子不在府上嗎？」紅薇請他們坐下，說道：「真是不湊巧，今天家父到城裡去了，不知他是不是當天回來，還不一定，抱歉得很，二位可有事。」何正道：

「沒有什麼事，我和內子因為好久不見尊大人的尊顏，所以今天特來專誠拜謁，問候起居，兼帶奉一些微物以佐下箸。」

說著話，把手向東邊地下一指，正放著一大堆東西，乃是兩缸好酒，一對野鴨，兩支火腿，四缸茶葉，一大籃雞子，還有一串魚翅。又說道：「就請小姐哂納勿卻。」紅薇連忙說道：

「啊呀呀，這裡不敢當的，不多時候承先生送來洋澄大蟹，一快朵頤，現在又送了許多珍品，我若拿了，家父歸來，必要責怪我不會客氣。」何正道：「這些都是不值錢的粗貨，請你千萬不要客氣，收了我的，我們才樂意呢！」香玉也帶笑說道：「小姐，你性子很直爽的，為何現在也學會了客氣，我們多蒙尊大人搭護之恩，一世報不了的，這區區微物，又何足掛齒呢？」

紅薇笑了一笑，她再不會說客氣話了，阿俊早送上茶來。

何正見紅薇身邊站著的一個少年，英姿颯爽，不同凡俗，向沒有見過，遂忍不住問道：「你們二位手裡都拿著寶劍，莫非在後園練習國術嗎？可敬可敬，但不識這位公子是誰，可是令親，能不能代我介紹一下。」紅薇只得答道：「這位史公子是家父老友的令郎，暫時寄居於此的，今日閒著無所事，方在後園使劍玩呢。」遂介紹史麟和何正見面，一同陪著坐下，二人且將兵器交於阿俊去放在原處，紅薇看著何正夫婦有一搭沒一搭地胡亂閒談，史麟看何正容貌也很清秀，不像鄉村之人，談吐間也很斯文，又見香玉生得姿色華麗，身材苗條，而裙下雙鉤，更是纖小如菱，三寸紅緞弓鞋，隱在裙裡，若和紅薇的一雙天足相比更是輕纖有致，楚楚可憐，無怪何正為了她要神魂顛倒，不能自持，黑夜幽會，險些兒送去性命呢！何正夫婦談了一刻話，就要告辭回去，紅薇也不多留，又謝了他們一聲，和史麟送出門去。門外在柏樹村裡的小船，迎著二人下舟，載他倆回村去了。

紅薇送罷何正夫婦，和史麟在湖邊小立片刻，遙矚波光，上下一色，天壤相毗，碧澄金蕩，過山點點，如列翠屏，如聚青螺，不覺為之神往，暗想太湖三萬六千頃，不少清幽之處，怎能夠和紅薇駕舟一遊，以慰我憂呢，紅薇見史麟呆呆地遙望水波，出了神，忍不住向他問道：「世兄，你在想什麼？」史麟答道：「我看這湖上風景甚是清麗而雄壯，值得人們流連，我自到此村以來，尚未越雷池一步，幾時能得世妹駕著一葉小舟，在這太湖裡徜徉一天，以暢胸襟，這才是不可多得之樂呢！」紅薇道：「你想往湖上一遊嗎？這也是容易的事，我家有現成的小舟，我和阿俊都能搖船，隔一天待我稟明瞭父親，與世兄出去遊一天也好。」史麟道：「如此我就感謝不盡，只恐尊大人輕易不許我出去的。」紅薇聽了這話，沉吟半晌又說道：「這也未必一定，我想得出去遊玩一天，也沒有什麼妨礙，只要自己謹慎便了。」史麟道：「這要仰仗世妹代我說項了。」

紅薇道：「你不要擔心，我必要求我父親答應這事。」二人說著話，已有兩三鄉人閒閒地走過來偷看他倆，史麟早已覺得不便直說，只說：「我們進去吧！」二人就轉身走入門去，把門關上。阿俊正在把何正送來的東西一一地搬入書房中去，帶著笑對紅薇說道：「小姐，那姓何的很有良心，常常送禮物來孝敬主人，這善事行得不錯，救人到底不虛的。」紅薇笑道：「救人是見義勇為，我父親當初援救何正豈是望他報恩的呢？他老人家早已忘懷，倒是何正夫婦不忘恩德，一再送物前來，這也是他們的一點意思，我父親也不希望他們多多送物呢！」

紅薇說罷，又與史麟在書房中坐談了一刻，天色漸黑，而不見鍾常回來，紅薇道：「我父親對我說今天必要趕回，怎麼到這時候還不回來呢？」史麟道：「也許尊大人被孟哲留住飲酒，今天不及回轉，將耽擱一宵了。」紅薇心裡十分焦躁，吩咐阿俊到門口望望湖邊可有歸舟，阿俊答應而去。

一會兒室中已暗，紅薇去掌上了燈，阿俊也走進門來，說道：「天色已黑，湖上船隻無有，主人今晚一定不歸，我們不必待他，先煮晚飯，炒幾個雞蛋給公子吃，至於那野鴨，留著明天再拔毛洗煮吧！」紅薇道：「好的，只是我父親怎麼還不歸來，他要是不回家的話，為什麼不先告訴我呢？」阿俊笑道：

「主人不回來，我們也是要吃晚飯的，小姐又不是三歲的孩子，難道還吃奶嗎？將來出閣後，也能夠一輩子跟隨主人嗎？」紅薇聽了，面上一紅，說一聲：「啊，阿俊你知道什麼？我一輩子不嫁人，要跟著我父親的，你不要胡說八道。」阿俊一伸舌頭，笑嘻嘻地走去了。晚餐後，鍾常仍不見回，紅薇也知父親今晚不歸了，心裡思念他可有什麼事情。史麟道：「你放心吧！他老人家怕什麼，況且鎮上是我父親掌管，絕無他事。一定和孟哲喝酒喝高興了，醉得他不能動了。明天他老人家自必安然回來，世妹千萬放心。」

紅薇點點頭，她因今天整個的一個下午伴著史麟在一起，現在已經天晚，不宜久坐，遂告辭回房。史麟看了一回書，聽聽遠處更鑼已鳴二下，也就想歇息，躺到床上，他想：今天和紅薇比了一回劍，又敘談多時，覺得紅薇又爽直，又嫵媚，雖然性子有點嬌氣、驕氣，也無所謂瑕；心中覺得這個小女孩可愛極了，這也是自然的，本別無他意。有這個女孩相伴，便隱居在這紫雲村中，竟一些不嫌寂寞呢。

次日上午，他依然看著書，紅薇在廚下卻忙著和丫頭洗煮野鴨。時間不大，紅薇便把一隻野鴨放在盆子裡請史麟吃。史麟道：「尊大人尚沒有吃，小子怎敢先嘗美味。」紅薇道：「我已給父親留下了。這只野鴨，你盡吃不妨，我在鴨肚子裡塞了胡蔥，加上好醬油，加上許多佐料，你嘗嘗味道。」史麟聽她這樣說，遂把這野鴨撕著肉吃，嘖嘖稱讚道：「味道真好，真是妙極了！」紅薇聽史麟讚美，十分喜悅，把鴨腿和鴨脯讓給他吃，二人邊說邊笑邊吃，午餐後，紅薇正要和史麟再到後園練習國術，只見鍾常回來了。紅薇見了父親便拉著他的衣襟說道：「爹爹，你昨晚可在孟伯伯那邊喝酒了吧，也不回來，使孩兒望眼欲穿了。」鍾常道：「昨天本想回來的，只因……」鍾常遂對史麟說道：「令尊差人到孟哲那邊去邀請，我遂和孟哲去拜見他的……」史麟忙問道：「家父請二位，可有什麼別的要事，老丈可以知道一二，我小子在此間一些沒有知曉，請老丈明以告我。」鍾常點點頭，便同紅薇、史麟一齊走到寓室裡，坐定後，才皺皺眉頭，把史成信的事告訴了史麟知道。

第五章　莊主託孤

清平鎮與清兵對壘，卻因清兵他處有事，未有大舉進攻，雙方對峙反成小康之局，史成信乘機，又夜襲清營，清兵反倒撤走了，於是清平鎮索性平安無事了。鍾常、孟哲到鎮上來，與史成信見面，成信設宴招待，鍾常見面之後，便將史麟在他家中習武讀書的情形詳詳細細地告訴一遍。成信聞史麟安好，心中甚慰，向鍾常道謝。鍾常謙遜不遑，成通道：「目下清兵撤走，清平鎮暫時無事，我欲抽暇到府上一看，順便見犬子一面，不知可否？」鍾常道：「唯盼莊主小心，不要被人知道。」成通道：「那是當然，我只同親信一名同往好了。」

當下說定，鍾常遂先要告辭回家，以便略為預備，見了史麟，告訴他父親要來看望，史麟高興萬分。紅薇在旁聽得史莊主要到自己家中來，暗想常聞他大名，卻沒有見過一面，今番可以一識廬山真面目，心中喜不自勝。鍾常既已告訴了史麟，便和他女兒和丫頭等立刻將屋子內外打掃乾淨。他們家裡本是很清潔的，加上一番洗掃，裡裡外外沒有一處不特別明淨了。又把花盆陳列在廊下，室中的陳設也換過，裝飾得雅潔非凡，可坐嘉賓，又和阿俊到市上去買來許多魚肉佳品，隔夜叫紅薇在廚下一樣樣預備好，以便明天款客，史麟書也沒心思讀了，專待父親到來，晚間也覺喜而不寐。

次日清晨，鍾常父女以及阿俊都是一早起身，紅薇更是妝飾得十分婉孌，穿件紫色的女衫，一種少女之美，輕倩動人，走到外邊來，見史麟衣冠整潔，背著雙手在庭中徘徊，便帶笑問道：「世兄，你好早啊。」史麟回頭見紅薇今日出落得特別嬌麗，便微微一笑道：「世妹，我清早起來等候我父親到臨，希望天賜順風，快快送我父親到此。」紅薇笑道：「你真是個呆子，你父親清早動身，最早也要午時抵此，這時候你已要等候嗎？」史麟道：「我聽得父親要來，一切的事情沒有心思，眼巴巴地只是盼望他到來，但又要忙勞你們一家人了。」紅薇搖搖頭道：「這算什麼，也值得說什麼忙勞，你父親肯屈尊降貴，到茅廬中來，這是最光榮的事，只恐這裡一切簡陋，不足伺候令大人呢。」史麟聽了這話，又向紅薇瞥了一眼，說道：「世妹，怎麼你今天也說起這種客套的話來。」

二人正說著，阿俊已託著早餐出來，請二人同用。鍾常換了一件藍袍子，也已走來，對著史麟笑嘻嘻地說道：「今天你該大大快活了。」史麟點頭微笑，三人一齊用過早餐，走到庭中，史麟道：「我盼望一路順風早些到此，現在我父親正值暇不席暖之時，而特地抽了一個空隙，親自來湖上望我，這種天高地厚之恩，叫我怎樣報答呢？」說著話，眼眶隱有淚。鍾常點點頭說：「這話對了，你父親何等愛你，當然他此刻也不希望你有什麼報答，只要你此時讀書習武，用心不懈，將來能夠卓然樹立，不墮史氏家聲，能夠繼承大志，那就是你父親期望於你的了，願你自勉自勵吧。」史麟道：「敬拜老丈訓言，小子一定不負我父親的期望。」鍾常道：「那麼老朽也有光榮了。」他又走到廚下去看紅薇和丫頭忙著預備餚饌，把何正送來的火腿魚翅等東西，切著烹著，以敬嘉賓，他自己也去開了一缸上好的竹葉青餉客，史麟回到書室裡，看了一回書，因為沒有心思，不知看的什麼，自己也不知道。

看看將近中午了，鍾常開了柴扉走到湖濱去眺望，史麟跟著出去，一齊正在水邊。這天的風很大，遠看湖中浪花很高，天上烏雲陣陣，日光時時遮沒，照在大地上，其色慘淡。史麟臉上不覺微有憂色，徐徐說道：「這風若是再吹颳得大時，湖上行舟便有些不穩妥了。」鍾常帶笑說道：「這風也不能說大，太湖中風浪是常有的，只是風浪也專欺一般不會駕舟的人，若像孟哲老漁翁，他在湖上來往很熟，久慣風浪，有他同在，一定沒有危險，你何必拳拳顧忌呢？」二人立了一刻，鍾常把手向水上遠處一指道：「你看前邊駛來的一艘船，必是史莊主來了。」史麟跟著他的手看去時，果見千丈之外正有一艘很大的帆船，扯了三道布帆，向這裡疾如奔馬般駛來，輕而且速，史麟也料知道他父親的來船，精神陡振。一會兒那帆船愈駛愈近，看得出船上的人影了。只見船頭上站著兩個佩劍的武士，眼睜睜地也向這邊眺望，舟行至岸，帆也下落，大船在河灘邊泊住，舟子擱上跳板，船中首先鑽出一人，正是孟哲。鍾常歡呼道：「孟兄，我們在此恭候多時了。」孟哲點頭說道：「很好！」說話時候，史成信已跟著出來，兩個親信家丁，緊隨身旁，孟哲引著上岸，鍾常連忙上前長揖為禮，此時遠遠地有七八個鄉人走來看熱鬧，所以鍾常當了旁人之面，也不稱呼什麼。史麟早跑至父親身邊，牽著衣袂，很親熱地叫一聲父親。

成信見了史麟，滿臉笑容，握住他的手，對他臉上身上相視了一下，點點頭道：「麟兒，你在這裡諒很快樂，面色也好看，今日……」說到「今日」二字，見有一二個鄉民挨近身旁，便縮住口不說了，鍾常連忙招接進門，孟哲便跟在身旁，兩個僕人也隨在後面，鄉人以為鍾常家裡來了一個大富翁，大家佇立而望。

成信走進柴門，鍾常早已把門關上，到得客堂上，便請成信上座，又叫紅薇和阿俊出見。成信前已聽說鍾常有一個女兒，精能武藝，性情活潑，現在他見了紅薇，果然生得嬌憨而英爽，不像尋常女兒，心裡十分喜歡。紅薇行禮後，站在一邊，偷覷成信，不像草莽英雄，嚴整的面部和兩手，都酷史麟，不由心中倍覺敬重。醜婢阿俊獻上香茗，成信一擺手叫兩僕人退到外邊去，室中只有鍾常、孟哲、史麟三人，連紅薇和丫頭都到廚房去了。成信向史麟道：「現在清平鎮暫告平靜，只如風雨之前，絕不能長久晴朗，日內清兵必大舉來攻，清平鎮勢必玉碎，將來史氏後裔，唯你一人，要發奮圖強才是。」

鍾、孟二公，常常指教，你必要聽從他們的說話，如聽我言一樣。」史麟含淚答應。鍾常道：「鄙陋不文，辱荷莊主把愛子委託，自當竭其所有，以稍進步。」成信哈哈笑道：「鍾兄不必客氣，今日能允我之請，我已是萬分感幸。今天造訪高士之廬，又觀湖光山色，是滌塵之氛，使我心裡十分快慰的。小兒得在此地安居，甚為合宜，我心便很安了。」

這時日已過午，阿俊走來問酒席可要擺上。鍾常便叫紅薇到廚下去幫著阿俊將酒菜搬上，他自己便和孟哲端開一張方桌，安排座位，鋪上桌衣，到廚下去燙好酒。阿俊和紅薇先將預備好的四隻冷盆端上。鍾常把上一柄很大的酒壺，便請成信入席，史麟、孟哲旁坐，鍾常坐在下首相陪；敬過酒，又說了幾句客套話，紅薇和阿俊接連送上菜來。移時酒飯用畢，又暢談了半晌，成信便向鍾常告辭道：「我已叨領過美酒佳餚，感荷不盡，軍務在身，不便多留，今日尚須回去，所以要告辭了。」鍾常也不敢多留，成信又指著史麟對鍾常道：「此子已託鍾兄代為訓誨，必能勿負所託，我也十分放心的。」成信又道：「我此來帶有幾樣禮物，送與二兄與紅薇姑娘，希望你們哂納。」說畢，遂向窗外喊一聲「來」，那兩個僕人早已走至室前，垂手而立，成信對左邊的一個身上背著一隻小皮篋的僕人說道：「你把這皮篋放在桌子上。」

僕人說一聲「是」，立即走進室中，把皮篋取下，恭恭敬敬地放在沿窗桌子上，開了皮箱，取出一個羊脂白玉製成的姜太公釣魚人像，約有五寸長，放在一個紅木座子上，又有十枚古錢，古色斑斕，都是秦漢間物。成信對孟哲說道：「這兩件微物是敬贈孟仁兄的。」又取出一個古銅的小方印章，以及一頂小立軸，對鍾常說道：「孟賢士隱於漁，所以我送他一個白玉漁翁，鍾賢士有古名將之風，這一方印是東漢定遠侯班超之璽，那立軸是岳武穆的手跡，因此我送與鍾仁兄。」鍾、孟二人慌忙致謝，成信取出一個玉玦，給史麟掛在身上，說道：「我願你守身如玉，堅決不易，你將來常佩這玉，便可想到你父親的立訓。」史麟連忙拜倒，成信又取出一對翡翠的鴛鴦和一隻金鳳，都是價值連城的珍品，又向鍾常笑道：「令嬡在哪裡，請她出來，我也要把這兩樣東西贈送於她呢。」鍾常連忙喚紅薇出來拜謝。成信一一贈送完畢，一看窗外的日光，笑道：「今日江村一敘，也是生平中難得的樂事，偷得一日之閒，領略了許多風景，異日倘能有一天，重來湖上，那就是僥天之倖，此刻時已不早，我要告辭了。」說著話一抖衣袖，走將出來，鍾常父女兩人和史麟送到湖邊，看著孟哲、兩個僕人扶著成信上了船，離岸很遠，史麟想到父親言的話，不由落下淚來，被紅薇看見了，忙一挽胳臂，笑道：「你不要悲傷，我們進去練習劍術吧。」史成信回到清平鎮，當日便接到諜報，言清兵大隊向本鎮開來，領兵的是那位降將劉澤清的舊部，名叫黃德清，驍勇非常，營中又有火器，聲勢甚大，當夜史成信便招集全鎮各村莊壯丁，對天發誓，要學史閣部死守揚州的前例，壯丁們莫不慷慨激昂，準備迎敵。

次日一早，黃德清的隊伍果然開到。成信便率領壯丁，到鎮外排好陣勢，與黃德清對敵。那黃德清生得獐頭鼠目，滿面黃須，坐下一匹白馬，手執雙刀；史成信戴紫英雄巾，藍色箭衣，騎一匹棗騮駒，手持長劍，雙方對壘。黃德清喝道：「方今天下已歸大清，爾史成信為史可法餘孽，不思悔過，尚敢聚眾，抗拒大兵，倘能在我面前投降，還可替你美言幾句。」成信笑道：「清平鎮雖小，但是人心常在，可惜你也曾聽從閣部的指揮，如今竟這般喪心，可恨可恨。」黃德清聽了，一陣面紅耳赤，老羞成怒，一言不發，舞刀殺了過來。成信身邊跳出一人，原是本鎮有名武師趙鈺，手執渾鐵棍和黃德清交起手來。趙鈺國術雖然平平，但是膂力過人，馬步相交，殺個平手。

史成信回看自己陣中，一般壯丁皆摩拳擦掌，士氣甚旺，再看看敵人甚多，多半卻無鬥志，想是一半為劉澤清降卒，看出機會，便將長劍一揮，眾壯丁喊殺連天，直向敵陣衝去。那黃德清被趙鈺纏住不能脫身，眼看兩陣混戰起來，清平鎮的壯丁，都是以一當十，一陣亂殺。黃德清見勢不敵，竄出趙鈺棍陣，一擺雙刀帶隊敗了下去。

史成信傳命收兵，點察壯丁，他死的四十五個，擄獲敵方兵器甚多。清平鎮的百姓，見清兵如此無能，更是放心；連成信都懷疑，清兵如此軟弱，何以入城掠地，無往不利。他想也許這是劉澤清的降兵，真正清兵一定是很驍勇的。

孟哲這時也在鎮上，見成信又勝一陣，萬分歡喜，便向成通道：「我等若趁此機會，擴充地域，與廣德等地聯莊會聯合，必能有為。」成通道：「我意也是如此，至於將來如何，不敢逆料，但感上天相助，事事順手，那就是不世之功了。」

孟哲見清平鎮暫可無事，便到紫雲村去訪鍾常。史麟自從他父親探望之後，心裡更自惕厲，勤加練習，孟哲來傳達了消息，私心頓覺寬慰。鍾常父女聞得清平鎮獲勝，也自歡喜，便留孟哲在家裡盤桓一宵。晚上置酒歡飲，史麟陪著鍾常一杯一杯地痛喝，這一遭他竟醉倒了，由阿俊扶著他去歸寢。孟哲當然也早酩酊大醉，唯有鍾常卻還沒有醉倒，微覺醺醺，他的酒量可以上追太白而繼劉伶了，次日孟哲別去。

氣候漸漸寒冷，史麟潛伏在紫雲村裡，從鍾常學國術，有紅薇相伴為戲，時時在一塊兒談笑為歡，足解岑寂。紅薇的年齡雖輕，而一片芳心，很能體貼到寄人籬下的史麟。因此史麟住在鍾常家，別有一種愉快。史麟久有一遊湖上之心，一日天氣甚好，遂乘這時候向紅薇說了，要她去要求她父親的同意，可以達以自己的願望。紅薇知道史麟久有此願，自然情願促成，遂得閒，和鍾常稟明瞭此意，並且自己也願與他去一遊，他自己不便向你請求，所以託我來要求你們允諾。鍾常聽了他女兒的說話，躊躇不語。紅薇又笑嘻嘻地拉著她父親的衣襟笑道：「父親答應了吧，只此一遭，下不為例。」鍾常知道他女兒的脾氣，又料想史麟出遊湖上的渴望，此時不能不答應他們的請求了，遂微微嘆了一聲，答道：「紅兒，你須知道史公將他的愛子交託與我，這是一個很重大的責任，保得他永遠在此安寧無事，我這個心也自然平安無憂了；所以我不讓他前去遊玩，以免給人家注意，將來或有不便。雖然這裡是很僻靜的，卻也不可不防，換了別人時，我為什麼要這樣嚴緊呢？你該明白的。」

鍾常的話尚沒有說完時，紅薇早把櫻桃小嘴一凸道：「那麼他永遠不能出去了嗎？他究竟不是獄囚。」鍾常望她緊看了一眼，說道：「你沒有聽完我的說話，不必多開口，你該明白這是我的為難之處，不許你們出去，你們當然要怨我太嚴厲一點了，倘若允許你們出遊時，萬一有什麼意外，我又如何對得起史公呢，我今從權宜計，到清明日的那天，准許你們一清早起往湖上一遊，到午時便要回來，不準在外流連，只到近處去遊覽，休要遠適，以免他虞，凡事寧可謹慎一些的好，你們可以為老年人的話為然嗎？」紅薇聽父親業已許可，臉上立刻變為歡悅，泛起歡笑之容，點點頭答道：「父親說得不錯，我們自然遵守你老人家的教訓，絕不會流連忘返的。」鍾常也笑道：「好，准許你們去遊玩半天吧。」

於是紅薇就把父親允許的消息去告知史麟，史麟自然歡喜無限，誰知次日天氣忽變陰霾，下了一天的雨，史麟既不能到園中去習武，坐在書室裡，兩手支頤，仰視著窗外的天空裡一塊一塊的烏雲，推來推去，一會兒暗些，一會兒亮些，始終沒有停過雨點，庭院中雨聲滴滴，他心裡暗自沉悶，看這雨勢到明天也不會有晴好的希望，自己和紅薇好容易商得鍾常同意的湖上之遊，不也要因此的作罷嗎？老天為什麼如此不作美呢，不覺引起他心中的惆悵，而想到老父，坐困危鎮，已有多日，一直沒有消息聽到，「這幾天我看鍾常的臉上，頗有不豫之色，而孟哲老漁翁前日來此探訪，曾和鍾常背著我在室中密談多時，我隱隱聽得孟哲的嘆息聲。當然是清平鎮的情形不好，而使他們長嘆呢，他們也不肯告訴我聽，恐怕我要煩惱，然而事實總是掩不了的，日後我總要知道的」。他正在愁思無聊，紅薇卻在書室外跳了起來，說道：「世兄獨自在這裡苦思什麼，這天下雨不停，好不令人惱恨。」

史麟放下手，回轉頭來說道：「是啊，我也惱恨天公不作美，我眼巴巴地盼望明日和世妹駕舟出遊，以慰我憂，一賞渴想往時之願，哪裡料得到春雨連綿，不肯放晴呢，唉！」史麟說到這裡，長長地嘆了一口氣，紅薇道：「世兄不要憂愁，也許明天會晴，倘然仍是下雨，那麼可以緩一日出遊，父親既已允許了我們，不論哪一天我總可以陪你去．遊的，你千萬不用憂愁。」史麟聽紅薇這樣安慰他，心裡更是感激，就咧著嘴說道：「世妹之言甚是，不過天一晴，我總會找一日和你去一遊青山綠水的，你父親現在哪裡？」

紅薇答道：「他因下了雨，意興不佳，正在他自己房裡打午睡呢，晚上你陪他吃一些酒吧。現在我父親對於諸事意興闌珊。唯有這杯中物，一向嗜飲不休，三杯下肚，什麼事都忘懷了。」史麟道：「不錯，他老人家近來話也說得很少，唯有教授我們練習國術的時候，似乎尚有些豪情逸興，他對於我們的希望心很大，所以我一毫不敢懈息，我們盼望他日不負你父親的期望。」紅薇道：「你的國術進步很快，我及不上你了。」史麟笑道：「世妹又要說這些謙虛話哩，我哪裡敢和世妹爭論上下呢？」紅薇道：「這並不是我故意偽謙，前天我父親在我面前也說過，藉此勉勵我一番呢。」史麟連說：「哪裡，哪裡。」其實他心中也很有幾分自喜，紅薇便坐在他的對面，和他喁喁而談，這樣尚能解去他的寂寞，阿俊又煮了些雞蛋和麵粉混合的蛋糊，請二人用點。

轉瞬天色已黑，聽聽外面雨聲小了一些，可是簷溜依然滴個不住，鍾常也已走來，阿俊掌上燈，鍾常但叫阿俊去盪酒，史麟和紅薇坐著，陪著他飲酒。紅薇雖不會喝，而史麟的酒量很可以的，看著鍾常一杯一杯地喝，紅薇恐他又要喝醉，遂教他不要多喝。鍾常見他們小兒女之間感情很是篤厚，不覺微笑，他也知道紅薇特別待史麟好，這是自然而然的，所謂「天也，非人力之所能為也」。所以放任他們去自便。到了次日早晨，史麟從床上醒來，聽聽雨聲已止，窗上也較昨日明亮了多了，連忙披衣起身，走到外面庭心中，一望天空十分曉朗，灰色的雲已四散推開，東方雲影裡隱隱有日光透露，天上也東一處青、西一處青地露出它本來蒼蒼之色，但知今日可以晴了，庭中樹上也飛來數頭小鳥，很唧唧地歌唱著，他心不由大為興奮，恰見紅薇走出房來，二人各道了一聲晨安，史麟欣然笑道：「昨日天雨，今天卻幸晴朗，湖上之遊可以如願以償了。」

紅薇一笑道：「昨天既不是和我們作對，終會天晴的嗎，果然如願。待我們吃了早飯，一同去遊湖，好不好？」史麟喜笑顏開地答道：「很好，讓阿俊早點預備早飯，愈早愈妙。」他們說話時，鍾常是從外邊走來。紅薇叫一聲爹爹，指著天空：「今天雨勢已止，我們要到湖上遊耍去了。」鍾常點點頭道：「好，你們早飯即去，早些回來。阿俊也跟你們一塊去吧。」紅薇高興說道：「阿俊同去，這是最好了，我和世兄也可搖槳，您不去嗎？」鍾常道：「你們出去，留我在家裡看守也好。」

第六章　遇暴泛舟

紅薇和史麟進去，一同吃了早餐，紅薇自回房中去，換了一件碧羅裌衣，梳著鳳髻，薄施脂粉，更見清麗；阿俊也換了一件青布衫，踏著一雙緞鞋兒，鞋頭上繡著很大的花朵，頭上梳著兩個雙垂髻，頰上塗著兩堆胭脂。紅薇看著她，莞爾笑道：「今日醜丫頭變作俏丫頭了。」鍾常和史麟聽了這話，一齊哈哈大笑，阿俊卻害羞得縮到廚房去，不肯隨行了。紅薇仍去把她硬拖出來，說了好話，阿俊這才答允。鍾常又叮嚀數語，三人辭別了鍾常，走出大門，來至湖邊。一切準備好了，史麟、紅薇坐在船艙裡，阿俊解了纜，把船推入湖中，幾人駕起槳來划動，霎時間，小船出了港口，湖波洶湧，阿俊在後梢搖著櫓，那小船漸漸駛往湖心。在湖中，凌萬頃之茫然，紅薇和史麟都不肯閒坐，一邊閒談，一邊使力划槳，船駛得更快了。他們本沒有目的地，縱其所以，直往前行。忽見前面一座高峰，史麟問道：「這是什麼山？」紅薇道：「西山古蹟最著名之處，上面的山峰都是很秀異的，最妙的要算縹緲峰了，山麓還有一個林中洞，是天下第九洞天，我聽孟老伯說，在昔春秋之末，吳王他也曾差靈威丈人入洞，晝夜秉燭，行了七十餘天，還沒到盡頭，不得已而退出；洞中的蝙蝠和鳥一樣大，也有人說此洞可通洞庭湖的君山，洞外怪石林立，極出奇之致，世兄要往那邊去一遊嗎？」史麟道：「恐怕時間不容許吧，我們還是在湖上遊罷，不要忘了你父親的叮囑。」紅薇道：「也好。」小舟搖向碧波中駛去，這天湖上的船舶較多，宿雨新霧，山色如洗，十分好看，阿俊在船艄上唱起山歌來道：

什麼鳥飛來節節高，什麼鳥飛來像雙刀，
什麼鳥飛來青草裡躲，什麼鳥飛過太湖梢。

史麟聽了，對紅薇帶笑說道：「到底是年紀輕的人，到處能學方言，你聽阿俊已能唱很輕軟的吳語了，她不是生長在河南的嗎？這幾個字已念得像蘇州音一般無二了，即如世妹，吳儂軟語，完全不是北方人，我是最愛聽的。」紅薇笑了一笑道：

「我們說得不好。」這時阿俊又接著高聲唱道：

鑽天鷂子飛來節節高，燕子飛來像雙刀，野雞飛來青草裡躲，鸕鴨飛過太湖梢。

紅薇回頭向後梢問道：「阿俊，你搖得不吃力嗎？唱得真好聽！」阿俊笑了一笑，正再唱時，西邊有一隻帆船駛來，船上忽然有人大聲向這裡呼喊道：「鍾小姐，你們到哪兒去？」不知來的又是何人。

紅薇聽得喚聲，回頭一看，說道：「原來是他。」史麟跟著看去，只見那邊帆船上有幾個人立著向這裡望看，模樣似都是雄糾糾氣昂昂的，內中有一個身材較大的中年漢子，穿著短裝，面貌生得很是粗陋，正和他的同伴向這邊船上指指點點，史麟看著，一時不便向紅薇詢問，阿俊也早望見，山歌也不唱了，口裡卻低語著說道：「唱山歌唱出野兔來了，不要看他們。」紅薇說了一句話，也就別轉臉來，但是那隻帆船行駛得非常之快，它藉著風的力量，宛如奔馬就追將上來，一會兒已和史麟、紅薇等坐的小舟相併。

那漢子見紅薇不答應，依舊提高著嗓子喊道：「鍾小姐，你們到哪兒去？老英雄可在府上？為什麼不和你們一路起行呢？」那漢子一邊說著，一邊雙目直向史麟注視，目灼灼如賊，紅薇因為那漢子連連向她招呼，船已近身，也就不便置之不理，所以淡淡地說道：「父親正在家裡，我們遊一會兒湖就要回去了。」那漢子又帶笑說道：「小姐可到我們村中去玩嗎？」

紅薇搖搖頭。就在說話的時候，那帆船已搶出了小舟，那漢子尚回頭向史麟看個不休，史麟便向紅薇叩問道：「那漢子是誰？可是你父親的朋友嗎？還是……」史麟的話尚未說畢，紅薇早把嘴一凸道：「我父親有這種朋友嗎？世兄不要誤會，須知那廝不是好人。」史麟聞言有些吃驚，帶著抱歉的態度說道：「我的話說錯了，請世妹不要見氣，那麼他怎樣認識你父親的呢？」

紅薇道：「你不知那廝就是丹楓村的班老四，以前何正險些吃了那廝的虧，被我父親救下的，我不是已告訴你的嗎？事後那廝曾到我家裡來，要拜我父親為師，而老人家一定不肯收這個好徒弟，他是敗興而去的，所以他認識我。」史麟聽了，點點頭說道：「原來就是何正的對頭班老四，巧極巧極，今天被我看見。」紅薇道：「像班老四這種人，都是地痞，遊手好閒，招事生非，不可相與為伍的，所以我父親雖然居住湖濱，而絕不願意和這種人周旋哩。」史麟道：「那是自然。」

兩人這樣在船頭說著，那艘帆船已去得遠了。兩人仍劃著槳向前，又約莫駛了二三裡水程，大家都有些力乏了，看見前面有一沿湖的村子，小屋數叢，綠樹掩映，紅薇把手指著道：「我們到前面這個村子裡去泊了舟，休息一番，上岸去走走，好不好？」史麟見紅薇有興，遂道：「世妹說得是。」紅薇便望前面村子邊划去，漸漸相近，阿俊用力把船搖往岸邊，在河岸邊一株大樹下，將船泊住，紅薇對阿俊說道：「我們要上岸去了。」阿俊笑嘻嘻地說道：「你們倆上去散步一會兒也好，我在此看守船隻，你們不要多耽擱，早些回家。」紅薇答應一聲：

「我知道。」遂和史麟跳上了岸，並肩走去。有幾個鄉間婦稚看見二人容光煥發，氣魄英爽，不知是哪裡來的，都很奇怪。

東邊有一小丘，丘下幾株楓樹紅葉未脫，史麟指著帶笑對紅薇說道：「世妹，即此湖上一片土，不就是世外桃源嗎？何必刻舟求劍呢。」二人一邊說，一邊走，漸漸行近林邊，聽得泉聲潺潺，料想林後尚有清泉，遂踏芊芊的芳草，緩步入林，滿地露葉，林中確是沒有一個人影。史麟道：「快哉此遊，這村不知是何名稱，當喚作紅葉村了。」紅薇道：「我雖住在湖上，可是足跡罕出，除前隨父親曾一遊西山外，其餘地方大都不熟悉的，我們管他什麼紅葉村、黃葉村，只要給我們暢遊便算了。」史麟道：「世妹說得是。」

二人穿過了不少楓林，水聲愈大愈近，只見前面有一條清溪，曲曲折折由丘上流下，兩旁怪石森列，繼而相累而下的如牛馬之飲於溪，衝然角列而上如熊熊之登山，山泉水從石上流過，其勢甚急，所以聲響較大；史麟立在清溪邊，拍著手說道：「極好了，極好了，這地方大可人意。」恰巧臨流有一個魚梁，梁上有一塊方圓的青石，上面有一株老松，蔥蘢曲折般的枝幹，綠團團地撐著一頂翠蓋，紅薇便和史麟並肩坐在石上，歇息一會兒，聽聽泉聲松韻，悠悠然，冷冷然，恍似置身塵外。這時候天空裡有二三頭蒼鷹在那裡盤旋翱翔，一聲聲叫著，史麟仰首觀看，只見其中有一鷹越飛越低，驀地向南邊一處很迅速地身子一側，直墜下來，一會兒又沖天而起，鷹爪下好像抓著一樣東西，飛向北邊去了。史麟知道這是老鷹抓小雞，紅薇道：「這可惡的鷹，何等殘忍啊，它抓了一頭小雞去了，可惜我沒有帶得弓箭，否則就要請它吃一支箭。」史麟道：「世事都是如此，以強暴弱的，即如父親死守清平鎮，到今已有多日。父親立志死難，將來還不知如何結果，真令人報憂不已。父親自從來此間望我一遭，至今好久沒有消息，有時孟老丈來，我向他詢問一二句，他卻沒有什麼消息告訴我，我又見你父親和他談話時，面上好似有股憂之色，料想清平鎮情形一定不利。」史麟說了這些話，長嘆一聲，紅薇只見他動了心事，有些不樂，便安慰他道：今天我們出來湖上遊，勸世兄且尋歡樂，莫多憂慮。」史麟聽了她的話，不由點點頭，勉強一笑，並頭雙影，倒映入澄清的溪光中。史麟看著，又不覺悠然遐想。

但在他們談起清平鎮之時，相距數十步外，一株樹後，有一個漢子正躲在那裡竊聽，且向二人細細察視。他也聽得清平鎮的話，雖然不十分清楚，可是已能料到這和紅薇做伴的少年，儀表不凡，一定是清平鎮上的有關人物。當史麟出神的時候，他又咳嗽一聲，走過樹來，向二人身邊走去，紅薇和史麟同時聞聽，回過頭來看時，見就是湖上相遇的班老四，不知怎的，他也在這裡，也會走到林中來。班老四見了紅薇，仍是恭恭敬敬地說道：「鍾小姐，今天巧極了，到東遇見，到西也遇見，你們在此遊玩嗎？這位公子是誰，可是尊大人新收的門弟子？」紅薇實在不高興和班老四多講話，又見他查問史麟的來歷，恐怕露出行藏，只得答道：「是的，他正是我父親新收的弟子。」但是紅薇說出了這句話，又覺有些不妙，班老四遂冷笑一聲道：「如此看來，尊大人不是絕對不收門徒，不過想我姓班的恐還不配做尊大人的弟子，辱沒師門，所以不收吧。」

紅薇聽著，臉上已露出一團不高興的神氣，冷冷地說道：「這個你要自己去問我父親吧。」班老四雙目狠狠地注視著史麟，正要再開口時，只聽背後樹林裡腳步聲，有幾個短衣少年奔進來，一見班老四，便齊笑說道：「班師爺，我們哪一處無不尋到，師父在這裡呢！他們已將傢伙搬出來了，我們請師父同去和他們會會吧。」班老四答應一聲，他遂又對紅薇說道：「鍾小姐，我們今天到這裡村來，是和村子裡一個拳社中的師徒演習拳棒的，聞得鍾小姐精於此道，何妨請過去一同聚聚？」紅薇忙答道：「謝謝你，我們便要回去的，恕沒有這工夫奉陪。」班老四討了一個沒趣，向二人獰視了一下，立刻和他的同伴走出林子去。

史麟對紅薇說道：「世妹，我看那姓班的對於我很有猜疑，對你也有些記恨哩。」紅薇點點頭道：「是的，這種小人最可惡，我父親不收他做徒弟，他是懷恨在心而不忘的，今天我們回家時，在我父親面前不必說起遇見班老四的事，恐怕他老人家以後便要不放我們出外的。」史麟道：「不錯，停會知照阿俊，教她也不要說。」紅薇看了一看日影道：「啊呀，我們只顧貪坐，時候不早哩，我父親只許半天光陰，不可違揹他老人家的吩咐，觸他之怒，我們快些回去吧。」說著話，立起身來，史麟只得跟她站起，二人遂戀戀離開了這個可愛的清溪、可愛的楓林，走回船上。途中還聽鄉人爭說快去看那強武社的拳術家和丹楓村裡的班老四表演國術啊，紅薇知道這是班老四做的那一套了。回到船上時，阿俊早說道：「我在船上等了好一會兒，小姐再不回去時，主人要嗔怪了。」紅薇道：「我們快些搖吧。」於是解纜開船，阿俊搖櫓，紅薇和史麟打槳，一路駛回家去。

等到他們回至紫雲村時，日已過午了，登岸的當兒，紅薇又回顧阿俊說道：「少停你見了我父親，不要說我們曾遇見班老四，免得父親多說一句話。」阿俊答應一聲，三人走進家門。

鍾常迎著說道，「你們怎麼去了這好多時候方繞回來，肚子可餓嗎？」史麟上前應著，紅薇含笑說道：「父親，我們回來得稍遲了，遊得好爽快，肚子也不覺餓。」鍾常說：「我把你們飯也煮好了，快吃飯吧，我已吃過哩。」紅薇道：「啊呀，倒累父親動手，心實不安。」她遂和阿俊到後面廚房裡去預備菜餚了，鍾常和史麟坐下，談談湖上的風景，一會兒飯已端出，紅薇陪著史麟一同進膳；鍾常坐在一旁看他們吃，心裡好似轉著一陣思潮，面上卻是笑嘻嘻的。飯後二人因為划舟乏力，各去休息，武藝也沒有練習。

史麟坐在室中，冥想著湖上的風景，以及楓林中清溪白石邊的情狀，津津然若有餘味，但他哪裡知道他的父親正喋血清平鎮呢。原來大清統帥，因清平鎮史成信屢次抗拒大兵，教養癰成患，特派親信將官哈赤爾，帶數萬大兵殺到鎮上來，這次不比往常，全是百練精兵，一到鎮邊便總攻全鎮，史成信也偵知清兵厲害，拚死守禦，武師趙鈺與哈赤爾交手，未有數合即被哈赤爾一刀劈死，其餘壯丁死傷甚眾，清平鎮已是無法守禦了，史成信退到自己宅中，先看著夫人自刎了，自己拔劍正欲自刎，卻見孟哲走來，連忙向孟哲搖手道：「現在大勢已去，承孟先生之才，將來還有用處，速去到紫雲村見鍾先生，就說我不能向他告別了。」孟哲知道成信的意思，是要他偕同鍾常照看遺孤，便含淚點頭，看那成信一探長劍，頸血外濺，倒於庭前。孟哲痛哭一番，只聽見殺聲已近，連忙跑至宅後，在灶下放起火來，自己便從宅後小徑溜出，逃至水邊，駕小舟逃向太湖而去；劃了一程，回頭再看清平鎮一片火光，不由淚落如雨。

史麟在紫雲村早已聞得清兵圍攻，緊急惡信，風聲鶴唳，一夕數驚，心中便十分憂悶，暗暗祝禱上蒼，保佑他父親可以擊退清兵，轉危為安。紅薇見鍾常悄然不樂，也知史麟為了清平鎮的被圍而寢食難安，心裡暗想：父親既有這一身好本領，為什麼老是隱居在這湖上，而不去相助史公大難，以解倒懸呢？假使我也能出外從戎的，那麼自己年紀雖輕，亦可隨著父親去和清兵喋血酣戰，立些功勞了。所以她乘隙向她父親探聽口氣，頗有慫恿鍾常出山之意，鍾常卻微嘆道：「清平鎮形勢日益敗壞，已到了不可收拾之勢，我要留有用之身，再作一場事業呢。」又嘆了一口氣道：「我在此間落落寡合，唯有孟哲老漁翁是我的知己朋友，他知道我，我知道他，他也是跟我一樣的心思，只是近來他好久沒到此間了。聽說他患過瘧疾，未曾痊癒，我十分想念他，正當攻城殺場紛亂的時候，他住在附郭之地，是不甚穩當的，我為了這個緣故，前日瞞了你們，冒險往那邊去，探詢他的行蹤，方知他已到鎮裡去了，假使一日鎮上有失，他家豈不要受兵災嗎？」紅薇聽了父親的話，也代孟哲所憂，當他們憂慮之時，忽然孟哲來了，他們如何不歡喜，連阿俊也嘻開著嘴笑了。

大家想見後，鍾常便請到書房裡去坐，阿俊獻上香茗，大家對他特別殷勤。鍾常開口問道：「我正在思念你們一家是否無恙，因為我曾設法探聽，知道你已不在那裡了，教我到哪裡去尋你呢？難得你來了，很好，你們是不是遷在城內，那麼你又怎樣出城的，據小弟的愚見，孟兄還是搬到這裡吧，貴體又怎麼樣了？」孟哲流著淚把成信死難情形說了，史麟哭了聲便昏了過去，大家連忙也皆垂淚。自從清平鎮被降以後，史麟匿伏在太湖邊上，痛不欲生。

過了幾天，孟哲老漁翁忽然不知去向，鍾常也覺得淒淒涼涼，更無伴侶，更是感覺到鬱鬱，所以除了教授史麟和紅薇劍術以外，終日唯以高粱自遣，常在醉鄉中過光陰。紅薇卻仍是一味嬌憨，博老父的笑顏，逗引史麟的喜歡，解除他的憂悶。

史麟盡心學習，所以他的劍術真像百尺竿頭，蒸蒸日上，鍾常見他的國術大有進步，這一點稍覺足以慰情。這樣過了一二個月，還算太平無事，鍾常心裡的一大塊石放下了一半。有一天下午，鍾常正在後園看史麟、紅薇二人舞劍，阿俊在外面掃除庭階，忽聽門上拍打聲起，阿俊暗想自從孟哲失蹤後，這裡門可羅雀，簡直沒有什麼客人上門來，現在有何人來呢？不能無疑了，她先從門縫裡向外面張望了一下，見門外人影不多，遂大著膽子開門，只見門前站著的就是丹楓村裡的那個班老四，背後還站著一箇中年漢子，鷹鼻鼠目，容貌十分猥瑣，一雙眼睛盡對著阿俊細看，班老四便對阿俊帶笑打個招呼說道：「對不起，你家主人可在家中嗎？我要拜見他，煩你通報一聲。」

阿俊見了班老四，白了一眼，心中已是厭惡，可是人家走上門來專誠拜訪，自己未奉主人命令，也不能回答什麼話的，只得說道：「你要看見我家主人嗎？不知道他有暇沒有暇，你且在此站著等一回，我去通報後再說。」說罷，又對班老四獰了一眼，班老四見阿俊這般情態，不由回過頭去對那中年漢子眨一眨眼，搖一搖頭，阿俊跟著噗的一聲，將雙扉閉上，跑到裡面去。只見史麟在場中舞著寶劍，劍影夭矯，如龍飛鳳舞，鍾常和紅薇都立在一旁觀看，阿俊走至鍾常身邊，報告說：

「外邊有班老四求見主人，要不要見他？」鍾常聽了，不由一怔道：「班老四又要來見我嗎？真討厭。」紅薇走過來說道：「什麼，可是班老四又來了嗎，這種人不懷好意的。父親休要去理睬他。」鍾常點頭道：「不錯，我不願意見他，你快去對他說，我身體有些不適，一時不能見客人。」紅薇把足一蹲道：「阿俊快去回絕吧，這種人上門來，你還要代他通報，難道你不知此人可惡？」阿俊被紅薇埋怨了一句話，心裡也有好幾分氣惱，連忙走到外邊去，開出門來，見班老四和那箇中年漢子立在那邊，正湊著耳朵，嘖嘖咕咕地講話，她就一獰眼睛，向班老四說道：「老主人有病，一概不見客，你這種人下次不要來吧。」

說了這話，轉身進去，噗的一聲立刻將雙扉閉上，不管班老四怎樣了。

鍾常吩咐丫頭回話後，依舊和紅薇看史麟舞劍，阿俊從外面跑進來覆命，鍾常點頭道：「這樣很好。」史麟已把一路劍舞畢，將劍帶住，立定身軀，對鍾常說道：「小子自知近來心緒不佳，沒有什麼進步，慚愧得很。」鍾常笑道：「今天這一路劍法舞得精神飽滿，小女不及多多了。」紅薇帶笑答道：「父親，待我來使一路單刀，和他的梅花劍走上一趟。可好？」鍾常微微一笑道：「你又要來了。」但卻並沒有不許的意思，阿俊在旁卻插口道：「小姐，你要史公子走上一趟，很好看的，小婢要在這裡一觀呢，但你要小心，莫再被……」阿俊的話還未說完時，紅薇早對她緊獰了一眼，阿俊立刻縮住，不說下去了。

紅薇知道父親已然許可，她就脫去外面一件衣服，從地下取過一柄單刀，正要和史麟去交手，猛地一眼瞥見東邊短垣外一株大榆樹上，正有兩個人爬在樹枝中間，向這裡偷窺，她認得其中一個正是班老四，還有一個鷹鼻鼠目的漢子，卻不認識是誰，連忙將手指著，對她父親說道：「父親，你看那邊不是班老四這狗頭吧？」鍾常跟著她的手一看，點點頭道：「果然是的，我已回絕了他們，再來鬼鬼祟祟地探望做什麼呢？」紅薇倏地俯身從草際拾起一塊小小尖石來，將手一揚，向牆外榆樹上飛去，只聽哎喲一聲，正中班老四的額上，接著便見兩個人很快地溜下樹去了，阿俊拍手稱快，紅薇道：「那廝可惡，給他吃一石子，略吃些小苦頭，看他下次再敢來牆外偷窺嗎？」

史麟笑著道：「就是那個班老四嗎？」剛要說下去，紅薇對他眨眨眼睛，史麟轉變著說道：「現在我識得此人的面貌了，世妹給他吃一石子，算是請他吃一些小點心。」阿俊道：「可讓婢子出去看看他們作何光景。」鍾常搖搖手道：「不必了，你休要出去多事，隨他去吧。」又對紅薇說道：「他明知我是託詞的，卻還從牆外偷窺，不知他可有什麼歹心腸。」紅薇笑道：「班老四是父親手下的敗將，國術平常，怕他做甚？他到這裡來，也許又要懇你收他做徒弟呢。」鍾常看著史麟，沉吟不語。

紅薇再向牆外望了一下，見樹上已無影蹤，便走到場中，對史麟笑道：「世兄快來，我在這裡領教了。」史麟笑笑走過去，將寶劍使個旗鼓，說一聲請，二人便你一刀我一劍地舞將起來。丫頭立在一邊，咧著嘴看，鍾常雖然也在看他們舞劍舞刀，可是他的心神不專，時時要向牆外那株榆樹上觀望。紅薇、史麟好勝心重，各人施展平生本領，紅薇這一路刀和劍使得甚是緊湊，很有幾手出神入奇之處，因為兩人是遊戲性質，絕不願使對方受到損傷，所以一路刀劍走完畢，兩人並沒有受到傷，各將兵器收住，回過頭來笑道：「父親，你看我們這一次誰使得好？」鍾常點點頭道：「都好，你們可以休息去了。」

紅薇見父親不肯說，也就付之一笑，向史麟招手道：「我們到外邊書室裡去坐坐吧。」史麟跟著她便走，阿俊收拾地上的兵器，鍾常把手支著頭，仰天看了一回，然後向裡面去。見紅薇又和史麟並肩坐在一起，絮絮地講話，他不欲去打散他們的講話，自去燙了酒獨酌，想起了孟哲，心中未免不快，喝得有些半醉，便回到房中去睡眠。

第七章　青山埋骨

傍晚時天氣忽然轉變，颳得好大風，他房裡的窗沒有關閉，都被風吹開了，但鍾常在睡著，一些沒有覺得，紅薇從書房裡出來，天色已黑，剛要回房，見父親房中黑漆一般黑，她知道父親是在睡著，便悄悄地走進房去。三分鍾熱風來，吹得她身上寒冷，黑暗中運用眼神一看，數扇窗都大開而特開，她父親熟睡在床上，連忙喚阿俊掌上燈來，她去把窗一一關上，喚醒父親，鍾常抹著雙眼說道：「我正熟睡，你喚我做甚？」紅薇道：「父親喝了酒，睡在這裡。一扇窗也沒有關，外面起了大風，滿屋子都是冷風，父親怕不要中寒嗎？所以我喚醒你了。」

鍾常坐起身來，點點頭道：「果然身上覺得有些涼了。」遂去披上一件外衣，和紅薇一同走出房來，說道：「我方才酒喝得不暢，你去喚史麟來和我對飲。」

紅薇聽了父親的吩咐，馬上跑至書室中去喚史麟他來喝酒，她為要博取老父的歡心，自己到廚下去和阿俊一同燙酒煮菜，今天日間紅燒了一隻很大的豬腳，吃去了三分之一，便拿來熬熟了，預備做吃晚飯的菜，又炒了幾個鴨蛋，切了一塊火腿，煮了一段梭魚，一齊拿出來去請他們吃，此外還有花生米、豆腐乾、鹽筍絲兒、糟彭豆等，擺滿了一桌子。鍾常和史麟對飲，喝了數杯，很感慨地對史麟道：「現在這個時光，可謂凶亂之世，像我這樣已屆烈士暮年，元龍豪氣，亦已消磨殆盡，我處在這湖濱，未賣故侯瓜了，學種先生之柳，以一武人只學做了隱士，居然有時也要咬文嚼字，效那文人墨客，把酒對明月，自覺可笑亦復可憐，辜負了自己這一身銅筋鐵骨，所以今日唯有把生平本領，齊傳授給你，以贖我的罪行，但望你他日有以樹立，那麼就不負我，也不負你父在天之靈了。」鍾常平常時候對於史成信，在史麟面前不敢提起隻字，恐防傷了他的心，然而他今日有了醉意，不知不覺地大發牢騷，忘記了忌諱，遂又提起了。史麟聽他這樣說，不禁觸動了他的愁思，眼眶中隱隱含有淚痕，向鍾常說道：「老丈之言甚是，小子匿居湖濱，苟全性命，幸蒙老丈愛護栽培，把劍術傳授於我，又承時常教誨，鼓勵小子脆弱的心志，不要說小子感激涕零，便是先父在九泉，亦當感謝，小子他日倘有成就，要烈烈轟轟去幹他一番。」鍾常道：「對了，後生可畏，來日方長，我也希望你如此。」兩個人各發胸中的牢騷，無處可以宣洩，於是借眼前的杯中物來解憂了，你一杯我一杯地喝了不少。

紅薇端了豬腳走出來，見他們兩個已喝得很多，各人面上都有不快活的顏色，遂坐在一旁，默默然聽他們說話，方知他們有些醉意，發起牢騷來了，史麟也是追念亡父，結思難解，於是她就把別的話去拉扯，要使他們忘憂，果然像紅薇這樣玲瓏心腸，嬌憨情態，話是解語之花、忘憂之草，所以二人也就談鋒一變了，但是二人酒已喝得很多，鍾常仍要史麟陪他對飲，史麟不甘示弱，一杯一杯地喝下，倒是紅薇恐史麟大醉，有傷身體，而老父也不宜如此劇飲，遂再三勸他們停止了酒，而用晚餐。鍾常今天大吃大喝，把豬腳吃了不少，史麟已是玉山頹倒了，紅薇遂先扶史麟去睡，再伺候她父親安睡。紅薇又吩咐阿俊好好收拾一切，又自己掌了燈去屋子前後照了一下，回至自己房中，洗面卸妝，解衣安睡。

哪知她父親睡到半夜，大嘔大吐，腹中又是劇痛，驚醒了紅薇，跑到她父親房中去，見了鍾常那種情狀，心中一驚，以為他父親患了急症，村裡又無什麼名醫，如何施救呢？不得已取出沙藥來，用開水給他父親吞了十數粒，幸虧腹痛漸漸停止，身上只覺十分怕冷，紅薇遂扶父親睡下，又代蓋上一條棉被。鍾常擁被而臥，對紅薇說道：「我不要緊的，恐怕多喝了些酒，多吃了些肉，以致如此，但是平日常常喝很多的酒，也沒有這種嘔吐的，大概今日心中不快，喝得不巧呢。」紅薇道：「方才父親睡熟了，窗都沒關，一室裡都是風，受了一些風寒吧。」鍾常道：「那麼只要是出了一身汗便好了，你且去睡覺吧，天還未明哩。」紅薇哪裡還肯去睡，坐在一旁伺候她父親。

鍾常見紅薇不去，知道她是孝順的，必是不放心走開，也就讓她坐著，自己閉上眼睛養養神，一會兒，不知不覺又睡著了。

紅薇坐在一旁守到天明，熄了燈，喚阿俊來幫著她收拾地上嘔吐狼藉之物，自己又去洗臉梳頭，忙了一回，再回到她父親房裡去，見鍾常仍睡著，伸手摸摸他額頭上很燙，知道她父親有了寒熱，不覺憂形於色，一會兒見鍾常醒來，嘴裡很渴，教紅薇倒一杯熱茶來給他吃下。紅薇問道：「父親這時候覺得怎樣？」鍾常皺著眉頭說道：「方才肚子裡仍有些不爽快，兩眼有些昏眩，如在雲霧中，一定有寒熱了，又想要出恭。」紅薇道：「父親有了寒熱，不好上茅廁裡去的，去呼阿俊端一個馬桶來吧。」鍾常點點頭說：「也好，此刻很是便急，你快去教她端來吧。」紅薇遂去叫阿俊端一個馬桶來，鍾常立刻坐起來去大解，可是解了一些，又解不出來，腹中仍痛，只得又到床上去睡。紅薇心中，很是憂慮，便去告訴史麟，史麟聽了，更是焦灼，馬上走到鍾常房裡來探視，見鍾常又坐在馬桶上，面色很不好看。史麟便問道：「老丈如何病了？莫不是昨天多喝了些酒。」鍾常道：「我的身體自以為素來是很強壯的，絕少疾病，至於酒是常喝的，昨天雖然喝得多一些，然而何至於因此生病呢？大概有些積食，現在常常要大解，卻又解不出來，腹中很痛，胸中非常不舒暢，莫非生起痢疾來了嗎？」紅薇道：

「也許是的，到哪裡去請大夫來診治呢？孟伯伯已不知去向，同誰來商量呢？」鍾常嘆了一口氣道：「我聽人說長坂橋有一個姓汪的大夫，醫道還算不錯，以前曾醫好東村王姓的傷寒重症，今天你請他來診治一下吧，也許他會治好我的。」紅薇道：「很好，待我立刻請他來。」

紅薇說罷，便請史麟守著門，她和阿俊出門去請大夫。隔得不多時候，那位姓汪的大夫來了，是個五旬左右的老者，頭上戴一頂小帽，又戴一副老花眼鏡，身上衣服也很敝舊，嘴邊留著一撮短鬚，見了史麟便深深作揖，紅薇、史麟把他讓到鍾常房中，把過脈，看過舌苔，細細診察一過，遂對鍾常說道：

「鍾先生，有了溼熱，加以飲食不慎，腸胃積滯，所以有痢疾，不妨事的，吃劑藥，便可痊癒了。」鍾常向他拱手道：「全賴汪大夫醫道高明，治癒我這病了。」姓汪的大夫又叮嚀了數語，遂到外邊去開了一張藥方，對紅薇說道：「吃了一劑，明天看情形再說罷。」紅薇謝了他三百青蚨，送他走後，便差阿俊拿了藥方，坐船到西山鎮上去買藥，等阿俊買藥回來，紅薇便煎給她父親吃。

這天鍾常瀉了二十多次，總是不暢，而且腹痛如割，晚上寒熱更高，口裡吃語喃喃。一天到晚飲食不進，服藥後雖然睡著，而沒有什麼良好的影響。紅薇很不放心，夜間搭了臨時床榻，睡在父親房中伺候，到了次日，鍾常的病勢仍不見好轉，依然腹瀉，紅薇沒奈何，再去請那姓汪的大夫來診治，姓汪的皺眉頭說道：「看這情形是噤口痢了，病情很是危險，我再開一張藥方，讓他服下試試，倘然再不減輕時，請你們另請高明吧。」遂費了許多時間的思索，開好一張藥方而去。阿俊立即去抓了藥來，煎給鍾常吃。

這兩天紅薇鬧得心亂如麻，飲食俱廢，平時臉上常帶著愉快的笑容，現在卻蛾眉深鎖，玉靨寡歡了。晚飯時，她雖伴著史麟同吃，但是吃了半碗便放下箸子，吃不下了。史麟也只吃了一碗，他知道紅薇有了心事，所以如此，遂勉強用話安慰她道：「世妹不要憂壞了玉體，想吉人自有天相，你父親的病雖然凶險，或不至於……」史麟說到這裡，紅薇的眼眶裡已流出淚珠來了，對史麟說道：「我自幼就沒有了母親，父親是以嚴父而兼慈母，我父女二人相依為命，我是一輩子離不了父親的。倘若父親不幸而有三長兩短時，教我怎能獨自活著呢？」

史麟聽了這話，又觸動了他的心事，幾乎失聲哭出來，強自忍著，又用話勸解一番。阿俊在旁看著，也是滿肚皮的不快活。

晚餐後，二人進房，又去看看鍾常，他雖然是一位英雄好漢，可是到了此時，卻已疲憊得坐不起來，連上馬桶也搖搖欲倒了，史麟覺得鍾常的病不但沒絲毫減輕，反而加重，這無怪紅薇要發急，英雄只怕病來磨，所以他呆呆地站在榻旁，不說什麼，紅薇卻坐在她父親床邊，背著父親不時地流淚，鍾常反安慰她道：「紅薇，你不要為我憂急，紅薇，我吃了汪大夫的藥，不久自會好的，總不至於就此送命吧。」紅薇只得笑道：

「你歇著靜心睡吧，我希望你明天可以好一些。」鍾常點點頭。

二人伴了一回，史麟告辭回房去安睡。紅薇仍睡在父親房裡，侍奉湯藥，晝夜辛苦，並目不交睫，直到天明時才似睡非睡地朦朧了一會兒。鍾常又起來大解，紅薇驚醒，一骨碌坐起身，走過去扶著她父親床上，摸摸父親頭上依舊燙得炙手，心裡不由得悶上加悶。鍾常的頭剛著枕時，忽聽外面大門上有人敲門聲，敲得很是急促，父女兩人都驚奇起來，這個時候有什麼人來呢，好不奇怪，鍾常帶著喘對紅薇說道：「這個時候，有誰到此，你快去看看，千萬小心，不要讓壞人進來，我為著史麟時常擔憂的。」

紅薇答應一聲，她暗暗地帶上明月寶劍，走出房屋開門。這個時候阿俊也就跑出來了，她手裡拿著一對雙錘，悄悄地對紅薇說道：「這時候來的必定是壞蛋，他們將要不利於我們的，主人病了，人家便要來欺侮我們嗎？哪知道你小姐不肯惹人的，我也不怕，我開了門，一錘一個，把他們結果了性命，也給人家知道這裡紫雲村鍾家是不好欺侮的。」紅薇道：「你別魯莽，待我開了門，見機行事。」阿俊道：「小姐，你站開一邊，讓我來開吧。」阿俊很快上前，門呀的一聲，兩扇柴扉開了，右手的錘高高舉起，正要向前對面站著的一個人打下去時，那人喊了一聲：「啊呀。」又道：「慢慢動手，怎麼要打呀？」紅薇在後也已嬌聲喝止，此時阿俊凝眸看著，原來門前來的人，乃是柏樹村裡的何正，何正見她們手裡各拿著兵器，倒嚇得退後數步，阿俊才哈哈笑道：「我道是誰，卻原來是何家的公子，小婢子失禮了。」紅薇也點點頭，招呼何正入內，何正方才放大了膽，來到門裡來。這時候史麟在客房裡也已聞聲驚起，披衣出外去，才閉了門，他們把何正讓到客堂中去坐下，醜丫頭趕緊放下雙錘，爐上烹茶，紅薇也放下了劍，和史麟陪坐在側，看何正額汗涔涔，像有要事的一般，紅薇便開口問道：

「請問尊駕今天一清早惠臨敝舍，可有什麼要事？」何正點點頭道：「正有些要事奉告，鍾老丈在哪裡？」紅薇皺著蛾眉答道：「我父親正患很重要的痢疾，睡在床上，不能起身了。」何正不由把手摸著頭道：「鍾老丈臥病嗎？這如何是好？不知姑娘可曾延醫代他診治。」紅薇道：「已請得一個大夫，看過兩次，但是服藥後如水沃石，一點沒有效驗，因此我們心裡十分憂急呢！」何正道：「無怪姑娘要憂煩了。」何正把足頓著道：「真是不巧，唉！這事怎麼辦呢？」史麟以為何正自己或有什麼需要鍾常相助的事，遂忍不住說道：「何先生，你有什麼事？鍾丈雖然病倒，我們若能為力，也可仗義相助的。」何正道：「這倒不是我自己的事，而是你們的事，很重要的。我不能不和你們說啊，然而……」何正的話還未說完，紅薇聽到是他們自己的事，突然一驚，再也忍不住，立刻又向道：「咦，奇了，我們的事嗎？快快告訴吧。」何正道：「鍾老丈在房中嗎？請你們領我去見了他，再行告訴，好聽取老人家的主張。」

於是紅薇、史麟只得陪著何正來見鍾常。何正見了鍾常，先是請安行禮，鍾常見來的是他，便請何正坐在一邊，醜丫頭端上茶來，站在紅薇背後，聽何正特地來講什麼話。紅薇早催促何正道：「你快快說吧，有什麼事呢？使我急煞了。」鍾常也喘著說道：「可是有誰來欺侮你嗎？」何正道：「不是的，我向你們說明白了，你不要驚慌，慢慢兒商量對付之策便了，昨天我和香玉回至丹楓村，碰見班老四家來了不少人，有幾個像是城裡衙門裡的公差，我便覺這事有些蹊蹺，但趙家雖和班老四住在近鄰，然這一回的事卻絲毫不甚知道。我為了好奇心，便託香玉假做送些東西到班家去，因為香玉後母生下的妹妹和班家的姑娘很熟的。她們到了班家，窺見班老四正和幾個人在一間屋子裡祕密談話，外邊人完全禁止旁聽的。班家的姑娘本是出名的快嘴，香玉把她引到僻處，細細問她家中可有什麼大事，為什麼衙門裡的人進進出出。班家姑娘遂對香玉說：她的哥哥正和一個姓秦的，昨天往城中去告密，今日衙門裡派人來鄉，預備明天要往紫雲村去捉人。香玉聽了這話，不由心裡一動，再問紫雲村去捕什麼人，班家姑娘說她也不十分明白，只知紫雲村鍾家中藏著一個是什麼清平鎮史家後人，他們告發他，官中已定明天前去搜捕，要她的哥哥做眼線，又怕鍾家父女會國術，所以要等晚上官兵來村會合以後，然後一同上紫雲村動手捉拿。香玉聽了她的話，知這件事很和恩公有關係的，不敢怠慢，立即回到家中，把班家姑娘的話一齊告訴我聽，那時候小子非常代恩公發急，明知恩公這裡住的一位賢公子，必是他們所說的史公子，這種事牽連恩公很大的，不比尋常的事。」

何正說到這裡，對史麟看了一眼，大家臉上的神情頓時緊張，史麟早忍不住說道：「這事可是真的嗎？這……這……這如何是好呢？」何正道：「小子怎敢胡說八道？想到了明天便來不及報信了，小子受恩公再生之恩德，一向只恨沒有報答，此番豈可漠視，所以立即和香玉坐船回去，即在半夜坐船搖到這裡來，報個消息與恩公知道，好使恩公早早防備，他們若然在早晨動身，那麼將近午時便要到達這村了。」鍾常聽了這話，望望窗上還沒有陽光，知道時候尚早，便點點頭道：「多謝足下前來報信，只是我不幸得很，恰才病倒，否則也不怕他們那些膿包的。」紅薇把眼一睜道：「嘿，那個班老四要來這裡捕人嗎？父親雖病了，但憑著我一口劍，包管也能殺得他們片甲不歸。」史麟的臉上露出萬分不安的情態，說道：「小子在此有累仁丈了，我想這事兒也不可魯莽動手的。」何正道：「不錯，若是單單數個捕役前來，當然容易對付了，現在他們十分鄭重其事，派有官軍前來，不知其數多少，眾寡不敵，是很險的事，況且恩公正在臥病，如何照顧得到呢？」紅薇聽了，把嘴一凸道：「依你們這樣說，我們難道只有束手就縛嗎？」史麟知道紅薇已生了氣，不敢說什麼，鍾常皺雙眉說道：「前日班老四上門來窺探，我已疑心他不懷好意了，今天果然有此意外的事，只恨病魔欺人，致難對付，唉！」鍾常嘆一口氣，一手握著拳頭，在床邊輕搗了一下，顯出他憤恨的情緒。

何正道：「小子倒想得一個辦法，不知恩公等以為如何？」

鍾常道：「願聞其詳。」何正道：「小子以為恩公已病，萬難和官兵對壘，不如預先避到別地方去，讓他們撲個空，他們自然也奈何不得，也許班老四反要受處分呢。」鍾常點點頭道：「我也是這樣想，捨此以外，沒有別的良策，可是我在此雖已多年，而仍是人地生疏，除了紫雲村也沒有去處，以前有個老友孟哲，現在他已不知去向，一時難找安穩的地方。」何正道：

「小子有一個去處，可以介紹恩公等前去暫避，只是我們應該祕之又祕，萬萬不能給官軍知道的。」鍾常道：「你且說什麼去處，如果穩妥，那是再好也沒有了。」何正道：「在西山的後山，有一座古剎，名喚白蓮寺，築在山環之內，十分隱僻，寺中有一個老和尚，法名慧靜，和我家父子很熟的，他能彈琴弈棋，很是風雅，山中有一果樹園，每年出產些水果，僧侶也不多，只有二三人，其中有一個是啞巴，看守寺門，那寺香火甚少，所以外人難得去的，不若小子介紹恩公往那邊去住，不要說什麼，只說是他方到此，投親不遇，病倒旅舍，所以借居寺中養病，他們便不會疑心了。且待恩公病好以後，如風勢緊急時，恩公便可遠走他方，以避其禍，不知這個辦法可好嗎？」

鍾常道：「很好很好，但一則多多累煩你，二則你也未免代我擔一些干係咧。」何正道：「我只望恩公一家平安，他非所願，好在那邊也是暫時居住的。」紅薇道：「父親病了，不能和那些鼠輩周旋，請世兄伴同前去，我可和阿俊留在這裡，斷不讓他們占便宜。」鍾常連忙搖手道：「別胡說，你們兩個小女孩怎麼去抵禦官兵，不要闖出亂子來嗎？自己有了一些本領，怎能恃勇輕視？外邊能人很多，你萬萬不可傲視一切，牢記吾言，現在我們決從何君的計畫，你們伴我一同到西山去暫避一下，我若得病好，自可從長計議，紅薇你切不要魯莽啊。」紅薇被她父親這一說，凸著嘴不響。何正說：「既然恩公決定往西山去暫避，那麼快請預備一切，不妨坐了我的來船前去，時刻急促，事情緊急，不能稍緩了。」鍾常點點頭道：「不錯。」

又嘆了一聲，吩咐紅薇快去收拾一些細軟、隨身衣服，和史成信所贈的寶物，一起帶去，其餘的都可以丟下。紅薇不敢怠慢，忙和醜丫頭去收拾，史麟也回到他房中去收拾要帶的東西。這裡何正坐著和鍾常閒談，但他瞧鍾常病勢十分沉重，心裡頭不免代他暗暗發急，又恐怕清兵便要由班老四領道到此捕人，自己本和班老四有宿怨的，今天若被看見我在這裡時，定要誣陷我在內，雖用太湖之水也洗涮不清了，他這樣想著，如坐針氈，心頭很不安靜。

鍾常只是呻吟，英雄只怕病來磨，平日銅筋鐵骨之體，天不怕，地不怕，到了此時，他也是徒喚奈何了。過了一個時辰，紅薇、史麟、醜丫頭三人，各將東西收拾在行篋之內，跑來請示。紅日已照到窗上來了，大家雖然都沒有吃早餐，餓著肚皮也不顧了，何正先引紅薇和阿俊，將行李箱篋搬到門外水濱自己搖來的小船上去，然後由何正和史麟扶著鍾常上船，因為鍾常此時已走不動路了，只好讓人扶持著行走。鍾常上船後，紅薇又去閉上門房，悄悄地從後園跳到牆外來，幸虧左右鄰居都到田裡去了，沒有什麼人窺見，然而她回過頭望著家園，一步一回頭，大有戀戀不捨之意呢。

何正等候紅薇上船後，便教船伕開船，快快離開這裡，駛往西山，舟子是何家的心腹人，奉命維謹，船出了港，在浩蕩的湖波中，掛起一張大帆，向西山而去，且喜後面沒有什麼船追來，何正心中才安定一些。鍾常坐在船裡，只是熱，紅薇把手去摸摸他的額角，依然很是燙手，她為了她的父親而擔憂，更為了史麟的事而加上一層煩悶，史麟更是有切膚之憂，且覺鍾常父女為了他而有家難住，深夜奔波，心裡更是抱歉萬分。

因此湖上風景雖好，各人都無心觀覽，舟至西山，在灣裡泊下了船，何正忙喚了一乘肩輿來，抬著鍾常上岸，往山寺裡走。

何正陪著史麟等攜了行李，隨著紅薇而行，行了好一段路，方才到這山寺，何正熟悉路徑，指點一行人，到了白蓮寺，和慧靜長老想見。那慧靜年紀雖老，而精神很是矍鑠，面目也還和藹可親。何正把假託的言辭告訴慧靜，要假借這裡一室之地，暫養疾病。慧靜當然一口答應，便把一行人引至大雄寶殿後面，從左首一個月亮洞門裡進去，有兩間客室，現成有三四張床鋪，搭好在那裡，花木桌椅，頗覺幽靜，便請鍾常父女等暫居於此。

當下鍾常和史麟住了外房，紅薇、醜丫頭住了內房，各把行李箱安訖。鍾常早由紅薇扶他到床上去睡，慧靜又端茶、素齋，請大家出來吃飯，史麟和紅薇心緒意亂，飯也無心吃，勉強用了半碗，仍回至房中來看鍾常。鍾常今天為了遷避之故，藥也沒有吃，熱勢未退，更是疲乏，何正便託慧靜長老代在附近請一位醫道高明些的大夫，來治鍾常的病，慧靜也應允。何正便要辭別了鍾常，再回到丹楓村去探刺消息。倘然班老四等到紫雲村去撲了一個空，這事又怎麼辦，且叮囑史麟、紅薇好好留心服侍鍾常，自己回去後有什麼消息，當再來報告，且教他們深居簡出，萬不可越雷池一步。

何正去後，慧靜長老已往附近山裡請來一位大夫前來，代鍾常診病，那大夫診過後，也是急蹙雙眉，說此病十分凶險，醫治非常棘手，開了一張藥方而去。慧靜長老去抓了藥來，交給紅薇當心去煎，紅薇不敢懈怠，立即命醜丫頭煎好了藥，給她父親服下，希望她父親服了這位大夫的藥，能有轉機。晚上紅薇和史麟飯也吃不下去，坐在鍾常榻前愁眉相對，悄然無言。鍾常睡著了一回，張開眼來，慘淡的燈光下，看見他的女兒和史麟倆對面坐著，一個低著頭，一個支著頤，並不談什麼話，一變平日活潑跳躍之態，他知道此時紅薇的一顆心，業已整個給憂患籠罩住了，他不為自己的病發急，倒反代女兒可憐。不由悠悠嘆了一口氣，紅薇聽得她父親嘆息之聲，回過臉來，見父親已醒，遂立起身走至鍾常身邊，輕輕問道：「父親現在可覺得好些？」史麟也側轉身子聽鍾常說什麼話，鍾常搖搖頭道：「這一遭病恐怕不會好了，世無華陀，厥疾不瘳，這也是天數吧。」紅薇一聽她父親說出「不會好」三個字來，頓時眼眶裡淚如泉湧，鍾常又說道：「紅薇，你別哭，生死有數，修短隨命，人力不可勉強的，即使我現在不死，將來總有此一日，你也不必過於悲傷。」紅薇把足一蹲道：「父親別這樣說，我願你活一百歲，現在怎麼要……」說到這裡，哇的一聲，哭出聲來，史麟立在一旁，也偷彈著同情之淚。鍾常見她這麼一哭，他的話倒不好說下去了，只把手向她搖著，叫她不要哭，停了一會兒，紅薇漸漸不哭了，鍾常方才又說道：「我有幾句話要叮囑你，你千萬不要哭，聽我講完了再說。」紅薇點點頭，鍾常道：「我的病假使能有轉機，這自然是最好的事，萬一不幸而無救，我便要離開這個濁世，別的都不足戀，唯有你這塊心頭之肉，我卻十二分放心不下。」

說到這裡，鍾常的聲音更是抖顫而淒噍了，紅薇幾乎又哭出來，極力忍住，聽她父親又說道：「你年紀還輕，世路崎嶇，尚未經歷，人心鬼蜮，尚未認識，此地不是安樂之窩，故我要你和史公子帶著阿俊快到四川雞爪山白雲上人那邊去棲身，上人是我的方外知交，雖然這許多年來我們流離已久，沒有透過音訊，可是我託他的事，他無有不當做自己之事的，你到那邊去說起了我，他自然竭誠招待，他的武藝遠勝於我，你們可拜他為師，從師學藝，隱居在山上，以避耳目，倘然天下有變，你們有機會可以出去建些事業，那就是僥天之倖了。你的性情很執拗，氣高傲，一向在你慈父的懷抱中，由得你如此，你以後年齡漸漸長大，他日遇人接物，卻不可如此，切忌警戒，至於潔身自好，不墮淫邪，這是我深信過你的，知道你賦性尚不錯，必能撮守，勿煩我過慮，我也說不了許多話，希望你善體親意就是了。」

又把手招招史麟，史麟走近兩步，低著頭，含著眼淚問道：「老丈有何吩咐？」鍾常說道：「方才我和紅薇說的話，你也聽得了，所以我不須贅述。我死後，你可同你世妹一齊到雞爪山去投奔白雲上人，待時而出，路上一切小心，我知道你是天賦甚高，與眾不同，他日必然是大丈夫，也不用我今天多說什麼話，只把『自強不息』四個字贈給你，你待紅薇要和你自己的妹妹一樣，她的脾氣很有些不好之處，你也要原諒她，規勸她，大家好好在世做一個人，方才對得住天地，對得住祖宗，對得住自己，除惡行善也是我俠義之徒所應為的，一切希望你自己勉勵吧，我……我不能多說了。」

鍾常說至此，氣喘不已，要喝些水，史麟連忙去倒了一杯水來給鍾常喝。紅薇見父親不說話了，她又嗚嗚咽咽地哭起來，阿俊在外邊聽得聲音，走進房來見了這個光景，也不由得雙手連連擦淚。鍾常又說道：「你們不要哭，徒亂人意，生死大數，無可逃避，我為人一世，捫心自問，雖沒有功業建立，可是寡寡落落，並無不可靠人之處，雖死無憾，你們何必這個樣子呢？」紅薇顫聲說道：「我不能離開父親的，我不要父親死。」鍾常嘆氣說道：

「好在我已和你們說過，你不要我死，我就不死便了。」遂閉目養神，果然不說話，紅薇沒法想，含著眼淚，走到外面佛殿上拈香禱祝，要求觀世音挽救她父親的沉痾。

可是她的禱祝有什麼靈效？一到明日，鍾常的病更發沉重，雙目常常閉著，言語也說不動了，仍是常常下痢，慧靜長老又去請那大夫前來救治，那大夫診過脈只是搖頭，勉強開了一張方子說：「這一劑藥若吃下去仍不能止時，請早備後事吧，也不必再來請我了。」紅薇聽著更是發急，忙由慧靜差人去抓了藥來，紅薇煎好，給她父親服下，切切期望看著這劑藥或有萬一之效，然而服了藥後仍是如水沃石，毫不見效，慧靜長老也代他們非常沉憂，史麟不見何正前來通訊，未知班老四到紫雲村去捕人不著後，又將有什麼詭謀要算計自己，也足令人懸念。

這天晚上紅薇侍奉在鍾常床榻之前，一宿沒有闔眼，史麟也陪著坐在一起，雖然紅薇屢次催他去睡，他心中充滿著憂愁和驚惶，哪裡能夠安睡，兩人直坐到天明，鍾常越發不支了。

面色大變，額上有些冷汗，兩眼已定，口裡出氣多進氣少了，慧靜長老走來，瞧見了鍾常垂死的情景，不由口裡念了一聲阿彌陀佛，說道：「這位居士今日即將物化，你們是遠來的人，可有什麼準備？要不要通個信與何公子？」鍾常此時已說不出話，只把雙目微微地向慧靜長老抬了兩抬，紅薇道：「我們沒有什麼準備，但篋中尚有金銀，即請長老代我們做主，何公子那裡倘能差人去給個信也好。」

大家正在說時，只見何正正從外面匆匆跑入，一見這情景，搖搖頭道：「怎麼，恩公不好了啊。」紅薇帶著哭聲說道：「我父親已是很危，這事如何是好呢？」何正走到鍾常床邊，何正叫了一聲恩公，鍾常見了何正似乎有些認得他，口裡雖然不說，眼睛對他望了一望，何正安慰他道：「恩公你放心，恩公身後之事，有小子一同幫助辦理，絕不使你遺憾的，你放心吧。」鍾常口角邊方才勉強笑了一笑，閉目而逝。紅薇匍匐榻前，哭得死去活來，此時何正也不好和他們講什麼話，跟著揮淚，史麟也在一旁涕泣，阿俊跟著紅薇哭。哭了好一回，方經慧靜長老勸住，便和何正商議收殮鍾常遺體之計。好在寺中一切都有，何正即去鎮上購了棺木衣衾各物，把鍾常遺體如禮收殮，且請寺中慧靜長老邀集幾位僧侶，為鍾常誦經，追薦亡魂，忙了一天，方才過去。鍾常的靈柩，暫時就放在白雲寺內，晚上紅薇仍自哭哭啼啼，哀思亡父，史麟心裡更是難過。

次日早晨，紅薇、史麟等才起身，用過早餐，何正走了進來，和二人一同在外房坐下，紅薇謝了何正，何正也安慰數語，史麟向他問起班老四那邊有何消息，何正道：「此來本是要通訊與你們的，不幸恩公逝世，一切亂漫漫的，我還沒有和你們提起，今天我告訴你們吧！」史麟十分心急道：「快說快說。」欲知後事如何，且看下章分解。

第八章　湖上飛頭

當時何正就對史麟紅薇二人說道：「我從這裡回去後，連夜便和內子又到丹楓村班老四那邊去刺探消息時，方知班老四在那天和姓秦的引導官兵趕到你們村子裡去撲了一個空，拘捕左右鄰舍詢問，只知你們在上午坐了船出去的，卻不知往何處去。可憐那幾個鄉民受盡榜掠之苦，也招不出什麼來。」何正剛才說的這幾句話，紅薇早忍不住嘆口氣道：「唉，我們平日也沒有什麼好處給左鄰右舍，現在卻教他們去吃官司，這是十分過意不去的事。」何正道：「現在已釋放了。官軍因為捉不到要犯，便把班老四和那姓秦的扣留為質，要他們必要交出人來，所以班老四正在叫苦連天之時呢。」紅薇聽了，破顏一笑道：「阿彌陀佛，這種壞蛋應該給他吃些苦頭，也是報應不爽。」史麟道：「班老四為什麼要去告密？他怎樣知道我的行蹤？」

紅薇道：「他前番來我家窺探，就是可疑了。」何正道：「我也細細探聽過的，原來那姓秦的是揚州城裡的地痞，平常時候專會興風作浪，敲詐人民，本在劉澤清麾下一個姓程的將軍那邊吃閒飯的，後來清軍破了揚州，他又投降了那邊。此次他偶然有事到丹楓村來，班老四和他本通聲氣的，請他在班家喝酒。酒後，班老四大發牢騷，姓秦的問班老四可有什麼仇人，班老四說出鍾恩公姓名，並提起恩公家裡的少年佳客，姓秦的就說他以前曾聞清平鎮的史成信有一幼子，十分寵愛。史成信把幼子送往太湖中一個隱士家中藏身，莫非就是此人？班老四也說形跡可疑，他在某處村子裡竊聽得紅薇姑娘的談話，似乎是清平鎮的餘孽。兩人商酌之下，遂假作到紫雲村來拜訪鍾恩公。姓秦的窺探以後，他認得史公子的，他們回去後便一同到太守那邊去告發。太守便稟明上憲，派馬守備率兵五百，以及府衙全班捕役，到村來捉拿的。」史麟聽到這裡說道：「好險哪，多謝何兄通訊，我們不至落網。」紅薇道：「若非我父親病危時，我們父女偏不走開，和他們對壘一番，也未必吃他們的虧。我雖一小女子，然視官兵如腐鼠一般，全不在我的心上。」史麟微笑道：「老伯若不病倒時，合著我們的力量，也未必怕他們。只是為謹慎計，我們還是避去為妙。鴻飛冥冥，弋人何慕？」何正又道：「聽說官軍限班老四在十天之內交出人來，否則便要治班老四和姓秦的罪，所以班老四發了急，會同他門下許多徒弟以及衙中捕役，正在四處湖濱村莊裡搜尋。也有少數官軍幫著他們行事，所以各鄉人都受騷擾，叫苦不絕。」

史麟聽了，說道：「那麼他們也許要搜查到這裡來的，不要連累了他人。」何正皺皺眉頭說道：「這件事風勢很嚴厲，更兼有班老四等為虎作倀，他們都是湖上的地理鬼，說不定別處搜不著，最後要到這裡來的。所以我來通知你們一聲，這兩天千萬不要出去。」紅薇凸著嘴，依著她的心理，最好和班老四等廝殺一場，試試她的明月寶劍。可是致使環境，未便魯莽從事。史麟又道：「老伯曾有遺囑，教我們兩人到四川雞爪山白雲寺白雲上人那邊去棲身，我們與其藏在這裡，擔驚受恐，出了事還得連累他人，不如投奔那邊去較比平安有益，而且又可隨上人學藝，比較在此好得多了，只是道途遼遠一些。」何正道：「這樣也好，此處本是暫居性質，現在老恩公業已逝世，當然不必久居。不過老恩公厝柩於此，急需埋葬入土為安。」紅薇道：「這件事比較麻煩一些。因為我們在此沒有墓地，營葬之事不得不費時日了。」何正道：「前有一塊墓地，鄉人方某曾向小子兜售過。小子也曾和一位堪輿家往那裡看過，據那位堪與家說，這塊地枕山臨水，氣勢也很雄壯，可做墓地。方某索價也不大，小子早想買下，尚未成交。現在待小子立即去向方某認購，然後選個吉日，把恩公靈柩安葬，但不知你們之意如何？」紅薇道：「能得何君如此惠助，煢煢孤女，感幸何似？但這樣去辦時也非十天八天所能了事的，而緹騎之來，朝夕可至，我們在此又是急不容緩啊。」何正道：「那麼二位不妨先行，恩公告厝之事，由小子妥為代辦，諒二位必能信任的。」

紅薇道：「當然信任，這是再好也沒有的事。可是怎能完全丟在何兄身上呢？」何正很誠懇地說道：「這個倒沒有什麼關係，你們的事就是小子的事。小子前日若無恩公援救，此生早已罷休。有生之日都是恩公所賜的，這一些小事何足報德於萬一？該讓小子去辦吧，只要你們二位可以安然脫險，或可慰恩公幽魂於九泉。」

紅薇很爽直的，也就謝了何正，託他辦理父親安葬之事，便預備和史麟離開太湖，遠適途中。何正要贈送盤纏，紅薇再三推辭，說道：「盤纏我們全有，並不缺少，不敢拜領。父親安葬，尚需種種用費，我理當交給你呢。」何正道：「不必客氣了，這件事小子已允代辦，何必你們再拿出錢來呢？」史麟在旁說道：「那麼彼此不要拿出來了。此次何兄代我們如此出力，援助我們脫險，真是不勝感謝之至，以後如有機緣，當再來湖上拜謝。」何正道：「這是小子應盡的事，何足掛齒？但願二位前程萬里。」

於是紅薇把所有的東西收拾好了，取出二十兩紋銀託何正交與慧靜長老，聊表一些謝意。何正自己又取出二十兩紋銀，一齊謝了慧靜。何正又因湖上各處巡邏甚嚴，叮囑二人出行時切須留神，莫上圈套。自己也不敢去僱舟，恐怕萬一發生事故，自己難免波及。只指點二人說，山下某處有個船埠，那邊有一船家姓王，名喚小毛的，有二三隻快船，專供客人行駛各處。可以僱用他們的船隻，駛至湖州，然後從泗安廣德而至安慶。溯江西上，走這條路較為穩當一些。史麟又謝何正的指示，且請他先回柏樹村去。何正必要送他們出寺以後方去。紅薇遂和史麟、醜丫頭等，又至她父親靈柩前，拈了香，拜別幽魂，反痛哭了一番。三人攜著行囊，拜別慧靜長老。慧靜長老和何正送出寺來，何正當著慧靜長老之面，也不好再和二人說什麼話，只說一聲前途珍重。二人謝了，帶同阿俊下山去了。

何正等他們去後，返身入內，和慧靜長老談了一刻話，方才辭別回去，預備辦理安葬鍾常靈柩的事。他業已答應紅薇，自當忠人之事，何況鍾常是救他的大恩人呢。

那紅薇史麟阿俊三人攜著行李，迤邐下山。且喜尚沒有人注意，他們遵著何正所囑，跑至船埠，喚問王小毛，便有一個瘦長的舟子出來，問他們呼喚何事。史麟遂說要僱他的船到湖州去，許以五兩銀子的船錢，飯食另付。王小毛聽客人如此慷慨，自然樂於答應，遂由他自己和一個夥計載送他們三人前去。他引著三人下船，史麟安放好行李，紅薇立刻取出五兩銀子給他。王小毛歡歡喜喜地便去買了些蔬菜魚肉下船。史麟催著他們開船，王小毛遂把船搖出西山去，掛上了一道巨帆，正遇順風，其疾如箭。

紅薇和史麟對坐艙中，阿俊立在頭艙裡。紅薇蛾眉深鎖，杏臉不舒。她心裡懷念著紫雲村，業已住了許多年月，山色湖光，朝夕飽覽，春花秋月，盡人流連。現在竟離開這可愛的太湖，而自己不能再回到紫雲村了。又想起老父的聲容笑貌，宛然在目，而人天永隔，風木興悲。這恨事永遠沒有可以補償的了。所以她心裡充滿著悲哀的情緒，一變她活潑潑的態度，悶悶不語。而史麟也因此次為了自己的關係，累得鍾常臨危之時，都不能在家中發喪，還得急急他避，心中對於紅薇萬分不安。雖然鍾常的逝世是死於病症，而總是多少為了自己，耿耿在懷，負咎莫贖。因此兩人在艙裡各有心事，坐聽著蕩蕩的湖波浪聲。

王小毛一邊駛舟，一邊在船舶煮飯，飯香送到鼻管裡，他們到這時候腹中也有些餓了。少停王小毛端上飯和菜來，乃是一碗紅燒肉，一碗蝦仁蛋湯，其他兩樣素菜。鍾史二人吃了，便教阿俊吃。主僕三人吃畢，由王小毛收去。

史麟暗計行程，約莫行了二十里水程了，忽然斜刺裡小港中駛出兩艘小快船來，正和他們的坐船碰個正著。船頭上站著幾個人，當先一個漢子正是班老四，旁邊站的就是姓秦的，還有數人都是班老四的徒弟，一艘船上面都是捕役。原來他們剛才搜罷了蘆雁村回來，班老四眼快，一眼已瞥見頭艙裡的阿俊。此時阿俊也已瞧見班老四，要想閃避已是不及。班老四這幾天寢食不安，朝夕奔波，正在四處找尋鍾常父女和史麟的蹤跡，恐防捉不到人，自己反要受累入獄。害人自害，心裡有無限徬徨，無限驚恐。此刻忽然在湖面上碰見了他們，正是求之不得，無異在黑暗裡找到燈光，心中大喜。把手向來船一指，回顧姓秦的說道：「秦兄，我們東搜西查，踏破鐵鞋無覓處，原來他們並未遠颺，仍在湖上。今番相遇，天教我等破案了。」

大家立刻取出兵刃，一聲呼哨，把來船阻住。班老四還不知道鍾常已在西山物化，他是吃過苦頭的，心裡不免依舊有些惴惴然，不過他倚仗著人多，而捕役中間很有幾個能武的人，尤以捕頭鐵尺趙五，武藝最是高強，或可以此取勝。而鐵尺趙五還不知道鍾常的厲害，他在那邊船艙裡，一聞班老四的報告，取了兩柄慣使的鐵尺，連搖帶跳，跑至船頭高聲大喊：「清平鎮餘逆在哪裡？」他生平慣捕江洋大盜，自恃其能，以為對付乳臭小兒，真是毫不費力之事。他的身軀果然高大，站在船首，宛如一座黑鐵寶塔，威風凜凜。那紅薇和史麟在船中窺見班老四等兩艘船橫在前面，知道狹路相逢，少不了要廝殺一番。他們兩人都是初生之虎，氣吞全牛，沒有什麼怕懼。而紅薇心裡更是求之不得，她本來深恨班老四助紂為虐，掀起這意外的風波，使他們不能安居湖濱，而老父也在病中耽誤了。無疑是自己的仇人，不見面也罷，今日想見，豈肯輕饒？各人從行囊裡取出寶劍來。阿俊見有廝殺，十分高興，也去取了一雙鴛鴦銅錘，跟他們一齊來到船頭上。

班老四手橫雙刀，見對面船艙裡走出紅薇主婢及史麟，而不見鍾常，又見紅薇全身縞素，戴著孝，心裡不免有些狐疑。

遂揚起雙刀，向紅薇喝問道：「你家老頭兒何在？他膽敢窩藏著史成信之後，匿跡湖邊，叛逆不道，我引人去捕他時，不知他又得了誰的報告，事先逃逸，連累我擔著心事。哪一處不去尋找你們過？今日在此相逢，這是老天把你們交與我了。」紅薇忍不住答口道：「班賊，你敢挾嫌誣害嗎？我父親不幸患病去世，否則他絕不肯饒赦你這賊的。你要找他嗎？我送你上鬼門關去找好了。」班老四聽了紅薇的話，方才知道鍾常已死，那麼剩這一雙小兒女，更是容易對付了。但聽紅薇說話很厲害，手裡又握著明晃晃的寶劍，也非沒有本領的人可比。遂回頭對趙五說道：「對面立著的女娃娃就是鍾常的女兒，站在她身旁的就是史成信的兒子，我們快快上前把他們捉住了再說。」

於是班老四運用雙刀，直取紅薇，趙五橫著鐵尺，徑奔史麟，三艘船成了一個「品」字形。

紅薇舉起明月寶劍，迎住班老四交鋒。寶劍如銀龍取水，直奔班老四要害之處。班老四的雙刀只能欺侮一些外行，他哪裡是紅薇的敵手？紅薇在這幾年來跟隨她父親學劍，進步很快。自從史麟來後，有了良好的同伴，她的劍術更是突飛猛進。年紀雖小，而她的一口劍已非常人可敵，很有幾樣殺手的劍法，用出來時可以出奇制勝。今日她和班老四一交手，便覺得班老四的本領俗淺平庸，從容對付。所以兩人交手不到六七合，只聽噹的一聲，班老四右手的一柄刀已被明月劍削作兩截，刀頭已落水中。班老四突一吃驚，而紅薇早乘此機會，踏進一步，一劍飛到了班老四的頭上。班老四剛要把左手刀去架格時，一顆頭已霍地滾落。他的徒弟見班老四喪身在這小女子手裡，一齊驚惶失色。紅薇殺了班老四，回頭見史麟已跳在捕殺的船上，正和鐵尺趙五猛撲。趙五的鐵尺果然使得不錯，呼呼然有風雨之聲。他的脾氣就是在自己和人家對壘之時，不喜歡自己弟兄相助一臂之力。也是他好勝的心理太重，萬一不敵時，須待他把鐵尺向上一舉，做個暗號，然後要他人去助他。

所以他和史麟動手時，眾捕役立在一邊，並不上前協助。他起初以為這些乳臭小兒只消他走上三四合，馬上可以手到擒來的。誰知史麟一口劍上下翻飛，居然變成一道白光，一些沒有空隙。趙五心中暗暗驚奇，怎樣一個少年公子，竟有這般高深的國術，真真猜度不到的了，不得不用出生平力量來對付。而史麟今天也遇到了對頭，他起初以為這些差役怎在他的心上，現見趙五果然勇猛，而那一雙鐵尺又是沉重非常，自己的寶劍削他不斷，反恐損壞了自己的劍鋒，所以特別當心。兩個人你防著我，我防著你，這樣鬥了三四十回合，還是不分勝負。紅薇見趙五如此厲害，自己不能不去相助了，便一擺明月劍，跳過去幫助史麟。

這時班老四的徒弟們見師父已被紅薇所殺，又恨又驚。見紅薇去助史麟，船上只留著一個小小醜丫頭了，遂想過去把她捉住，聊為師父洩恨。大家舉起兵刃，跳到紅薇船上去，要把醜丫頭生擒活捉。醜丫頭持著雙錘，本來技癢難熬，渴欲廝殺，試試自己的本領。現在班老四的徒弟來了，正是自己的大好機會，立刻舉起雙錘，向眾徒弟橫掃過去。眾徒弟當著的不是頭破，便是臂折。又有兩人都被阿俊的錘頭打落水中去了。

大家方才識得她的厲害，退回自己船上，不敢上前。那趙五雖然藝高，卻被這一雙小兒女纏住，竟一些得不到便宜。而紅薇和史麟的兩柄寶劍，不是在他頭頂盤旋，便是在他腰裡圍繞。

又戰了十數合，漸漸覺得手中只有招架功夫了，心中好不焦急。暗想自己在外很難得栽過跟頭，今天若跌翻在這兩個小兒女手裡，一世英名行將掃地了。遂把左手鐵尺向上一舉，他的同伴本都代他捏把汗，今見他舉鐵尺，大家立即舞動刀槍棍棒，上前來一齊動手，想以多取勝。阿俊見眾捕役動手，她也迎上去一同助戰。當然船頭上地位小，不夠許多人盤旋，有幾個捕役已跳至阿俊船頭上來狠鬥。他們已見阿俊身手敏捷，錘法甚佳，所以不敢怠慢，把她圍在裡面。阿俊見那些捕役本領平常，所以從容對付。那史麟和紅薇二人愈殺愈勇，劍光飛處已有二三個捕役受傷退下。趙五勇氣沮喪，紅薇一劍向他面門刺來，趙五把鐵尺去架開時，史麟又踏進一步，手中的龍泉寶劍望他下三路掃至，喝聲「著」，趙五忙跳避時，右腿已中了一劍，向後僕跌，被眾捕役們搶救去。紅薇還想多殺幾個，倒是史麟把她的玉腕一拉道：「世妹，我們業已戰勝，不必多殺了，且去自己船上肅清一下。」於是二人跳回自己船上，兩劍橫掃，又有兩個捕役擊落水中，其餘的都逃回去。只見兩艘快船很快向東北面逃去，史麟紅薇也不追趕，只命自己船上的舟子快快前駛。那王小毛和他們夥計都嚇得伏在船艄底上，戰戰兢兢地動也不敢動了。經阿俊把他們喚出來，見了二人手中的寶劍，仍是害怕，不知是怎麼一回事，也不知史麟紅薇又是何許人，為什麼官軍要來捕捉。不敢上前去詢問，只好依著吩咐，駛向湖州而去。史麟紅薇阿俊各將兵器拂拭去血跡，藏在劍囊中。

坐定後，紅薇對史麟說道：「今天我殺得很是爽快，班老四那賊已死在我的劍下，只是那個姓秦的被他逃匿，我倒忘記到他們船上去細細搜尋一遍，便宜了那賊。」史麟道：「天下竟有這種巧事，班老四害人自害，今天會自來送死，料何正知道了，一定要為我們歡喜哩。」紅薇道：「那個捕頭使鐵尺的武藝很好，不知他姓甚名誰？」史麟道：「果然不錯，但到後來他的手法也亂了，他哪裡及世妹的勇武呢？」紅薇給史麟這麼一說，不由嫣然一笑道：「我有什麼本領？還是你的好。」史麟道：「哪裡哪裡！阿俊也很好，可謂強將手下無弱兵。」阿俊立在旁邊，聽史麟讚她，也笑了一笑。史麟又道：「別的不要說，今天他們逃回去後，定要報告官兵來湖上追趕的，我們究竟人少呢，寡不可以敵眾，須得連夜駛行，早早逃往湖州，免被他們包圍。」紅薇也以為然。

幸喜是順風，舟行的速率加倍，直到天色漸暮時，他們的船已駛了七八十里。問問王小毛，知道到湖州只有八十多裡的水程了。舟傍野貓灣泊住，煮了晚餐，大家吃過後，紅薇吩咐王小毛在夜裡開船，不得遲延。王小毛不敢違拗，遵命開船。

黑夜裡在太湖行駛，當然是帶著冒險性的，幸虧王小毛是個精明熟練的舟子，在湖上行駛很有經驗。他們一個在船頭，一個在船後，照料著那船。仍掛了巨帆，破浪疾行。王小毛坐在後梢掌舵，不使方向偏亂，安安穩穩地行走著。紅薇和史麟面對面地靠著在行李上，各自假寐，燈火也不點，有時明月從篷窗中射進來，二人有著心事，哪裡睡得著，但也不言語，聽阿俊獨自睡在船頭裡，鼾聲已起了。船底水聲，蕩蕩入耳。

直到下半夜，二人朦朧入睡了一會兒，睜開眼來時，天色已明。紅薇伸了一個懶腰，便向後稍向道：「湖州可到了嗎？」

王小毛答道：「到了到了，不滿二十里了。」二人暗暗歡喜。阿俊聞聲爬起，王小毛早在船後送上洗臉水來，請二人盥洗，並煮起早飯，端了過來，請他們主僕充飢。大家吃過早飯，舟行迅速，前面已隱約窺見湖州城池了。紅薇史麟見背後並無追兵，更是放心。等到舟到埠頭靠住，王小毛從後梢頭鑽了過來，對二人說道：「公子小姐，今已到湖州，請上岸吧。」紅薇遂又取出五兩銀子給他算飯錢和酒錢。王小毛接過道謝，阿俊遂代他們提了行篋，伺候二人上岸。

他們還是初次出門，湖州人地生疏，只管向城外熱鬧的街市走去，心裡要想找一家旅店，暫且歇下再作道理。剛才走至一條街上，前面高聳聳的有一座吊橋，三人跨上橋時，紅薇低著頭走，史麟卻左右觀望市景，忽然旁邊走上一個人來，高聲叫道：「紅薇姑娘，你們竟在這裡嗎？」三人聽了，不由嚇了一跳。

紅薇回過臉來看時，原來就是她的左鄰快嘴長根，常來幫助鍾常修埋屋子，編扎籬笆，也是村上的一個工匠。所以和他們很熟的，不料在此邂逅相逢。紅薇只得停了腳步，帶笑說道：「我們來湖州有些小事，就要回去的。」快嘴長根把手搖搖，輕輕地對紅薇說道：「你們回去不得了。」紅薇假作痴呆，反問道：「你說這話是什麼意思？」快嘴長根向左右看了兩眼，又向紅薇一招手道：「你們隨我來。」三人只得跟了他走下橋去，在橋南轉彎處立定，那邊行人較少，快嘴長根便低聲說道：

「你們還不知道嗎？前天蘇州城裡全班捕役以及官軍，由一個丹楓村裡姓班的做眼線，坐了大小船隻三十餘艘，趕到我們村子裡來捉什麼清平鎮的餘孽，先把你們的家團團圍住，破門而入，不見你們的蹤影，才把我們左右鄰舍拘捕，一家家地搜尋，要我們招出你們藏匿的所在。但我們怎知你們父女上哪裡去的呢？招不出口供，受盡鞭撻之苦，可憐我也挨受過二十下皮鞭，打得我遍體青紫，處處有傷呢。」他說時，一邊做出呻吟痛苦的樣子，一邊兩隻眼珠子滴溜溜地只向史麟身上打轉。紅薇說了一聲：「這卻難為你了。」也不多說什麼，因她早已知曉，毋庸再申說了。快嘴長根又問道：「紅薇姑娘，你的父親在哪裡？你頭上戴的誰人的孝？莫不是……」他的話沒有說完，紅薇早說道：「是我的父親已故去了，我們現在要往杭州去呢。」紅薇這句話明明是哄騙他的，所以說了這話，立即說一聲「再會吧」，便和史麟阿俊匆匆地向城中走去。那快嘴長根卻還立在橋邊呆望著他們的背後影子。

三人進得城門不多路，見有一個招商客棧，紅薇便和史麟等進去打尖。大家歇息一會兒，午飯後，紅薇對史麟說道：

「我們本擬在此歇宿一宵，趕奔泗安，但我的意思最好不要逗留，馬上動身。」史麟道：「莫不是世妹方才遇見了那鄉人，恐他要洩露我們的蹤跡嗎？」紅薇點點頭道：「世兄真是聰明人，他是著名的快嘴，什麼事不肯留在肚裡，必欲一吐為快的。恐怕他回到紫雲村必要告訴鄉人知道，難免有人報告清軍，那麼清軍必然即將躡跡而至，我們便受其累了。所以我們千萬不可在這裡多耽擱。」史麟道：「世妹說的是，我們付了店飯錢走吧。」紅薇道：「再且等一刻，方可動身。」史麟道：「事不宜遲，早走為妙。世妹何以又要等待？」紅薇笑道：「我們兩個年輕女子，和你一個少年同行，在外面最容易惹人注意。況且廬山真面不可不掩，是於旅途上極不方便的事。所以我要和阿俊都改裝男子，我和世兄可做兄弟稱呼，而阿俊算是我們的小童，這樣豈非省卻許多麻煩呢。況古人花木蘭易釵而弁，代父從軍，瞞過了多多少少的夥伴，我何不學呢？」史麟微笑道：

「妙哉妙哉，世妹豪爽的性情不輸於丈夫，倘然喬裝了男子，我們猶如弟兄一般，更無用避嫌疑，不快來哉！」說罷，哈哈地笑起來。阿俊立在門外，聽得笑聲，走進來叩問緣由，紅薇把這事告訴了她，阿俊也很贊成。當前的問題就是缺少衣服巾履，史麟便說：「我們身邊有錢，可以到外面街上衣店裡去選購的。」紅薇一想，也只有這個辦法。

於是三人帶了銀子，走出客寓，到街上來找估衣鋪。走了一段路，瞧見左邊有一家衣店，三人就進去挑選了十幾件單夾薄棉的衣服，約莫可合紅薇和阿俊的身材的，花了十兩銀子。

什麼都有了，只缺鞋襪。三人又到一家鞋子店裡買了數雙靴鞋，攜回店中。他們在店裡不便改扮，只得付了房飯錢，攜帶行李，立即登程。出了湖州城，望泗安那邊走去。史麟在路上問道：「世妹買了衣服，何時改裝？」紅薇道：「便在今宵。我們不要先投客寓，可以向鄉下人家借宿，改扮之後，悄悄一走，便無人識得我們的廬山面目了。」史麟道：「就是這樣辦吧。」

三人趕了十數裡路，看看天色漸晚，前面有一個小小鄉村，紅薇史麟阿俊便走到一家人家門前，正有一個鄉婦抱著小孩，立在門前。紅薇向她說明要告借一宿之意，且許重謝。鄉婦便進去稟告了一位老人，得到他的應允，方把三人讓到裡面。靠右首有一間小小瓦屋，甚為黑暗，房中只屋面上開了一個天窗，地下是砌的方磚，也沒有鋪地板，正中放一張床，有幾張桌子和椅子，是老人兒媳的房間。那個抱小兒的鄉婦便是老人的媳婦，丈夫尚在鎮上未歸呢。她放下小孩，去掌上燈來，泡上一壺茶，請三人坐。紅薇取出五兩銀子給她，教她去預備一些晚餐。鄉婦見有銀子，歡歡喜喜地去了，便聽後面有磨刀殺雞聲。三人坐在房間裡閒談一切，等了好多時候，聽得外面男子的聲音，老人的兒子也回來了。鄉婦已送酒菜來，居然雞肉魚鴨樣樣都有，放滿了一桌。史麟笑道：「有勞他們忙一會兒了。」二人遂叫阿俊一同坐著吃喝，不必分開。晚餐後，阿俊幫著鄉婦將殘餚搬去，又泡上了茶，坐談二鼓時分，便闔門安寢。紅薇和阿俊合睡在床上，史麟卻睡在旁邊一張竹榻上，鋪了枕褥，做了臨時的床鋪。

紅薇和阿俊都覺得疲倦，酣睡不醒，史麟卻時時醒著。將近五更時，史麟先穿衣起來，喚醒了她們，催她們速速改裝。

於是紅薇和阿俊各將從衣店裡買來的衣服穿戴起來，各人都梳了一條辮子。史麟站在旁邊觀看，只見紅薇喬裝之後，果然是一個美男子，有子都之嬌，不由暗暗喝聲彩。阿俊也還像個奚奴。遂對二人說道：「你們倆改扮得甚好。」紅薇走至史麟身邊，拉他並立著對阿俊說道：「你看我和史公子哪個模樣兒好？」阿俊指著二人帶笑低聲說道：「一樣好。」史麟說道：「恐怕世妹比我好得多了，我哪裡及得世妹的美麗呢？」紅薇搖搖頭道：「我不信，喬裝男子最要有英雄之氣，若有脂粉氣便不像了。我就怕這個。」史麟道：「世妹乃巾幗之英，所以一經易裝，便唯妙唯肖。並不是我面諛，你若不信，將來給陌生的人看後，便知分曉了。」這時阿俊指著紅薇衣裳下面的雙足笑道：

「小姐，唯有這個是大大的破綻，我們必須掩蓋過去。」紅薇望下一看，嗤嗤地笑道：「當然這繡花鞋是不好穿的，幸虧我的雙足沒有多纏過，不會太窄。以前我父親常嫌我雙足太大，無金蓮貼地之致，恐怕我因此沒有婆……」說到「婆」字，連忙縮口，不由臉上紅了一紅。又說道：「現在我可便宜了，只要略纏些布，外面套了靴子就得了。」阿俊道：「我也是這樣辦吧，我的腳比小姐還大呢。」於是二人各自脫下繡鞋，把兩條白布纏緊在足上，然後穿上靴子，在室中走了數步，果然如男子一般，無嬌娜之態。

史麟回頭向窗上望了一望，對二人說道：「天快亮了，你們快快預備好了，便可上路。」說話時，遠近雞聲已起，紙窗上已有些魚肚色。紅薇道：「快好了，我們只要略再修飾，就得啦。」於是紅薇又戴上一頂小帽，帽上釘著一粒明珠，果然益發好了。三人收拾了行裝，史麟又摸出五兩銀子留在桌上，給屋主人的。他們三人趁著屋子裡的人尚睡未起，便偷偷地走出室來，開了大門，一徑去了。

他們走在路上，到了泗安，果然沒有人看出破綻。但在交談的當兒，史麟仍喚紅薇為世妹，紅薇低聲說道：「我們業已改裝，請世兄留意，千萬別再以兄妹稱呼，以致人疑。我叫你哥哥，你稱我弟弟便了。還有阿俊，我們也要改口了。」史麟點點頭道：「不錯，這是我失於檢點。以後當兄弟相呼，不妨起個假名，我喚史仁，你喚鍾義，算為結義兄弟，可好嗎？阿俊可以稱他為鍾貴。」紅薇道：「如此很好，總期大家不要露出破綻。」又對阿俊說道：「以後你不可稱呼我小姐，免得給人聽了生疑。你只喚我二公子，稱史公子為大公子，絕不要忘記了。」阿俊道：「婢子理會得。」紅薇指著她笑道：「你自稱婢子，不是大大的破綻嗎？」史麟道：「你可自稱小的。」阿俊道：「小的理會得。」史麟點點頭道：「這樣便對了。」

在泗安他們又在客店裡休息一宵，次日動身至廣德，一路至安慶。其時明亡未久，各處軍事狀態尚未全除，盤查很嚴，幸虧沒有破綻給人瞧出。安慶有巡撫駐守，十分熱鬧，三人因為陸行不便，遂僱了一艘帆船，講明駛至武昌。上了船，溯江上駛，紅薇坐在船裡，眺望長江風景，氣勢雄壯，又和太湖不同了。

這一天到了馬當，史麟因為自己讀古文時嘗讀蘇軾所作的《石鐘山記》，在彭蠡之口確是一個奇妙的古蹟，彭蠡就是鄱陽湖的別名，現在距離鄱陽不遠，正可便道一遊。遂和紅薇一說，紅薇是年輕的人，正喜遊覽。她雖然對於這個古蹟是不甚領會的，但也十分高興地慫恿史麟往遊。史麟遂吩咐舟子要到鄱陽湖石鐘山一遊，叫坐船往那邊去繞道一下，可以多加些舟資。舟子聽得史麟許加舟資，當然聽命。遂上岸辦了些食物，立刻開往鄱陽湖去。史麟在舟中起先講一篇《滕王閣序》給紅薇聽，講至「落霞與孤鶩齊飛，秋水共長天一色」，紅薇也嘆為佳句麟詞，不可多得。到了彭蠡之口，時已近晚，水面上帆影漸少，有許多漁舟結隊而歸，真是漁舟晚唱，水鄉風景。紅薇覺得又和太湖有些彷彿了。

他們的船泊在蘆葦邊小港口，舟子便在船尾煮飯。史麟同紅薇立到船頭上來眺望晚景，見一輪皓月，已從東面升上，遠處碧波浩蕩，汪洋萬頃，不再那片帆一葦。阿俊也立在一旁，看了一會兒，晚飯已熟，遂進去用晚餐。餐後略坐片刻，即命舟子把船駛往石鐘山去。阿俊聽說去探古蹟，聆石鐘之聲，心裡也是異常高興。舟子把船行駛時，卻請史麟在中間靜默而坐，熄去燈火。因聞戰事初定，各地方匪氛尚未全靖，鄱陽湖中素有湖匪出劫行舟，不可不防。史麟紅薇等雖然竊笑舟子膽小如鼠，但也未便固拒其請，只得坐在黑暗裡，不發一言。

舟行湖中，唯聞波濤澎湃之聲，因為黃昏時湖上起了些西風，而風浪遂較平時為大了。舟子小心翼翼地把船駛向前去。

月光甚是皎潔，波光如銀，擁著一陣陣銀浪打向船頭來。史麟雖憂浪大，但有了風，一定可以聽到石鐘的佳奏。舟行多時，遠見前面一座高山巍峨地如巨靈神矗立湖上一般，就是石鐘山了。史麟紅薇各自欣然，以為目的地已達到了。一會兒坐船已至絕壁之下，左邊大石側立千尺，宛如猛獸奇鬼，森森然擇人而噬的樣子。仰視山上樹木蔭翳，草木行列，除了風聲木聲，四圍靜悄悄地不聞人聲。此時史麟紅薇阿俊三人都立至船頭上，不顧浪花濺衣。紅薇對史麟說道：「這山上難道沒有人住的嗎？」史麟道：「也許有些樵夫漁戶，但是這時候十九已入睡鄉了。」正在說話時，忽聽山崖樹際有老翁咳且笑的聲音，史麟等都驚奇起來。聽了數聲，方知是野鶴叫。阿俊學著野鶴的聲音，叫了一聲，山上有數只野鶴，聞得人聲，驚飛而起，在雲霄間叫出喃喃之聲，盤旋在明月下，似在向山下偵察。

紅薇又對史麟說道：「我們已到石鐘山下，只聽鳥聲而不聞鍾聲，莫非古書欺人嗎？」史麟道：「這石鐘得名的歷史是在水經上酈道元說『下臨深潭，微風鼓浪，水石相搏，聲如洪鐘』，而唐順宗時有個少室山人李渤，也曾一度來此訪尋遺蹟，得雙石於潭上，試聆它的聲音，南聲函胡，作宮音，北聲清越，作商音，抱止響騰，餘韻徐歇，自以為得到了，但是蘇東坡卻都懷疑不信。後來蘇東坡和他的兒子親自到此間來訪問，也是在夜間來的，被他聽到石鐘的聲音，以為酈道元的話雖是對的，卻嫌他說得太簡略，不能使人明白，而李渤得的雙石是欺人之談。所以蘇東坡遊此後，作了一篇《石鐘山記》，我因讀了這篇文字，恰又逢路過彭蠡，遂順便紆道一遊。至於是否有鍾聲可聽，這卻要看我們的機會如何，不得而知了。」遂吩咐舟子沿著山下駛去。月光下又駛了一程，只聽那山下突然一片大聲發於水上，其聲噌噔如鐘鼓不絕。紅薇欣喜道：「試聽這聲音不是很像鐘鳴嗎？」史麟一邊傾耳靜聽，一邊向紅薇點頭道：「這大概是了。」阿俊也喜孜孜地側耳聽著，舟子聽到了這聲音，更是用力前駛，沿著山壁繞圈兒。史麟一邊聽，一邊細察，看山下都是石穴罅，不知道有多少深淺，涵澹澎湃，方才發出這個聲音來的。舟行了若干水程，回至兩山中間，前面將入港口，見有很大的一塊砥石，恰當中流，可坐百人。舟至石旁，月光下細視這石中空而為竅坎，風水相吞吐，有竅坎所發之聲，和方才那處的噌吰之聲相應，宛如奏樂一般。史麟笑道：「你們聽到嗎？今夜我們不讓髯翁專美於前了。」因在船首引吭高歌蘇東坡《浪淘沙》一詞，豪情壯氣，勃然而興。

第九章　石鐘血戰

正在徘徊聆音的時候，忽然北面湖上駛來三四艘很大的帆船，激起了高高的波浪。舟子眼快，早已看見，連忙過來悄悄地向史麟搖手說道：「公子請你別聲張吧，你們快看那邊飛駛而來的帆船，不是很可疑的嗎？在這時候，商船怎敢在湖中冒險夜行？十九是盜船啊，我們快快逃避吧。」史麟聽了舟子的話，他和紅薇一齊向北面望著，也覺得這幾艘帆船來路不正，然而他們仗著自己有本領，並不放在心上。史麟對舟子說：

「管他盜匪不盜匪，你照常駛回去就是了。」舟子道：「月光清白，我們恐怕逃不脫吧？不如到前面蘆葦叢中去暫躲一下，免得遭殃。」史麟也不去理會他，舟子和他的夥伴在這時趕緊搖動這船向蘆葦叢中去了。可是一片清光，照徹湖上遠近，他們既然瞧見了盜船，當然那邊船上的人也已窺見了史麟等所坐的船。於是這數艘帆船飛也似的向這邊小船駛來，自然小船行得遲慢，帆船駛得迅速，一會兒帆船越追越近，船上的人已望得見了。忽然有一支響箭忽喇喇的一聲響，射到史麟船邊，掠篷頂而過。史麟紅薇知道這些帆船果然是盜船了，放出響箭，就是要教自己的船停駛，今晚看來難免又要動手。

舟子在船梢頭聽得響箭，嚇得臉上變色，船也搖不動了。

史麟紅薇阿俊一齊走到裡面去，向行李中取出自己隨身的武器，脫去外邊衣服，結束一下，準備廝殺。史麟且安慰舟子道：「你們只顧當心搖船，盜匪雖然追來，但你們別看輕我們都是年輕的人，有我們在船上，殺幾個狗盜如探囊取物，並非難事。」說畢，各人亮出兵刃，走向船頭去。舟子聽史麟話，雖有些將信將疑，然瞧他們一種勇武之概，絕非虛飾，換了別的青年在此時候，也早嚇得一團糟了。事已至此，怕也無益，且看他們怎樣廝殺吧。

背後的帆船漸漸追近，船上喊聲大起。史麟教船家掉轉船首，以便迎戰。船家也覺背後危險，立刻把船掉過身來。史麟等在船頭上望到盜船中站著許多彪形大漢，一時看不清楚什麼人，然而手中都揚著明晃晃的兵刃。唰的一聲，早有一彈打向史麟頭上來，史麟把手中龍泉劍迎著一擊，噹的一聲，早已激落到水裡去了。史麟回顧紅薇道：「你看他們竟會用暗器傷人。」方說了這話，又是一彈打向紅薇身上，紅薇柳腰一側，閃避過去，那彈撲地中在船的門上。紅薇大怒，喝一聲：「狗盜不要拋擲彈丸，快快放船過來，一決雌雄。」這時盜船已和史麟的船相距不過一丈，共有四艘，正中兩艘船身較大，左右各一艘好似雁行般列著，正中右邊，一艘最先，和史麟的船排觸，船上有一個少年，手握雙刀，藍布扎頭，全身黑衣，身軀瘦小如猿猴一般，向史麟等大聲喊道：「你們是哪裡來的客船？船上有何財物，快快獻將上來！」史麟冷笑一聲道：「我等是來遊湖的，別無財物可獻。你們如有不要性命的，可來試試我的寶劍利與不利！」那少年聽史麟說話如此倔強，手中又有長劍，知道他們也諳武藝的，所以不敢大言。但瞧他們年紀都輕，遂也笑了一笑道：「你們這些小娃子，從哪裡來的？難道不知道鄱陽湖姚家的厲害嗎？」紅薇道：「什麼姚啊饒啊的？你要求饒命嗎？我手中的青鋒卻不肯饒你。」少年聽了紅薇的話，勃然大怒，舞開雙刀，上前逕取史麟。史麟把龍泉劍迎住便鬥，少年船上又有一個黃臉大漢，手中挺著鐵棍，飛身一躍，跳到紅薇船上來。紅薇見他來勢凶猛，不敢怠慢，將明月劍使開，接住那大漢，黃臉大漢罵聲「乳臭小兒」，呼得一棍打向紅薇頭頂來。紅薇把劍一架，雖然被她架住，但覺得這大漢的棍勢沉重，膂力不小，自己的力氣不及他，不得不用取巧的姿勢相鬥。而且又怕損壞自己的寶劍，不敢去削他的鐵棍。那大漢把鐵棍使開了，好似一團黑雲，驍勇無比。紅薇也施展平生本領，和他惡戰。阿俊舞開雙錘，來助紅薇，在外面的船又已和他們的船接近，船上有一個面目猙獰的盜黨，揮動大刀，向阿俊劈來，阿俊只得和他戰住。盜船上的人雖然不來相助，可是人數甚多，吶喊助威。史麟雖無畏，然見盜黨人數多出自己數倍，而又都是勁敵，久戰恐要吃虧，急欲取勝，待那少年一刀劈向他的懷裡來時，他把龍泉劍迎著他的刀鋒，順勢用力一削，只聽噌的一聲，那少年右手所握的刀已被史麟削作兩段。

史麟又是一劍刺去，少年嚇了一跳，急忙將身避開，不敢戀戰。

左面船上早有一個少女青絹裹首，身穿黑色夜行衣服，腳下雙鉤纖小，穿著大紅弓鞋，手裡橫著一柄寶劍，嬌喝一聲：

「哥哥閃開，待我來戰三合。」少年聞言，立即退下。史麟見盜黨中來一女子，不由一愕，可是那女子的劍早已掃至腰際，說聲「看劍」，這是一個玉帶圍腰式，史麟不慌不忙，將劍望下一掃，兩劍相遇，只聽噹的一聲響，宛如龍吟虎嘯，兩劍火星亂迸。兩人各吃一驚，各個收回寶劍，借月光一看，各無損傷，方才安心。史麟知道女子手中也是一口寶劍，遂不敢去削她的劍，只想以技取勝，使開梅花劍法，向女子進逼。女子也把渾身解數使出來，倏忽之間，兩柄劍全化作兩道白光，但見劍光，不見人影。戰得多時，尚不分勝負。

可是左面船上走出一個七旬以上的老翁來，一部花白長髯，飄至胸前。精神矍鑠，相貌奇偉，向這裡三對廝殺的人看了一下，便對左右說道：「怎麼我兒和孫女等，還不能戰勝這三個乳臭小兒？豈非將損我姚家威名？便老夫費些手腳吧。」

遂向身邊一個侍奉的盜黨手裡取過一柄鑌鐵龍頭枴杖，跑至女子身旁說道：「孫女，待我來擒這小子，看他能在老夫手裡逞能嗎？」女子回頭叫一聲：「老祖父，你高興動手嗎？千萬要生擒住，不要傷他的性命。」老翁點點頭，女子遂虛晃一劍，跳開一邊。老翁將鐵杖輕輕擺動，史麟的寶劍和枴杖相遇時，立刻直盪開去。史麟虎口震裂，知道這老翁是個非常之人，本領又在女子之上了。正躊躇間，老翁的鐵杖又已呼的一聲，打向他的頭上去了。史麟迸勇氣，運足全副力量，將劍望上一迎，要想架開，老翁的枴杖卻猶如泰山壓頂，向下直沉，自己怎能架格得住？枴杖將及頭頂時，他只得向旁邊一跳，躲過這一杖。可是老翁趁他立足未穩時，早已轉變枴杖，迅速向下一落，向史麟的下三路掃來。史麟急忙再躲時，足骨上已略被拂著，推金山倒玉柱地撲倒船邊。老翁將他一腳踏住，奪去寶劍，提將起來向自己船上一擲，喝聲「拿下了」，女子早已吩咐盜黨擒住。紅薇見了，心中又驚又急，要想來援救時，卻被大漢糾纏住，不能脫身，暗暗叫苦。老翁既擒史麟，又來對付紅薇，紅薇究竟初出茅廬的人，想不到在這裡遇見了強硬的對頭，眼見史麟被擒，老翁武藝高強，自己也必凶多吉少，只得硬著頭皮迎戰。然而紅薇的一口劍，如何敵得過老翁的枴杖和大漢的鐵棍？剛才架開棍，杖來了，避過杖，棍又到了頭頂。

兩膀痠麻，香汗淋漓，勉強戰了三四合，背上被鐵棍帶了一下，一個翻身，跌入湖波去了。阿俊一見小姐落水，喊了一聲「啊呀」，雙錘架開盜黨的大刀，跟著紅薇，奮身躍入水中。老翁哈哈大笑，說道：「初出之犢，真不畏死，讓他們與波臣為伍吧。幸喜擒住了一個，可以帶回去問問口供哩。」遂吩咐眾盜速入船中搜查。那兩個船家在後梢嚇得癱軟了身子，動也不敢動。眾盜人船翻開行篋，得不到什麼，唯有少數金銀和成信相贈的珍玩，被他們搜刮了去。回報老叟說，船中沒有客人了。

於是老翁長嘯一聲，表示勝利，下令諸船返棹。立刻把四只帆船一齊掉轉了頭，向南面疾駛而去。月光照射湖波，依然銀光騰躍，湯湯有聲。唉，石鐘之聲方聽，蛟龍之舞已起。杖影劍光，虎鬥猿拿，竟使一雙小兒女樂極生悲，死生莫卜。甫離緹騎之手，又遭暴徒之侵。

鄱陽湖上一幕血戰告終後，史麟被盜黨擒住，跟著盜黨前去，將近天明之時，已到一座小山之下。那座小山屹立湖中，好似一條水牛，晨曉中望去，山上也有房屋樹木，紅日從水平線上湧起，映著美麗的雲霞，湖波都作淺藍色，湖上的景色美麗極了。可惜史麟心中充滿著憂鬱的憤怒，無心去領略，和昨晚泛舟石鐘的豪情逸致大不相同了。帆船泊定後，早有那個瘦小如猿猴般的少年，吩咐兩旁快解史麟上山。此時史麟陷身虎穴，已將自己生命置之度外，迤邐登山，見關上一處處皆有寨柵，插著旌旗，知是到了匪窟。

一會兒被盜黨推到一座廳前，兩廊插滿著刀槍劍戟，庭中矗立著一根高巍巍的旗桿，桿上有一面紅旗，隨風飄展，上有一個斗大的「姚」字。廳上正中虎皮椅內坐著的便是自己被他擒獲的銀髯老者，右手椅子裡坐著一個黃面大漢，下面椅子坐著二三個壯士，還有那個舞劍的女子，也坐在黃面大漢的下首。那瘦少年押著他在階前站定，向老翁說道：「老祖宗，這個俘虜如何發落？」老翁又對史麟上下相視了一會兒，一手摸著頷下的銀髯，說道：「我們起初以為必是什麼奸細黃夜來島上窺探我們的動靜，但是現在覺得不對了。此人年輕貌美，不是平常之輩，劍術也確乎不錯，若非我親自出馬，恐怕一時也捉他不住哩。」那個黃面大漢在旁也說道：「這幾個人雖然不是奸細，卻也很奇怪的，方才那落水的兩少年雖是主僕，不知和此人有何關係？月夜孤舟，來此湖上，真好大膽。我們不妨向他問個明白。」老翁點點頭，遂對史麟正色說道：「你的姓名是什麼？從何處到此？為何在夜間到這水鄉深處？快快實說。」史麟不欲吐露真姓名，便答道：「你們這群狗黨，聚眾橫行，為害國家，你家小爺恨不能將你們悉數除滅。既已被擒，我也不想再活，快給我爽爽快快的一死，何必多言？」老翁見史麟說話如此豪強，倒也是難得遇見的，便冷笑一聲道：「我若要教你一死，當然是極容易的事。但我念你年幼無知，所以想問明白了，或許可以饒你的性命。你又何必這樣急急求死呢？你的同伴早已葬向湖波，螻蟻尚且貪生，何況是人？難道你真的不想活嗎？」史麟道：「狗盜，我的兄弟已死，我無意再活人世。你們是我的仇人，我又豈肯靦顏事仇？狗盜，何必多言，你們的末日也不遠了，狗盜何必逞能！」旁邊站著的瘦少年聽史麟口裡狗盜長狗盜短地大罵，按不住心頭火起，又向老翁說道：「老祖宗佛心仁慈，不欲妄戮非辜，然那廝不知好歹，非但不肯聽命直說，反而任意謾罵。孫兒實在忍耐不住了，請老祖宗快快把他一刀兩斷，或是綁他拋在湖上，讓他和他的同伴一塊兒去做水中遊魂吧。」老翁道：「好，既然他自己不要活命，那麼賜他一個全屍，將他拋入湖波也好。」瘦少年聽老翁既已有令，立刻就教盜黨推著史麟，轉身走去。

這時候，下首坐的那個少女忽然立起身止住瘦少年道：

「哥哥且慢把那人推去。」瘦少年對她瞪著雙目，露出很奇怪的神情，說道：「妹妹，這是老祖宗的命令，你又何能阻止？」少女且不理會他，回轉嬌軀，向老翁跪倒說道：「老祖宗不是在前天當著大眾宣過誓，說此後不再妄戮無辜嗎？現在這少年既然不是歹人，我們劫了他的錢財，傷了他的同伴，似乎已是很厲害了。何以又要不留他的性命呢？況且此人武藝不錯，是個俊傑之士，他使用的兵器又是寶劍，絕不是沒有來歷的人，殺之可惜。不如把他軟禁在山上，慢慢再行詳詢，或可知其底蘊。倘能收為己用，豈不使我們山寨中多一人才嗎？老祖宗千萬請聽孫女之言，宥其一死。」旁邊的黃臉大漢也對老翁欠身說道：「父親，芳兒的話也不錯，不如姑且把此人監禁山上，過幾天再行詢問。如若他有意投降我們的，那是最好的事，否則到那時再把他殺卻，也不為遲。」老翁聽了，微微一笑道：「你們倒能體上天好生之德，我卻不能不答應的。」遂又吩咐盜黨把史麟押送到後面石室裡去監禁，不可給他逃走。瘦少年聽他們如此主張，只得怏怏地押著史麟前去。

史麟本已拼了一死，現在盜匪忽又赦而不殺，他心裡反而躊躇起來了。被那瘦少年押解而行，曲曲折折地走至後面，見有一間石室，靠著山壁而築，門上有鎖，瘦少年將匙開了，推開一扉小小的鐵門，裡面光線十分慘淡。瘦少年把史麟推至裡面，解去了束縛，對他獰笑了一下，說道：「便宜你這廝，且在這裡多活幾天吧。」遂即把鐵門閉上，加了鎖走回去。

史麟在石室中徐徐鎮定心神，向四面詳細看了一看，雖然不甚分明，而已知四下裡都是石壁，上面又是天然的大石傾斜下蓋，只有對面開著一個小小圓洞，透些亮光進來。像這種地方實在是生平難得到的，被囚在這石室裡面，任憑什麼英雄好漢也難想法逃出去了。至於室中也沒有什麼器物，只有一張小小的石臺，把它當桌子，或是椅子也可，壁隅堆著些稻草，恐怕這就算是睡榻了，真是十分悽慘。史麟在石臺上坐下身子，一手支撐著，默默思量。他深覺對不起紅薇主婢兩人了，都是自己忽發奇想，要來湖上探訪石鐘名勝，誰知因此遇到了盜匪：初以為憑著自己的本領，足夠對付，哪知道盜匪卻是勁敵。而那個長髯的老頭兒，本領尤其高強，我等都非他的敵手，無怪我要被擒。我死雖不足惜，咎由自取，只是紅薇和阿俊雙雙落水，在那洪濤巨浪之中，她們是不諳水性的，一定與波臣為伍了。可惜得很，想紅薇花容月貌，年紀輕，本領好，前途正要開放燦爛的奇葩，現在卻為了我而犧牲，我怎樣對得起他們父女呢？除非我也死了，魂魄有知，地下相會，當不寂寞。他這樣哀痛的追思著，眼眶裡滴下幾點英雄之淚，忘記了自己處境的危險，而悲悼紅薇的慘死，不幸之至，然而他又有什麼辦法呢？

過了一會兒，肚子裡漸覺餓起來了，聽得外面有了步履之聲，只聽嘎巴一聲，鐵門開了一個小方洞，有一個兒郎站在門外，手裡託著木盤，對他大聲說道：「這小子，這是你的午飯，快拿去吃吧。」說畢，將兩碗菜餚兩碗大白米飯從小方洞裡遞送進來，史麟飢腸轆轆，熬不住餓，只得走過來接了進去，胡亂吃著。那兒郎守在外面，等到史麟吃畢，收了碗盞，關閉了小方洞走去了。

史麟吃過了飯，坐在稻草堆上，養了一回神，精神已是全復，看看天色漸暮，石室裡更是黑暗，不能瞧見什麼，只可看到對面小洞裡透進一些灰白色的光。那兒郎又開了門上的小方洞送晚飯進來了。史麟又將晚飯吃畢，室中已是黑得伸手不見五指，他知道已是到了黑夜，除掉睡覺而外，簡直沒有法想。

可是他到了此時，一顆雄心又復燃起，自思他們不殺我，雖然不知是何用意，然而我不是傻子，為什麼不乘此機會設法逃出牢籠呢？紅薇已死，而我尚在世間，當然不能辜負了她。可是我若不死，將來還要償我的志願。父親臨別叮吟的話，言猶在耳，豈能忘之。我還要去做一番事業，完成我亡父未竟之志，那麼我又何必一定要死，不如別謀生路的好。想到此際，黑暗中一閉眼睛，好似瞧見他的父親史成信站在他的面前，臉上露出很渴望的神情，於是他才不欲死了，只想如何逃遁出去。然而睜眼四顧，一片漆黑，四周都是堅硬的石壁，一些沒有隙縫。自己手中又沒有器械，一柄隨身的龍泉劍早給盜匪奪去了，怎樣能夠走得出這個石室呢？

他正如此想著，忽見石洞外面有火光一亮，他心裡不由一動，忖度外面必有人在，難道是來救援自己的嗎？但自己一想，絕沒有此理。自己一個人孤單單地被囚在石窟中，紅薇已死，世上更無一個親近的人，怎會有人來救呢？怎麼，莫非盜黨要來害我的性命嗎？跟著聽得步履細碎之聲，有女子咳嗽之聲，很像紅薇。咦，奇了！世間安有第二個紅薇？難道她昨日竟沒有死，知道我被盜眾擒來，她來援救我出險嗎？他心裡不由活躍著，幾乎要喊出紅薇的芳名來。接著便聽門上鎖鑰聲音響了一下，吱呀的一聲，那扇鐵門已是開了，走進一個苗條的人影來，正是一個女子，左手託著燭臺，右手提著寶劍。咦，難道真是紅薇嗎？藉著燭光，仔細向那女子望了一望，哪裡會是紅薇，原來就是山上的女盜，曾和自己決鬥過的。他就睜圓了眼睛，憤然無語。那女子卻去把門關上了，將手中燭臺放在石臺上，走近史麟身邊。此刻史麟心中十分奇異，對那女子厲聲說道：「狗盜，你莫不是要來殺害我嗎？那麼快快動手吧，只要死得爽快……」史麟的話尚未說完，女子早向他微微一笑，搖搖手道：「你不要罵人，我若是要來殺你時，早晨我又何必向老祖宗阻止，勸他們不要殺你呢？你不知道感謝我，真是不識好歹了。」史麟道：「你既然不要殺我，那麼手執兵器，夜間來此做甚？你們既不殺我，把我監禁於此，不是侮辱我嗎？」女子道：「這都是我的好意，若沒有我勸止時，恐怕你早已飽了魚鱉之腹哩。還要說侮辱你嗎？」史麟道：「奇哉奇哉，你是盜匪的女兒嗎，不殺我做什麼？」女子笑道：「好好的人不做，為什麼口口聲聲只求死，一個人要死總是容易，只是我的寶劍一揮，你便身首兩處了。」史麟道：「要殺就殺，何必多言。」女子卻嘆一口氣說道：「唉，你這人真是不識好歹，我一心救你，又不要殺你，你何必這樣說呢？」史麟聽她這話，便不說了。女子又對他說道：「你是誰，請你先告訴我，我對於你一片好意，並沒有壞心腸，你也不用隱瞞，老實告訴我聽。」

史麟還說道：「我姓史名仁，世居吳下，此次跟我的結義兄弟鍾義以及童兒鍾貴，趕到四川去投奔親戚的，路過此間，因聞鄱陽湖上石鐘山的名勝，遂乘月夜泛舟探訪，一聆鍾聲。哪裡知道遇見你們前來行劫。我們既諳國術，當然不肯束手受戮，而要和你們廝殺了。我既不幸被擒，義弟又遭於難，所以不忍獨活受辱，而願一死。」女子聽了，點點頭道：「原來如此，昨晚的事我們也並非要來劫奪你們的財物。因為夜間湖上絕少行舟，恐防你們是官中派來的奸細，刺探我們山寨情形的，所以上前查詢。你們卻膽敢抵抗，當然我們不能饒恕了。但是你們的武藝也是非常之好，尤其是你的寶劍，現在已被我拿去藏著，細細看過，珍貴異常。劍銷上鑲的翡翠和精金，也非平常人所能有的。不知你何以有此寶劍？」史麟道：「這是我家祖傳之物，被你拿了去，誠堪痛心。」女子又笑道：「你若投降了我們，此劍也可歸還原主了。」史麟道：「大丈夫何事不可為而偏要做盜匪呢？要我投降，這是無意惡語。」女子哼了一聲道：

「你不要看輕我們綠林中人，我們也是很有志氣的人，只因老祖宗不忘前朝，而隱身在此間的。英雄不怕出身低，古今成大事立大業的，起初時候誰不卑賤？便是皇帝老子也是如此。」

史麟聽了這一番說話，心中不能無動，便問女子道：「你們姓姚嗎？所謂老祖宗又是何人？」女子道：「老祖宗就是我的祖父，我家姓姚，我祖父名喚兆安，在這鄱陽湖上稱霸山林已有二十多年了。因為他生得一部花白長髯，江湖上大家稱他為銀髯翁。提起這三個字來誰人不知？我父親名喚宏仁，因他面色常黃，所以別號黃面虎。生我兄妹二人，哥哥名喚志敏，別號小猿猴，我名字叫志芳。」史麟點點頭道：「你的武藝果然不錯，未知你可有什麼別號？」志芳笑了一笑道：「你要問我的別號嗎？就是胭脂虎三個字。」史麟又點點頭道：「名副其實。」

志芳道：「你不要以我為盜家之女而以為可怕，其實我們也講道理的。尤其是我的脾氣，只喜歡殺掉貪官汙吏，驕兵悍將，對於一般無拳無勇的小百姓，卻從來不肯輕加殺害。而又喜濟困扶危，幫助人家的。」史麟道：「這就是江湖上人的一點美德，若是連這些也不能做到時，簡直是禍國殃民的狗盜了。但是你們昨晚到什麼地方去的呢？」志芳答道：「你倒問得精細，前日我們是到星子一家富戶那裡去借糧，因聞那富戶為富不仁，積了不少造孽錢，所以我們去向他借一些來。果然被我們借了三十萬來，可是一個人也沒有殺傷，回來時恰巧遇見了你們。」史麟嘆道：「這是我們的不幸，現在我的義弟業已葬身湖波，我還有什麼生趣留在這濁世呢？」志芳道：「你是一個少年，不應該這樣悲觀。你若能入我們的夥，包你逍遙快活。死了一個義弟，多了許多朋友，不是很值得的事嗎？」

史麟聽志芳說到值得的事，他暗暗嗟嘆，想志芳怎知道我的義弟是一個女子呢？自然她不知道我內心的悲痛了，我既是一個俘虜，他們留著不殺，難道真要勸我入夥嗎？然而一則紅薇死在他們的手裡，他們就是我的仇人，我應該代紅薇報仇的，豈可和仇人同處？二則我是一個清白的身子，豈可屈身綠林，貽祖宗之羞？所以我寧可一死，不願苟活。志芳這女子明明是來勸我投降的，此人雖是盜女，倒也嫵媚，說話也很爽快，宛似紅薇第二。但她怎知我們的真相呢？我只有毅然拒絕她了。史麟低著頭凝思，志芳以為他的心已有些軟化，遂又說道：「你現在可覺悟了嗎？我們絕不虧待你的。等我明天和老祖宗說明白了，立刻可以釋放你出這石室。這地方我也知道你不能住的呢。」史麟忍不住搖搖手說道：「你要我投降你們嗎？

這是不可能的。我早已說過我姓史的是個大丈夫，絕不為盜。」

志芳聽史麟說來說去仍是不肯，便冷笑一聲道：「世間只有你一個人是大丈夫，他人都不是好漢嗎？我早已告訴你鄱陽湖上大牛山姚家是天下聞名的，哪一個不是英雄好漢？你休要蔑視，我老祖宗的本領你也領教過了，天下沒有敵手。難道你還不佩服嗎？」史麟道：「不是這樣講，你們雖然有了天大的本領，可惜總是個盜匪，千秋萬世，難逃惡名。」志芳聽了這句話，頓時柳眉倒豎，露出一臉的殺氣，將手中寶劍一指道：

「你還要這樣辱罵嗎？休怪我無情，把你一劍兩段殺了。」史麟道：「死便死，我並不怕的。」說著話伸出脖子，準備受志芳的一劍。志芳將寶劍在史麟面上磨了一下，說道：「好，你這個人真是鐵石心腸，要死總好辦的，你家姑娘姑且饒你多活一夜，明天稟告了老祖宗，再作道理吧。」志芳說了這話，又對史麟緊瞧了一眼，拿起石臺上的燭臺，提著寶劍，轉身走出去。嘭的一聲，仍把鐵門關上，加了鎖，履聲與火光漸漸遠去。

史麟依舊坐在稻草堆上，瞑目自思。他本來心中懊喪萬狀，準備一死了，卻不料盜魁的孫女黑夜前來，向他勸說了一番，他雖然不願意投降他們，恥與盜跖為伍，向志芳堅決地拒絕，可是他的一顆心不免已有少許活動，因為他所以要死，完全是為了紅薇之故，自己覺得非常對不起她的，既而又想到亡父所以把自己託孤於鍾常，完全是要留下我這一支小小根苗，將來可以光大後裔，繼承宗祧，完成亡父生前未竟之志。那麼自己一身的責任卻是非常重大的，不幸而死，那是沒有話說，假使可以不死的話，還要保留將來的希望，豈可效匹夫匹婦之為諒也，自經於溝瀆而莫之知也？所以我還是在後別謀良法吧。志芳來說降的當兒，史麟仍是秉著一往無畏的勇氣，誓死不屈，而在志芳去後，他思前想後起來，心頭又起了變化，想到後來，他竟在辦法之中找出了一個辦法，就是自己不妨乘此機會來一個假降，虛和他們周旋其間，讓他們可以恢復自己的自由，等到有下手的空隙，自己就可擊刃於姚家仇人之胸，而代紅薇復仇。這樣豈非比較引頸受戮好得多嗎？因此史麟的思潮往復上下了好久，到底他又決定變更原來的宗旨了。他橫在稻草堆上，黑暗裡聽得遠遠的更鑼的聲音，乃是山上巡邏者依稀打了三下，精神十分疲乏，閉著雙眼，朦朧地睡去。昏昏沉沉地一覺睡至天明，那小洞裡已有亮光透入，他站起身子，在石室內負著雙手，往來踏著，不知道今天盜匪要把自己怎樣發落。少停有人送洗臉水和早餐前來，他方始知道姚家對他仍無惡意。吃罷早飯，他坐在石臺上，十分無聊，回想到太湖裡和紅薇相聚的光景，好如隔了一世，茫乎邈乎，此樂不可復得了。

他正在深深感嘆，忽然鐵門開了，兩個兒郎握著短刀，走進室來，對他說道：「姓史的，我家寨主喚你去問話。」史麟到底要顯出自己是好漢，仍是不屈不服，面色陽陽如平常一般，跟著他們挺身就走。到得廳堂階下，只見那個老祖宗姚兆安踞坐胡床，臉上十分嚴肅。旁邊坐著姚宏仁父子，卻不見志芳。

他心裡知道有些不妙，對著姚兆安屹然而立，神情自如，靜候他們發落。姚兆安指著史麟喝問道：「你姓史嗎？我們因為見你年紀雖輕，本領尚好，所以不忍把你殺卻。今天我倒要問你，究竟可肯投降我們，在我們山上做個小弟兄？快快想定了回答，如其不識抬舉，我就也不再留你的性命了。」史麟道：「我要問你們究竟要不要殺了我？若然要殺我的，快快殺了我，何必多言？我是誓不屈辱了。」姚兆安冷笑一聲道：「你這人可是有些傻的嗎？若然我們真心要殺害你時，何必留至今日？便是因為愛惜你的人才，遂一再問你。你須三思，莫要辜負了老夫的好意。」史麟心裡暗想這個機會不要再放過吧，不妨假許了，以後再作道理。遂說道：「你們若果能招賢下士，何以對我並無禮貌？倘若要我歸心，須要許我自由之權。」姚兆安哈哈笑道：「你肯歸降嗎？當然我們要好好款待你，並不干涉你的自由的，只要你一心對我們便了。」史麟乘勢說道：「那麼我也可以答應在山上追隨驥尾。」姚兆安大喜，立即請史麟登堂，且對屏後哈哈笑道：「史仁已歸降了，志芳快出來吧。」姚兆安方說完這話，只見屏後閃出志芳來，豐容盛鬢，綺裝華服，宛如新嫁娘一般，向史麟淺笑道：「你肯歸降我們嗎？很好，這是你的幸福，也不辜負我的一片心了。」史麟聽了志芳的話，不由一怔神，姚兆安走過來，一擺手道：「志芳，待我來和他講吧。」史麟聽了，更是驚異。

第十章　盜窟奇緣

史麟站在一邊，雙目瞧志芳的嬌容，靜聽姚兆安向他講話。姚兆安一手摸著頷下銀髯，對史麟說道：「老夫因為恥食團寨，所以聚合約志，借這牛山暫作棲身之地，一向招賢下士，不肯妄殺一人。今日得見你年少英傑，願意將老夫一件心事託付於你，卻不知你意下如何？」史麟還不明白姚兆安的用意，遂拱拱手道：「老英雄有什麼事見委，即請明告，小子自當努力。」姚兆安道：「老夫有一孫女名喚志芳，」說著話，一手向志芳一指，又說道：「是我一生最寵愛的人了，今年十九，早欲為她物色一位佳婿，使她終身有託。但因她心高氣傲，少所許可，長久不得其人。且喜你英俊不凡，武藝也很不弱，老夫頗有此心，問得志芳同意，願侍巾櫛，所以不忍將你殺害。難得你已肯和我們一起聚義，現在老夫做主將志芳配你，招你在山上做姚家的贅婿。至於我志芳的本領，諒你也見過的了，或不至於不屑一顧吧？」史麟聽了姚兆安的話，明知自己的性命得以保留，都是志芳之力，這個時候也不能不答應了。雖然我心已愛紅薇，對於他人絕不屬意，然而我為要謀將來逃脫之計，此時也不能不權宜行事，紅薇幸而不死，他日若知此事，也不能深責我的啊。於是他就對姚兆安說道：「小子無才無能，蒙老英雄寬恕其咎，賜以優渥，已覺感幸萬千，又承將令孫女下嫁，受寵若驚，何以克當？」姚兆安道：「不要客氣，你們先來見見，待老夫選個吉日，便在山上代你們二人成婚吧。」史麟道：「謝老英雄的恩德。」

志芳走過來向史麟微微一笑，又伸出柔荑，一拉史麟的衣襟，說道：「這是老祖宗的恩典，我們快快叩謝吧。」史麟遂跟著她一齊向姚兆安下拜。姚兆安笑容滿面，雙手扶起二人，連說「好好」，又對史麟說道：「你去拜見你的岳父吧。」史麟便和志芳又走到宏仁面前拜倒，宏仁倒不過如此，並無十分歡喜的形色，一擺手說聲「請起」，瘦少年志敏也上前和史麟想見。

姚兆安又對志芳說道：「志芳，你母親聽得這個消息，也該歡喜。你當領他入內去一見。」志芳答應一聲，便引導史麟到後廳去拜見志芳的母親馬氏。史麟見是一個四十多歲的中年婦人，青布抹額，一束柳眉，頗含英氣，也像懂武藝的人。史麟拜見後，志芳將老祖宗說的話告知馬氏，馬氏聽了，見史麟一表人才，果然是個美郎君，心中很是喜悅，教史麟坐在一邊，和他談談，細問史麟的家世。史麟照著昨夜和志芳說的話重述了一遍，馬氏聞史麟已失怙恃，倒很有憐惜之意，便對史麟說道：「很好，你家中既已沒有他人，天涯何處不為家？在我這裡做贅婿，相助我們一起共成大業，將來自有希望。我的女兒容貌生得不錯，和你匹配，正是佳偶。她別樣技術雖沒有，而一柄劍卻是不弱於男子。將來你們二人正可一同研究國術，自有老祖宗指示你們。不過我女兒嬌養習慣，十分任性，惱怒了她時，她就要大發脾氣的，這一點請你須要加以愛護而原諒的。」史麟連忙點頭說道：「敢不遵命？我絕不觸犯她的脾氣。」志芳笑道：「我自問也沒有什麼怪脾氣，母親這麼說，真不愛我，所以如此不放心嗎？你看我不會和他耍什麼脾氣的。」馬氏笑道：「你能不耍脾氣，這是再好也沒有的事了。本來你年紀漸大，切不可再有孩子氣，惹人好笑的。」史麟坐了一會兒，又告退出來。姚兆安吩咐廚下預備一桌豐滿的酒席，為史麟壓驚。祖孫四人以及山上幾個大頭目，坐在一起，陪伴史麟喝酒。史麟本有酒膽拳風，和大家對喝起來，一杯一杯地不甘示弱。志芳坐在一旁，玉靨微笑，看史麟喝酒。他有些半醉時，她就要勸止了，志敏笑道：「妹妹，你還沒有和妹夫成婚，已經愛護他了嗎？今天我一定要和他喝個暢快。」別看他人雖小，酒量卻大，真是史麟的勁敵。彼此又喝了數杯，史麟喝不過他了，還是姚兆安吩咐停杯，散席後由志敏志芳兄妹二人招待他到一間精美的客室中去休息，不再嘗那石窟風味了。次日由姚兆安選定一個吉期，要為史麟和志芳二人成婚。

史麟靜等著做新郎，一些沒有事做，除每日清晨去見老祖宗及岳父宏仁，其餘的時間都是和志敏志芳兄妹倆在山上散步閒談，優遊安適。然靜中思量，自己的奇遇真是不可思議，誰料到會在牛山做贅婿的呢？

到了吉日，山寨裡懸燈結綵，鼓樂競奏，鋪排得十分富麗堂皇。眾兒郎歡天喜地地都來吃喜酒，姚兆安年紀雖老，興致最好，史麟本來瀟灑出群，俊美異常，今日裝扮了新郎，更是如子都璧人一般。而志芳的新娘也是豔麗若仙，真是一對好匹配，金童玉女，齊臨人間。參拜天地畢，逐次拜見家長，史麟遂改稱姚兆安為太岳丈而稱宏仁為岳父了。見禮之時，馬氏也是笑容滿面，唯有宏仁卻淡淡然，不過如此，史麟也沒有留心。洞房設在裡面樓上，房中另有四名女婢伺候，陳設華麗，耀眼生輝。妝臺上華燭雙輝，錦帳中鴛衾燦爛。此時的史麟宛如處身另一境界了。深宵人靜，史麟對此粲者，羅韓襟解，香澤微聞，攜手同入鴛幃，不覺銷魂真個。

婚後，那志芳對史麟萬種溫柔，如小綿羊一般。所以史麟起初雖然假意愛她，而後來一顆赤心被情絲所縛，覺得志芳自有可愛了。他的龍泉寶劍也已向志芳取了回來，懸在自己房裡，每天下午無事，便同志芳到山中空曠之處練習劍術。兩人舞劍的功夫彼此不相上下，不甘示弱，舞得非常盡力。姚兆安有時在旁指點一二，史麟心裡也很佩服。他在山上雖然過著甜蜜的光陰，但是當志芳不在他身邊之時，靜中獨坐，自思自量，不由暗暗嗟嘆，想自己本來奉著鍾常的遺命，和紅薇主婢同投奔四川雞爪山白雲上人的，誰知中途鬧出這個大大的岔兒來呢？一念之差，鑄此大錯，假使當時自己不主張來鄱陽湖邊聆石鐘之聲，那麼此時恐已安抵尋陽，何至於會逢著姚氏群雄，以致和紅薇生死異途，換了一番情景呢？又想紅薇投身湖中，她本不會水性的，在那萬頃波濤之間，如何能夠掙扎出水，脫險就夷呢？一定如三閭大夫一樣，葬身魚鱉之腹了。這樣我的內心歉疚，恐怕永遠沒有已時。但願蒼天護佑，有如萬分之一，紅薇能逢凶化吉，出死入生，那就如天之福，將來方可以見鍾常於九泉矣。又想到自己父親的遺囑，萬途遠方，那麼自己倘然一輩子在這牛山上與群盜嘯聚，不是無面見先人了嗎？所以史麟雖在山上雀屏中選，隨遇而安，然而他並不像劉阿斗一樣的，此間樂不思蜀，心裡總是要想離開這鄱陽湖，不幹盜匪生涯，出去創造事業。而紅薇尤其是他心上常常思念的人，是死是生，總是一個問題，不能解決呢。

紅薇那晚投身洪濤後，阿俊相繼而下，一齊沒入水中。紅薇的雙足早被阿俊拖住，阿俊的意思是想拉住紅薇，然而她不知道自己不諳水性，如何能在水中救人？紅薇本來尚可在水中掙扎，但是她的雙足已被阿俊拉住，減少了她的活動的能力，遂和阿俊一同沒入湖波，而從三閭大夫遊了。

那時候盜舟已去，湖上唯聞風波之聲。月光下可以瞧見紅薇和阿俊主僕二人的屍體浮出在水面上，宛如隨波之鬼，向下流頭奔去。恰巧這時有打魚船從西首小港裡駛出，回至石鐘山來。船上有一父一子，都是石鐘山下的漁夫，今天是從湖濱某村親戚家吃喜酒回來。他們姓周，父名二保，子名阿大，水性精通，常在湖面上下網捕魚，出入風濤之中。因為生長在水雲鄉裡，不但水路熟悉，而且湖上的人都相與無事，盜匪見了他們，也不傷害，所以敢在月夜駛舟，無所畏忌。二保多喝了酒，有些醉醺醺的，坐在船艙裡，讓他兒子獨自駕舟。阿大也喝了數杯酒，又從喜事人家回來，默想日間見到的新娘子，大家都在稱讚美麗，真是令人羨煞。我阿大今年已有十八歲，卻因家裡貧窮，老父好賭，一個錢也沒有積蓄，至今還沒有老婆，只恨我父親不代我好好論婚，苦哉苦哉。阿大正在沉思，忽然瞧見上流頭浮來兩樣東西，他的眼睛很尖，早已見到是兩個溺沉波濤的人體，恰恰撞到船尾上來，不知是死是活，連忙拿起篙子，輕輕一撥，正觸著一個人的頭髮，頭髮繞在篙子上，便不流過去了。阿大喚一聲：「父親，你來看看這兩個活不活？」二保聽得兒子的呼聲，驚醒了他的酒意，忙從艙裡走到後梢邊，看了一看，說道：「救人一命，勝造七級浮屠。我們且把他們救了上來再說。」於是二保就幫同阿大將兩個人救了上來，一看乃是兩個少年，像是主僕模樣，一個少主手裡還握著一柄寶劍。二保便俯身下去，伸手向兩人胸口一摸，覺得還有些溫和，遂對阿大說道：「我們且救救看，這二人入水不久，雖是吃了水，還沒有完全氣絕，只要吐出水來，或可有復活的希望。我們且把他們顛倒提起，讓他們嘔出水來吧。」阿大答應一聲，二人遂各個如法炮製，果然各人口裡都吐出了好多的水，二保道：「把他們拉到艙裡去，待我再來施救。」阿大又幫著他父親將二人舁入船舶，放下寶劍，解開各人的衣襟，各上推水，要二人再把餘水吐出。一會兒阿大好似探得奇蹟一樣，突然回頭向他父親驚呼起來道：「奇了奇了，這一個美少年我在他胸前發現他並不似男子，而似一個女人。父親，你手裡的一個怎樣？」二保聽了這話，留心一摸，說道：「呀，果然是女子，奇哉怪哉！」父子倆同聲呼奇。

原來二保手裡的是阿俊，而阿大手裡的乃是紅薇，她們在水裡隨波逐流，半死半活，現在卻被二保父子救起來。二保又對阿大說道：「既然是女子，我們更要好好對待，等她們醒時，可以細細叩問。」阿大口裡含糊答應一聲，正又要動手去推水時，紅薇早又吐出幾口水來，卻立刻甦醒，張開雙目，也不知自己身到何處。慘淡的燭光下，只見身邊立著一個年輕的漁夫，正用雙手摸到自己的胸口。她連忙把手一推，挺身坐了起來，口裡喊了一聲「啊呀」，阿大慌忙把手縮回去，二保道：「這位小……」說到「小」字，又縮住，紅薇早開口問道：「這是什麼地方？我們方才落水，幸被你們救起。」二保道：「這是在漁船上，我們是鄱陽湖上的漁夫，今晚恰從附近村子裡吃喜酒回來，遇見你們二位浮在水面，遂將你們撈起救醒。且喜你們入水時間不久，所以尚能復活。但不知二位從哪裡來的，如何落水？可能告訴我們嗎？」二保說時，阿俊也已醒轉，坐起身來，張圓著眼睛，靜聽他們說話。紅薇遂指著阿俊說道：

「我姓鍾名義，他叫鍾貴，是我的書僮，蘇州人氏。方才和一個朋友坐船經過鄱陽湖，不想……」紅薇不要說遇盜戰敗，無奈她生性高傲異常，不肯在人家面前說自己的技劣，丟自己的臉，所以改變語調，說道：「遇到覆船之危，以致和那朋友分散了。」阿大搶著說道：「這鄱陽湖是個汪洋巨浸，此處又是水深的地方，你那朋友一定葬身魚腹了，你們二人也是命該不死，恰遇我們把你們救起。」紅薇道：「是啊，我們深感二位救援之德。」二保又指著旁邊的寶劍問道：「這柄寶劍是你們的嗎？大概二位熟諳武藝的了。」阿俊聽了這話，一看自己手裡的雙錘卻不知到哪裡去了，這是因為她入水後要去拉抱紅薇，所以不覺把雙錘拋去，而紅薇對於這柄明月寶劍是心愛之物，所以雖然落水也不肯放棄呢。紅薇答道：「這劍是我們家傳之物，所以帶在身邊。我們實在不曉得什麼武藝，可惜行囊都丟了。」阿大道：「身外之物不要顧它吧，有了性命，已是萬幸。」

現在寂寂深夜，在這湖上，諒你們也沒有去處，不如隨我們到石鐘山去休息休息再說，不知你們意下如何？」紅薇道：「多謝美意，此刻我們也沒有去處，既已在你們船上，只得跟二位去，將來再補償大德吧。」紅薇剛才說了這話，阿俊早說道：「小姐，你不是有一副珠環藏在你身邊嗎？環上的珠子也可以拿一粒下來謝謝他們。小……」再要說下去時，紅薇已對阿俊白了一眼，阿俊方覺自己一不留神，連忙縮住，二保遂問道：

「我倒要請問你是鍾先生呢還是鍾小姐？何不對我們說個明白，也好稱呼。」紅薇忙正色說道：「我們都是男子，老漁夫休要多疑。」阿大冷笑道：「不管是男子女子，我們既已救了二位，古話說得好，送佛送到西天，我們是一例招待的，又何必查根究底呢？」二保道：「不錯，我們且載他們到了村裡再說。」於是喚阿大回到後梢去掌舵，免得誤了行駛，自己請了二人坐了，又去船後燒了兩杯薑湯來，請紅薇和阿俊喝下去，以解冷寒。

紅薇心裡自然更是感激，那漁船遂向石鐘山駛去。

紅薇阿俊對坐在船艙之內，聽著水聲湯湯，都默默無語。因為此時各人都覺十分疲乏，而且身上都已滲透，一時無衣可換，覺得非常不適。紅薇心裡又默念著史麟已為盜匪擒去，一定凶多吉少，不知那盜匪又是何等樣人，本領都很高強。尤其是那個銀髯老叟，他手裡的一根鑌鐵枴杖，果然厲害，自己萬萬不是他的對手，這仇恨恐怕難報的了。萬一史麟有什麼三長兩短，那麼不是白費我亡父的心思嗎？紅薇愈想愈恨，心中十分懊悵。

隔了一時許，漁舟已駛入一條小港，前面正有一個小村，這時月影已西，已在下半夜，村中人都入睡夢，四下靜寂如死。漁舟靠岸泊住，二保父子走入艙裡，對紅薇主僕說道：

「我們的茅舍便在岸上，請你們上去坐一會兒，等我們生個火爐，給你們烘乾了衣服，方可穿在身上呢。」紅薇道：「這樣很好，你們父子的大德真是難報啊。」於是二保擱上跳板，讓紅薇主僕走上岸去。紅薇帶了寶劍，跟著二保阿大二人，藉著月光，向對面桑樹邊三間小矮屋走去。聽得遠遠的村犬的吠聲，二保叩門數下，門開了，裡面有一個老婦掌燈來迎，說道：「你們父子倆到這時候才回家嗎？」一眼看見紅薇和阿俊二人，身上水淋淋的，便又問道：「這二位是誰？」二保道：「阿大娘，且到裡邊去講話。」

阿大娘把燈照著他們進去，阿大把門關上，裡面是三間小屋，燈光慘淡，黑魆魆地也瞧不清楚。老漁翁二保引導紅薇二人走進一間房裡，點起一支燭臺，請二人坐。紅薇見屋中器具十分簡陋，靠裡有一張小床，張著布帳，若和老漁翁孟哲的家相較，真有天淵之隔了。紅薇坐定後，二保又問她們肚子餓不餓，紅薇很感老人之意，不欲多擾他們，便說不餓。二保走出房去了，隔了一會兒，阿大端著一隻小火爐進來，請她們烤火。又去拿了幾件乾淨的舊衣服來，笑嘻嘻地對二人說道：

「如不嫌骯髒，請你們將就換一換吧。」紅薇謝了一聲，阿大又對紅薇臉上望了一望，退出室去。紅薇對著熱烘烘的爐子，便對阿俊說道：「我們穿了溼衣，非常不舒適的。現在有此火爐，我們只得脫下來烘乾了再穿。這雖是漁夫的舊衣服，我們也不得不暫穿一下了。」阿俊遂去關上了房門，二人立在火爐前，各將衣服脫下，穿上了漁夫的舊衣，把衣服放在爐邊去烘。但當紅薇脫衣之時，瞥見窗前有個人影一閃，似乎有人在外面偷窺。紅薇忙問是誰，一晃便不見了，並無什麼動靜。紅薇終有些疑心，十分注意外面的聲響，然而也沒有什麼事，等到遠近雞鳴，天色已曙時，衣服也已烘乾，二人方才在床上略睡片刻，紅日已照滿窗上。

二人醒後，披上自己的衣服，爐火已熄，開了房門出去，二保早已起來，吩咐他的妻子在廚下煮了粥，請二人用早餐。

阿大也走過來，紅薇和阿俊用過早餐，和老漁翁二保談談，知道他們父子在這村裡打魚已有數世了。二保問紅薇既遭覆舟之危，此後當投何處，紅薇嘆道：「此後東飄西泊，也無定處。或至九江一行，我們的伴侶已死，請你們把漁舟送我們到了南昌再定行止。」說罷，便從懷中取出一粒又大又圓的明珠，這就是她耳環上拆下來的。她本有一對珠環，上綴四粒明珠，是她父親給她戴的，說是母親的遺物，所以她十分珍貴此環，平時常戴耳上。自從改裝後，便藏在貼身衣袋中，阿俊是知道的，所以在船中提醒她。昨夜紅薇在烘衣之時，曾取出珠環，拿了兩粒珠子下來，一粒要拿來贈送與漁翁，聊謝救命之恩，一粒是預備變賣了充盤費。二保一見這明珠，知道是價值甚巨的珍寶，雖然紅薇說明送與他們父子，卻不敢接受。紅薇再三要他們收受，二保遂謝了受下。阿大瞧著這粒明珠，只是張開著嘴笑。二保便留二人住下，應許明天把船載送她們到南昌去。紅薇聽了自然答應，二保又吩咐他的妻子預備些菜，請二人用午飯。阿大自至外邊去買了一大塊豬肉回來，忙著在廚下做菜。紅薇見他們接待甚是殷勤，心裡當然安慰。午飯後，主僕二人坐在室裡閒談，紅薇雙眉深鎖，因為史麟被盜匪擒去，自己不能救援，耿耿此心，無以自解，最好要探聽明白是哪一路盜匪，自己去想法援救史麟，阿俊卻說道：「我們不會水性，況又人少，無能人相助，怎能前去和那些強盜對敵呢？況且此時要去設法援救史公子，也恐來不及了。這是無可奈何的事，請小姐不要悲傷。」紅薇道：「史公子是史莊主託孤於我父親的，不幸我父中道病故，不能始終護持他，這已是莫大的缺憾，現在我和史公子奉了父親遺囑，一同趕赴蜀中，又誰知在此突遇這樣不幸的事，真使我心中難過得很。從此好似飛雁失侶，叫我到哪裡去才好呢？」阿俊道：「我們到了南昌，再想法探知仇人的姓名，然後到四川去拜見白雲上人，請他下山來代我們報仇。」紅薇冷笑一聲道：「你的話真是越說越遠了，我們自己不能復仇，而去請那素不相識的上人，你想他肯千里遠地為我們復仇嗎？」阿俊被她這麼一說，默然無語了，紅薇又長長地嘆了一口氣。

到得晚上，二保父子請二人用晚飯，阿大送上一瓶酒來，勸二人飲酒解悶，紅薇說不會喝的，一杯也不喝，晚飯後回至房中，紅薇因昨夜受了驚恐，沒有好睡，精神十分疲乏，明天又要坐船動身，所以她和阿俊都要早些安歇。脫了外面衣服，熄滅燭臺，和阿俊一同睡在那小床上，抵足而眠，一到枕上，便酣然睡熟了。誰知一覺醒來，似乎有一些很小的火光在眼前一亮，立即不見，她不覺遲疑起來。

紅薇見了這一點亮光，知道有些不妙，忙一骨碌爬起身子，但是已覺得有一隻冷冰冰的手摸向她的面門上來，忙將身子向裡面一閃，定神一看，見有一個黑影站在床前。她心中早有幾分明白，絕不是什麼外來的竊賊，不是那廝還有誰呢？她尚沒有開口，然而那隻手臂又來摸她的被窩了。紅薇大怒，再不忍讓了，一伸手捉住那人的手臂，順勢向外一送，只聽啊呀一聲，那人已喊將出來，跟著咕咚跌倒在地。紅薇跟著跳至床下，一腳把那人當胸踏住，此時阿俊也已聞聲驚起，在桌上點亮了燭臺看時，原來她足底踏著的不是別人，正是阿大。手中拿著的小蠟燭已丟在一邊了，兩手撐著地還想站起，而房門也不知在何時候給他偷開了。紅薇把手指著他喝道：「你這廝夜半跑到我們床邊來做甚？」阿大不答，仍舊挺起身子，惱怒了紅薇，俯身用手將阿大的一隻臂膀微微一拉，阿大早殺豬一般地叫起來，紅薇又對他說道：「我早知你這廝不懷好意了。」阿大哀求道：「姑娘，請你饒了我吧，我雖察知你是個女子，卻不料你有這麼厲害的本領，早知如此，我再也不敢來討苦吃了。」阿俊聽了這話，走過來向阿大罵道：「你這廝真是吃了豹子膽了，敢來覬覦我家小姐嗎？老實告訴你，我們雖是易釵而弁的人，但都非沒有本領的。你們這種酒囊飯袋，如何近得上身呢？你這廝非痛予懲戒不可。」阿俊說罷，握著拳頭，待要向阿大打下時，紅薇喝住道：「不可不可，我們慢慢擺布他。」同時二保和阿大娘早已聞聲跑來，見了這般光景，驚駭莫名。阿大早喘著道：「父親快來救我！」二保一看地上的兒子，心裡也有幾分明白，只得勉強說道：「阿大，你怎麼得罪這兩位客人呢？」紅薇早對二保說道：「你兒子黑夜跑到我們床邊來，是大不應該的事，他既然知道我們二人是女子改扮的，更不應當跑來了。明明是他心有邪念，故有禽獸之行。若不是我們都有本領，換了別的女子，怕不要遭他蹂躪嗎？我本不肯饒他，要給他大大地吃個苦頭，但因知道你們人家是好人，並無歹心，而我們落水也是你們救起的，不可恩將仇報。所以看你老人家之面，姑且饒恕他一遭。」二保連忙說道：「多謝二位寬宏大量，這是小兒的不是，多多冒犯，尚乞二位海涵，我們當嚴加責備，以後不許他胡亂妄行的了。」二保說了這話，誰知那地下躺著的阿大又喊起來道：「這雖是兒子的不是，但父親不能管我。你們為什麼不代我早早娶一個媳婦，那麼我也不至於見色起淫心了。唉，父親母親，都是你們害我的。」紅薇聽阿大這樣說，真是聞所未聞，不由笑起來道：「我倒沒有見過你這種兒子，自己要做非禮之事，都完全怪在父母的身上，我若不看在你父親的面上，一定不輕恕你的。」阿大娘在旁也苦苦哀求，紅薇遂放他起來，說道：「你快滾出去吧。」阿大從地上爬起，抱頭鼠竄地一溜煙逃出房門去了。這裡二保和阿大娘又向紅薇主婢道謝道歉，紅薇讓他們去安寢，不必把這事記在心上，自己也不追究。二保遂和阿大娘退出，他心裡很疑紅薇主婢以兩個女子之身而奔走天涯，女扮男裝，不知是何來路？又不敢動問。阿大娘卻喃喃地說她的兒子不好，一對老夫婦自回房中去了。

紅薇仍和阿俊關了房門，上床安睡。阿俊道：「那廝真可惡，怎樣識破我們的祕密而起邪心，誰知我們都不是尋常婦女，怎讓他近得上身？小姐這樣處置他，真是給他大大便宜了。」紅薇道：「大概我們給他們在水中救起的時候，他們已覺察我們都是女子了，不過因我們沒有說破，所以我沒有防到這麼一著。」阿俊道：「現在我也想起了，這老漁翁很誠實，而那廝卻是目灼灼如賊，常向小姐偷窺。老實說，像婢子這樣的醜陋，即使他知道了真相，也未必即起歹念，都為小姐的容顏實在美麗，改裝了男子，仍舊美好如少女一般，無怪那廝要垂涎了。」紅薇道：「你說我便宜他嗎？我早已說過，看在老漁翁的面上，放過了他。並且我們若沒有他們父子援救，恐怕也早葬身在鄱陽湖中了，斷乎不能反去傷害他們的。我們明天也要仗他們送到南昌呢。」

第十一章　窮途巧遇

阿俊聽紅薇說得有理，也就不再多說，閉目重睡。睡了不多一刻，天色也明，二人一齊起身，梳洗畢開了房門出去。二保和阿大娘早也煮好了早飯，端出來請二人吃。二人也不再客氣，坐下吃時，卻不見阿大的蹤跡，諒他自覺慚愧，匿跡不見，也就絕不提起昨宵的事，只對二保說道：「老漁翁，我們多謝你救了我們的性命，再要請你把漁舟載我們至南昌，好讓我們上道如何？」二保點點頭道：「當然要送二位前去的，請二位稍待一刻，等我去買了一些菜餚，再和阿大娘載送二位動身。」紅薇道：「很好，有勞你了。」二保遂帶一隻竹籃出門而去，紅薇和阿俊坐在客堂裡等候。隔得一歇，二保手提了滿滿的一籃東西，走回家來，對阿大娘說道：「你跟我送二位動身吧，這裡可讓阿大看守。」阿大娘答應了一聲，於是老夫婦倆陪著紅薇主婢走出門邊，到水濱去下船。紅薇的行李早都喪失，唯有那柄明月寶劍卻仍被她取得，帶在身邊，不忍捨棄的。紅薇主婢坐上了船，老漁翁二保在上首撐篙，阿大娘在後梢掌舵，漁舟離了村子，向北面駛行。正遇順風，掛起一道巨帆，其疾如矢。紅薇和阿俊在漁舟中回顧石鐘山浮起在湖面，白晝所見的風景，又和夜間不同。自己死裡逃學生，總算僥天之倖，然而史麟的死活存亡，卻不得而知了。心中非常感傷，水波風景也無心玩賞。

船至南昌城外，二保泊住漁船，送二人上岸。紅薇又謝了他數語，主婢二人方才走向城關而去。在東城附近，找得一家較大的旅店投宿，因為自己的行李都已失去，身邊銀錢也缺少，所以在旅店房間裡略坐了一會兒，向店夥問明城裡珠寶店所在，主婢二人便入城去，走到那家珠寶店裡，紅薇取出一粒明珠，向他們兌換金銀。店中夥計看了這粒明珠，知是珍品，忙拿到經理先生面前去估價。經理先生戴上眼鏡，把珠子託在手掌裡看了一下，連連點頭，自己走過來問紅薇要換多少價錢，紅薇也不知道什麼時值價錢，只說你們看值幾何就給幾何便了。經理先生大喜，就說這粒明珠可值六十兩銀子，紅薇道：「那麼請給我六十兩吧。」經理先生立時秤足銀子，給與紅薇，主僕二人得了銀子，又去別家店鋪裡購備行李衣服。她們因決定依然喬裝，所以只買男子穿的衣裳鞋襪，花去了二十多兩銀子，然後回歸各寓。她們因為兩夜沒有好好安睡，所以各據一榻，安然酣眠。

誰知次日早晨，紅薇剛要起身，忽覺頭腦昏沉，很不舒服。知道自己恐要病了，不能動身。阿俊見紅薇這般模樣，便問小姐怎樣，紅薇道：「我有些病的現象了，只得再在客寓中耽擱一天吧。」阿俊聽她如此說法，也知她果然病了，否則她是好動而不好靜的人，豈肯久臥床褥呢？遂皺著雙眉答道：

「那麼請小姐多多休息，緩一天動身也不妨。只望小姐的病快好就是了。」紅薇也不說什麼，倒在枕上，閉目便睡。阿俊問她可要吃什麼，紅薇搖搖頭道：「我胸中很飽，一些也吃不下，精神也大為不佳。」紅薇說話時好似十分怕煩的樣子，阿俊也不敢多說什麼，去煩擾她的精神，自去吩咐酒保，送早飯來吃了。

午後，阿俊守在紅薇病榻邊，見她沉沉酣睡，兩頰發紅，暗想這病不像一時能好的樣子，雖然不敢去驚動，而心裡十分憂愁。少停紅薇醒來，星眸微啟，瞧見阿俊坐在一邊，她覺得此後自己可親之人，天壤間唯有這個婢子，遂悠悠地嘆口氣。

阿俊聽她嘆氣，知道她心頭鬱悶的緣故，自覺無語可以寬慰她的芳心。紅薇道：「我心中氣悶得很，大概最近我受的刺激太多了，你知道我在紫雲村時，隨著父親學習國術，何等逍遙自在？自從史公子來後，使我更多一個良伴，增加學劍的興趣。

誰知天有不測風雲，人有旦夕禍福。我父親忽然因病逝世，使我興風木之悲，哀痛入骨。因為我是父親鞠養長大的，平時形影不離，今乃人天永隔，使我頓成無父無母的孤雁，豈不太戚？而又被奸人陷害，不能再在村中安居，不得已從了父親的遺囑，我們三人乘舟入蜀，滿擬彌造之後，乘時而起，又誰知鄱陽湖裡忽遇山寇群盜，以致史公子被盜所擒，生死莫卜，至今我這顆心也很放不下哩。」阿俊道：「不錯，小姐一向是快樂的人，此次不快活的事接踵而來，難怪小姐要大大悲傷。婢子料史公子性情剛強，為盜擒去，一定不肯屈服，恐怕他的性命早已不在了。婢子也在深深可惜。然而這是天給我們的不幸，況石鐘山之遊也是史公子的主張，我們業已落水，自己尚且是死中逃學生，怎能顧及史公子的安危呢？想史公子死在九泉，也絕不能怪我們的。小姐悲傷他又有何用？徒然損壞了玉體。」

紅薇又嘆道：「不是這樣講的，我們既然僥倖沒有死，當然要想到那裡去一探史公子的消息，萬一他也如我們一樣尚在人世，必要設法把他救出盜窟。倘然他已被害，那麼我們也要代他報仇，方才對得住人家。若是丟下了不顧，於心何安？」阿俊聽紅薇這樣說，知道紅薇的心裡依然不能忘情史麟，只得說道：「小姐的話也不錯，且請小姐寬心靜養，病癒之後再行設法為史公子復仇吧。」紅薇顰蹙雙眉說道：「我這病自知是很重的，倘然一時難愈，如何是好？」阿俊道：「大概小姐那夜湖中落水，受了寒氣所致，婢子僥倖沒有發作，但望小姐不要憂愁，憂以傷人，對於病體很有不宜的。」紅薇又嘆了一聲道：「我怎能不憂呢？我的身世你是知道的，從今萍飄絮泊，更無一個相親，在我身邊的只有你一人了。我本來常是快快活活的，不料現在憂患之來，層出不已，教我怎能忍受得住呢？病魔也是欺人的，所以在這個時候，二豎也來作弄我了。萬一不幸而厥疾不瘳，那麼我的身後事都要託付與你哩。想你也是孤苦的人，為我父親救來，然而為德不終，到今日，主僕倆恐也要永遠分手了。」阿俊從來沒有聽紅薇說過這種蕭瑟的話，此刻一聽，心中難過非常，雙目一酸，險些落下淚來，別轉著臉說道：「小姐莫要說這種話，偶然患病，何足為憂？想吉人天相，不久就會痊癒的。只恨我們在此處人地生疏，否則請個大夫來代小姐一診病情，服兩劑藥，自然好得更快了。」紅薇道：

「我一向怕吃藥的，也許讓我睡到明天，寒熱退了，自然會好的。就是不好的話，你也莫要悲傷，人生遲早總有一死，譬如那夜我在鄱陽湖裡不逢漁翁施救，早與波臣為伍了。」阿俊是不會說話的，所以也不再說話。

這天夜裡紅薇仍沒有進食，寒熱很高，全身發熱，口中津液很少，嗓子裡乾燥異常，呻吟床褥，睡眠的時間很少，只是要喝熱水。阿俊在旁侍奉，目不交睫，直到天明時方才安眠了一炊許。寒熱依然不退，阿俊心中大大焦急起來。恰巧酒保進來，見紅薇臥病不起，遂問道：「這位少爺有病嗎？可要請個大夫診治一下？」阿俊道：「我們是過路客人，不知道這裡有沒有名醫？店家你可知道嗎？倘然有的，便請來一診也好。」酒保點點頭道：「有的，離此不遠，有個弗山堂藥鋪子，常有一位姓秦的大夫在內代人診病，聽說醫術很是高明。你們如要他看病時，我可以代你們去邀請的。」阿俊道：「很好，煩你去請這位大夫來診治一下也好。倘得醫愈，自當重謝。」酒保答應一聲，走出去了，隔得不多時候，請到一位大夫，年紀約有六十多歲，鬚髮皤然，駝背折腰，自稱四世儒醫。坐在紅薇病榻邊，代她診脈。他說她這病恐是傷寒重症，倘然服了藥，寒熱不退時，須到第七天或者可以愈好。阿俊很是擔憂，姓秦的大夫開了一張藥方，叫紅薇吃一帖。阿俊遂拿出一兩銀子交與酒保，叫他去代付診金。等到大夫走後，酒保遂說恆山堂的藥是道地藥材，可以到那邊去打藥，阿俊又將錢交給他，差他去打了藥來，立刻煎給紅薇吃，希望紅薇吃了這劑藥，寒熱可以立刻退涼。誰知一夜過去，到了明天，紅薇的病勢依然未滅。阿俊無奈何只得又叫酒保去請姓秦的大夫來診視。姓秦的大夫診察後，連稱這病非常棘手難治，開了藥方而去。今天這劑藥貴得多了，酒保帶了二兩銀子去，竟沒有找餘，反欠了一分。阿俊也不去管他，只要紅薇的病會好。然而一連五六天，紅薇的病絲毫未滅，昏昏沉沉，晚上常有囈語喃喃，有時喊她的父親，有時喚史麟的名字，阿俊急得沒有辦法，買了香燭來，當天祈禱，也沒有效驗。

這樣紅薇的病纏綿難愈，不知不覺已有二十多天，元氣虧損不少。姓秦的大夫雖然天天來診，卻是吃下去的藥如水沃石，不見功效，醫藥費倒花去了不少。紅薇身邊的珠子都已兌換了去，欠了五六天的店飯錢。店主見紅薇在此患病二十多天，日見沉重，欠了店飯錢付不出來，顯見是他們行囊中的旅費已告匱乏，倘若再如此遷延下去，益發難以付清。況且病人一旦死去，那麼何來金錢收驗遺骸？這些都是問題，所以他就走進來向阿俊詢問他們主僕從哪裡來，到哪裡去，近邑可有戚友，阿俊不便直說，她又不會措辭，只是含糊而答。店主聽了，更是疑慮，以為她們形跡不明，恐非善類，遂向阿俊催索房飯錢，阿俊自己又沒有錢可以付出，又不敢告訴紅薇，更使病人加憂。她遂答應店主三天後一定可以再付十兩銀子，店主遂對她說道：「既然你如此說，我就姑且答應你。可晚三天以後若再不能付下時，這裡的房間絕不能再讓你等居住。你們不妨另尋別處，我這裡也要別做生意了。」阿俊聽店主這般好利無義，心中十分氣惱，恨不得把他痛打數下，出出這口鳥氣。

三天的光陰很容易過去，到了第三天，依然沒有辦法，想來想去，她想出一個極端的主意來了。她要在夜裡憑著一些本領出去做一下妙手空空，好撈得一些金錢回來，付出房飯錢，並充醫藥之費。這也是無辦法中的一種辦法，但是有一個難問題，就是自己常要侍奉紅薇病榻之側，倘然自己溜了出去，紅薇喚起來時又將如何？若然老實告訴了紅薇，那麼紅薇一定不許她出此下策的。

阿俊正在躊躇間，忽聽外面人聲，她走到房門口從門簾向外偷窺時，只見有一個五旬左右的老者，帶了一個童兒，從庭中步入。那老者蓄著短鬚，精神奕奕，毫無老邁之象。而身上衣服也是十分華貴，像是富貴中人。酒保代他們攜著行李，十分殷勤，領到左首一間上房裡去住宿了。一會兒又見酒保送酒送菜，十分忙碌，伺候異常周到。阿俊心中暗想此翁囊篋一定富有，取之也不可謂不義，不妨夜間去向他借取一下吧。主意既定，於是待至夜間，店內外人聲寂靜，眾人都入睡鄉之時，瞧見病榻上的紅薇也正閉目熟睡，就想這個時候，再不動手，更待何時？自己的兵器已在湖中喪失，好在去做偷篋家，也不必攜帶兵刃的。她就脫去外邊的衣服，並不開門，只開了一扇窗戶，輕輕跳至外邊來，又把窗子掩上，躡足走至那上房邊來。見房中燈火也已熄滅，諒室中客人早已安睡。她推推房門，見那房門是閉上了，沒有法想，遂將手指去戳穿了窗紙，向裡偷窺進去，見黑暗裡並無動靜，床上的人影都已睡熟，於是她竟伸一指進去，撥落了窗上的栓鎖，輕輕推開那窗，一躍而入。沒有燈光，只好暗中摸索，幸虧窗外有些月光，她的夜眼也能看得清楚。見一主一僕分床而睡，鼻息齁齁。她就放膽不小，看見床旁有一隻小箱子，知道這是老者的行篋，其中必有金銀可取。遂悄悄地走過去，摸著了行篋，見上面有一小鎖，不能啟篋。她正要用力去折斷那小鎖時，忽然自己背後突然伸來一手，搭在自己的肩頭，不由心中一急，忙想立起身來，反抗那背後襲擊的人，可是自己被人家按住了，竟然動彈不得。自己的力氣一時不知到哪裡去了，心中一發急，剛要伸拳反擊，卻被人家輕輕一拉，竟跌倒地上，爬不起來，早被人家用繩子縛住。暗想室中只有一個老者和書僮，也不像有本領的人，誰和我來弄這花招呢？自己本領雖不高強，但也並非無勇無技之人，何以一被人家按住便不能動呢？阿俊正在驚奇駭愕之際，聽得有人輕輕喚道：「貴兒快起來，燃上燭臺。」跟著便見那邊榻上有一黑影，迅速地起身，點明瞭燭臺。方見按住自己的人便是老者。童兒掌著燭臺，站在一旁。老者指著阿俊喝問道：「你這廝是從哪裡來的小竊，膽敢到老夫這邊來竊物？

快快實招，否則送你交官，從嚴懲辦。」阿俊想不到自己初出茅廬，即遭失風，遇見了能人，非但一文錢不能到手，反而被人家擒住，出乖露醜，倘給紅薇知道了，不要深責自己不應該出此下策嗎？況且他們把我送了官，那麼紅薇的病正在沉重的當兒，無人照顧，定不會好了。這如何是好呢？所以她嘆了一口氣說道：「古語說得好，路極無君子。我本來不是做賊的人，也因一時無奈，被逼而出此啊。」老者道：「那麼你快直說，為何行竊？」阿俊道：「我姓鍾名貴，一向住在蘇州，此番跟隨小主人鍾義，有事往蜀中去，路過此間，不料小主人在逆旅中生了一場大病，纏綿難愈，旅費用罄，欠了房飯錢，房主苦苦逼索，限我三天之期，須要付清，否則不能再住下去了。但我因客地生疏，無處籌措，又恐小主人病中加愁，所以不敢向他言明，只有自己想法。不得已而來施行竊的手段，想拿得一些錢去付店飯錢。哪知反給你們擒住。你們要把我送官，這也是我自取之咎，不過我的小主人病重得很，你們如把我送官，他沒有人侍奉，如何是好呢？」老者聽了阿俊之言，點點頭道：「如此說來，你的做賊還是情有可原。你若能詳細把來源告知，也許我能夠幫助你們一臂之力呢。」阿俊聽了這話，不由一喜，便問道：「請問老英雄是誰？也讓小子知道一二。」

老者捋著短髭，微微一笑，對她說道：「你要知道老夫的姓名嗎？待我老實告訴你吧，老夫姓李名祥，世居九江城外潯陽江邊，人家都稱我浪裡蛟。因我通諳水性，兼有武藝，江湖上也略有聲名。此番帶了童兒李貴到吉安去祝壽回來，在此歇宿，想不到你來行竊。但當你撥動窗上釘鳥之時，我已驚覺。

你想我們老走江湖的人，豈會輕易受人暗算？不過要試看誰來施行偷篋手段，所以故作不覺，讓你進來，諒你後生小子有何本領，膽敢妄行？本當送官懲辦，姑念你來路初試，情有可原，遂決定饒恕你了。你說你家小主人病倒在這旅舍裡，你們年紀輕輕的做什麼不憚遠道，跋涉赴川呢？」阿俊仍不肯說出真實的來源，只答道：「因為老主人臨終之時，曾囑小主人到四川雞爪山去拜訪白雲上人，學習武藝，所以長途跋涉，不幸中途又病倒客寓，囊無現金，只得不顧恥辱，出此下策，尚請老英雄原宥。」李祥道：「如此說來，你家小主人也是習武藝的人，可憐病倒客寓，又無旅資，老夫理當竭我全力，以助他鄉遊子。等我明天來看看他的病情，或者老夫可以設法的。」阿俊聽李祥答應幫助，不勝之喜，便稱謝道：「多蒙老爺慨允援助，小婢……」說到「婢」字，連忙縮住，改口道：「小的感謝無量，我家小主人便在右首第三個房間裡，明晨老爺請早駕光臨。現在既蒙寬恕，請解去我的束縛吧。」李祥哈哈笑道：

「我只顧和你說話，竟忘記了。」便教貴兒快快將這少價鬆了繩索，李貴上前將阿俊解去束縛，阿俊又向李祥拜謝，然後悄悄地退去，仍從窗間躍出。遠處更鑼傳聲已打三下，幸喜眾人已入睡鄉，沒有他人知覺。她回到自己房中，空手而回，心中暗暗慚愧。微窺紅薇卻仍糊裡糊塗地睡著，完全沒有知道這回事，否則定要受她的呵責了。阿俊雖然廢然，只得脫衣安睡。

次日一清早起來，紅薇也已醒了，病態依然，口裡呼渴。

阿俊到外面卻取了一杯熱開水給她喝下，自己趕緊用過早餐，只見李祥已從房門外咳嗽一聲，走將進來。阿俊連忙立起答應，李祥指著床上的紅薇，問阿俊道：「這位就是你家小主人嗎？」阿俊點點頭道：「正是。」忙請李祥上坐。紅薇卻不認得這老者是誰，和自己有什麼關係，阿俊怎會和他相識的，不免有些奇異，便問阿俊道：「這位老丈是誰？來此何干？」阿俊不敢直說，只得詭辭以答道：「這位李祥老爺，原是九江地方的老英雄，昨晚來此宿店，我和他偶然相遇，把店主逼索房飯錢的事告訴了他，請他相助。承蒙他慨然允許，所以今天來看小主人了。」李祥跟著說道：「鍾君，今天老夫聽了尊價之言，特來探望你的，困厄是我輩常有的事，你們旅途臥病，一錢逼死英雄漢，老夫知道了，很表同情，願盡力相助，如有所需，老夫囊中尚不匱乏，總可應命。現在先送上六十兩銀子，請你們收用了再說吧。」李祥一邊說，一邊從他懷裡摸出一大包銀子，放在桌上。紅薇道：「多蒙李老丈盛情照拂，感激無已。小子患病多時，未能起謝。」李祥道：「戔戔之數，何足言謝？鍾君的來歷，尊紀已告知一二了，少年英雄，前途無限。」紅薇聽了，不由淒然道：「承老丈謬讚，愧不敢當。只是小子一病至此，藥石無靈，自己的生命也恐難保咧。」李祥道：「你不要悲戚，我看你雖已病重，而精神尚有數分，面無夭壽之相。不至於有什麼變故的。老夫對於醫道，以前曾隨一位名醫研習多年，所以也有些知曉，但未懸壺問世罷了。待我來代你一診，也許老夫能夠代你將病治好。」紅薇和阿俊聽李祥說能醫病，一齊大悅。紅薇道：「小子自恐厥疾難瘳，承老丈惠許診治，一定能夠妙手回春的。那麼老丈之德，不啻生死人而肉白骨了。」李祥道：「不用謝的。」遂坐到榻邊來代紅薇診脈，診了好多時刻，又看了她的舌苔，細問前後病情，阿俊又將那姓秦的大夫開的藥方一齊呈給李祥察閱。李祥一一看過，說道：「此人看錯了，鍾君的病，外病十之二三，內病倒有十之七八。據老夫看來，半由心中鬱悶而起，姓秦的竟當作傷寒症看，所以服藥服在夾層裡，弄假成真，遷延多時，元氣大傷。等老夫開一方子，一面開發肝經的憂鬱，一面補他的虛損，吃了一劑，如沒有什麼難過，那麼可以加添數味，多服數劑，不難霍然了。」紅薇和醜丫頭聞言，同聲致謝。李祥遂坐到桌子邊去開方子，醜丫頭取過筆墨紙硯，又敬上香茗。李祥冥思良久，然後援筆而寫，開好了一張藥方，交與醜丫頭，再對她們說道：「老夫今天本來便想動身，但因鍾君的病還沒有知道如何，且待服了我的藥後，再看究竟。所以老夫只得在此多耽誤一天了。」紅薇又謝道：「老丈的恩德真是使人難報。」李祥教她靜睡，不要思慮，遂即辭出。

醜丫頭立即拿了藥方和銀子到恆山堂去打了藥回來，煎給紅薇吃，但是那店主又來催索房錢來了。店主的意思要教她們早些離去，醜丫頭卻取出十兩銀子，付與店主，且說道：「我們交給你十兩紋銀，可不少你店裡的錢的。你不要催逼，待我家小主人病癒後，總要動身的。至於店飯錢絕不短欠你分文。」

店主見醜丫頭付出燦爛的白銀，馬上帶笑說道：「你們請寬住不妨，小店一樣是留客的。」謝了一聲，拿著銀子出去了。醜丫頭伺候紅薇服過藥，看她睡熟了，仍坐在窗下打瞌睡。下午紅薇醒來，醜丫頭忙問小姐服藥後胸中可舒服，紅薇道：「很覺舒服，沒有以前的氣悶。這位老者代我開的藥是很合我病的。我病垂危，且又囊無分文，店主逼索，可謂已至山窮水盡之境，而天遣這位仁義的老人前來救我，我的病一定會好了，只是我們如何去報他的恩呢？」醜丫頭道：「他也絕不望我們報答的，老主人在世時也不知行過許多見義勇為拯苦救貧的事，何嘗望人家有什麼報答呢？大家不過各行其心之所安罷了。那位李老英雄是九江地方的俠士，所以肯這樣的相助，只要我們以後不忘記他就是了。小姐現在只顧靜養，不要管別的事。他不是說小姐胸中憂鬱，釀成此疾嗎？小姐的心事，婢子也有些知道，但這是無可奈何的事，也許蒼天護佑，史公子未遭毒手，尚在人間，那麼此後安知沒有重逢的一日呢？」紅薇聽了，點點頭道：「你的話也未嘗不是，但我總因為亡父之志未能達到，中途喪失了良伴，不能相救，耿耿此心，無時釋懷。哪能使我心中快樂呢？但願你的話能夠應驗，那才僥天之倖了。」醜丫頭恐防紅薇多說了話，未免要傷神，所以勸她不要多講話，仍舊安睡。

次日一早，李祥又來探望，紅薇將昨天服藥後的經過告訴了李祥，且謝他關切之情。李祥道：「那麼老夫診察還算不錯，今天可以按著原方，回添數味，連服數劑，定可漸癒。老夫不能在此多留，且教童兒李貴在此伺候，等待鍾君病癒後，請至舍間一敘如何？」紅薇道：「承老丈不棄，仁恩可感，小子病癒後，定要隨尊價趨府問候起居，拜謝大德的。」於是李祥又取出一百兩銀子，交與醜丫頭收藏，說道：「此數諒可償付藥資與店銀錢了，願鍾君好好珍重，連服五天藥後，不必再吃。只要好好安心靜養數日，便可復原了。」紅薇醜丫頭又向李祥道謝，李祥叮嚀數語，走出房去。命李貴換了一間小客房住下，待鍾義病好後，一同引導赴潯。李貴自然喏喏遵命，李祥遂攜著行篋，獨自回轉九江去了。

這天紅薇服了第二劑藥後，寒熱漸通，小便亦通，胸中更覺舒松，夜間睡眠也很酣適。到了次日，更覺好些，心裡自然歡喜。醜丫頭心中的一塊大石也放了下來，高高興興侍奉小姐。晚上紅薇要喝些粥湯，醜丫頭吩咐酒保去預備一些黃米，煮了薄粥，另外備一些素潔的粥菜，一同送來。紅薇喝過粥，胸腹甚是舒適。次日仍服李祥開的藥，一連數天，果然其病若失，漸能起坐，心裡自然非常快慰。遵守李祥的話，不再吃藥，只是靜養，食慾漸振，想吃雞，想吃豚蹄，醜丫頭都吩咐酒保去辦來，好在手裡有了銀子，不愁不得食物。又經過了五六天，紅薇的病體已是恢復，她對醜丫頭說道：「我本一病垂危，幸遇李公，既醫我病，復助我金。雲天高義，無可報答，這真是彼蒼者天，不忍置我於死，而鬼使神差，得遇此人。且聞他也是一位老英雄，我既痊可，自當到九江去拜謝他援助之德。好在他留一童兒在此，不怕無人引導。」醜丫頭道：「聞李老英雄久在江湖，且諳水性，我們此去，若將鄱陽湖姚家水寇的事向他探聽，要求他相助一臂之力，或能同去復仇，也未可知。」紅薇點點頭道：「你說得不錯，見了李老英雄，我們要求他相助，諒他無有不允的。」二人談談說說，甚是寬慰。

又隔了一天，紅薇要動身了，遂將房飯錢付清，會同童兒李貴上道，溯江而行，數天後已至九江城外。李貴引二人到得李家，莊院閎暢，僕從眾多，李祥聞得二人前來，親自出迎，紅薇登堂拜見，謝李祥相助的恩德。李祥甚為謙和，他見紅薇丰姿俊秀，翩翩美少年，心中甚是喜歡，便引入後堂，拜見他的夫人。李祥的夫人唐氏，年紀也有五旬，夫婦倆結縭已歷三十年，卻憾伯道無後，沒有子女。所以唐氏見了紅薇，也很歡喜，打掃一間精美的客室，為他們主僕下榻。設宴款待，備極殷勤。紅薇更是感激，當夜賓主盡歡，住在客房裡。次日李祥又伴紅薇到九江城中去遊覽一天，迫暮而歸，晚上仍是餉以酒筵，紅薇更覺主人好客，無以報德了。就在這天夜裡散席後，李祥和紅薇在燈下品茗小坐，醜丫頭也侍立在側，李祥忽然對紅薇說道：「鍾君，老夫有一件事要冒昧和你一談，不知你可肯見允？」紅薇道：「小子蒙老丈救助，恩同再造，只恨無以報答。老丈如有所命，小子斷無不遵從之理。」李祥道：「那麼老夫說了吧，不瞞你說，老夫和拙荊結髮三十載，卻憾未生子女。常欲螟蛉一子，而難得俊傑之士。昨晚拙荊見鍾君之後，就對我說起，很欲有屈鍾君做我們的義子，使我們無子而有子，而鍾君本已失去怙恃，這樣一來，亦可無父母而有父母了。只是自愧衰朽，不足為他人父罷了。現在不辭孟浪，向鍾君一說，幸勿見笑。」紅薇方知李祥要自己做義子，自己本感覺無父無母的苦痛，漂泊天涯，誰與為親？既然李祥要自己做義子，這是再好也沒有的事了。遂欣然答道：「老英雄的恩德如同父母一般，辱何不棄，要我做螟蛉之子，得侍膝下，這是我的榮幸，我豈有不答應之理呢？」李祥喜道：「既然能得同意，明天便是吉日，愚夫婦準備遍告親友，邀集一敘，即認鍾君為義子。」醜丫頭在旁聽了，也是不勝之喜。等到李祥去後，阿俊說道：「恭喜小姐，你本憂煢煢無親，現在有了這樣好的義父母，真是不容易得到的，連婢子也代歡喜不盡了。」紅薇道：「阿俊，你代我想想吧，我本是女兒身，怎能欺人家為義子呢？這一遭弄假成真，也是不得已而為之，心中卻很覺慚愧。欺騙了這位老英雄，倘然說穿了，一則要使他們大失所望，二則反要使他們疑惑我們或是歹人呢。」醜丫頭道：「男女一樣是人，小姐充了男子身，何妨做一做義子，恐怕將來還要給人家做女婿呢。」紅薇道：「啊，你休要亂嚼舌頭，給人聽去不是玩的，莫要多說吧。」

聽外面更鑼已打二下，二人方才各自安寢。

次日李祥吩咐家丁灑掃堂除，在大廳上燃起一對手臂粗的絳蠟，將近午時，諸親友已奉邀而來，賓客滿堂。紅薇早換好衣履，亭亭出見，李祥一一介紹與眾人，大家嘖嘖稱美，嘆為謝家寶樹。於是李祥請出他夫人唐氏，舉行拜認義父之禮。阿俊和李貴搬過兩個太師大椅子，朝南排著，請李祥和唐氏上坐。紅薇立正著雙膝下跪，拜見義父義母。李祥老夫婦笑容滿面，也還了一半禮。唐氏又取出一個二寸長的白玉美人，繫著紅絲線，送與紅薇做見面禮，親自代她佩掛在腰邊。李祥遂大排筵席，請眾賓客飲酒。眾人因知紅薇習武的，大家要求她當筵舞劍，紅薇遂取了她的明月劍來，在庭中使出一路梅花劍法，寒光如雪，風聲嗖嗖，罩滿了她的全身。她的脾氣當然不肯示人以弱的，盡量使將出來，瞧得李祥和眾人都呆了。想不到他小小的年紀，竟有這種驚人的劍術，絕非沒有來歷的人了。等到紅薇一路劍法使畢，抱劍在胸，走至筵前，向眾人拜倒道：「獻醜獻醜，還請義父和諸公賜教。」大家見她面不紅，氣不喘，一齊拍手稱讚。李祥酌酒以賀，大家又向他們父子倆各賀一杯。唐氏見紅薇一表人才，武藝出眾，自己晚年得此義兒，何幸如之。忍不住笑聲連連，多喝了幾杯酒，慈顏微笑。

眾賓客都盡歡而散，李祥心中自然更是快活。

從此紅薇主僕在李家一住逾旬，李祥把紅薇鍾愛非常，時在一起坐談江湖軼事，紅薇心裡急於要找尋姚家父子，探聽史麟生死消息，且復前仇，和阿俊暗暗商量過，決定要請李祥相助他們去找那姚老頭兒。

這一天，父子倆談到水路英雄，李祥便講起鄱陽湖上的姚兆安來，紅薇乘機進言道：「不瞞義父說，我們此番從吳下出來的時候，還有一個結義弟兄姓史名麟，結伴同行，不料有一夜在鄱陽湖中遊覽石鐘山之時，突遇盜舟剽劫，史兄被盜擒去，我們主僕二人墜入水中，幸遇漁翁救起，得保性命。耿耿此心，誓復前仇，只因不諳水性，不明地勢，懷仇未報。倘然義兄已遭毒手，更是對不起他的。所以要求義父相助一臂之力，同往那邊去除掉盜匪，感謝不盡。」李祥聽了她的話，便搖搖頭說道：「你要我相助去報你義兄的仇嗎？別人我還可以答應，可是姚氏父子，是有名的大盜，本領非常高強，我自問不能勝過他，暫時不能答應你同去了。」紅薇聽著，頓失所望，低著頭不響，李祥又隔了一歇，又道：「你若一心要報此仇，我是無能為力，但我尚可代你去請求另一位老英雄出來。若得此人應諾，不怕姚家父子厲害了。」紅薇於是轉憂為喜，急問道：「義父，你說是哪一位？」李祥一摸短髭說道：「此人也是我的結義弟兄，姓季名九如，別號聖手猿，馬上步下，水中陸地，各樣武藝，莫不精通。住在黃州岐亭山中，隱居多年，我在前年曾去拜望過他一次，若要除卻姚氏，非得此人相助不可。」紅薇道：「義父既然識得此人，我願義父代為介紹，踵門求見，務要他出來相助復仇。」李祥點點頭道：「你既如此急切，我就即日帶你往黃州去走一遭，但不知他能否答應。這是要碰你的運氣了。」紅薇道：「我只要義父先允了，再去一試，也許他鑑我的誠心，能夠一為援手的。」於是李祥和紅薇約定後天動身。阿俊知道了，暗暗喜歡，也願隨往。

第十二章　假凰虛鳳

到了後天，李祥和紅薇帶著阿俊，辭別唐氏，束裝登程，從九江到黃州，路程還不算遠。他們坐船前去的，所以路中並不辛苦。到了黃州，舍舟登陸。阿俊代他們攜著行李，向岐亭山中行去。這時已在深秋，天高氣爽，木葉漸落，遠山近岫，刻露清秀。紅薇隨著李祥走在山徑中，賞觀山中景色，忽見那邊樹木裡潑喇喇地竄出一頭白狐來，背上已中了一箭，望東邊山坡邊飛逃。紅薇看見那白狐身上的毛，白得如玉雪可愛，倘然得了這白狐剝下白狐的皮來，做件狐裘，天氣漸冷，真用得著的。她轉了這個念頭，立刻拔出她腰邊所佩的明月寶劍，飛步而上，要想攔住這白狐，捉它到手。誰知道白狐十分狡猾，瞥見前面有人攔截，立即轉身逃近。紅薇不捨，從後緊緊追趕上去，追了幾個轉彎，白狐要望林子裡竄，紅薇急了，把劍飛去，正中白狐後股，倒撲草際。紅薇大喜，趕上前將白狐擒住，拾起自己的明月寶劍，一手倒提著那白狐，走將回來。忽然背後林子裡飛馳出數騎，雕鞍上坐著兩個少年，臂上繫著箭帶，全副獵裝，手中各拿著兵器，其間又有一個少女，儼如木蘭將軍，左手高高舉著一弓，大聲呼喝道：「這是我家射得的狐，來人休要拿去。」一齊向紅薇這邊風馳電掣般追來。

紅薇既得白狐，心中歡喜不迭，不防那些人忽從背後追來，不得已回過身來立住。先前兩少年已追到她的身邊，大聲對她說道：「這白狐是我家射下來的，你怎麼可以奪去？」紅薇冷笑一聲道：「山中的野獸任何人都可取得，這白狐方才被我用劍刺倒，所以拿住，怎說是你家的呢？」少年用手一指道：

「你不信，看那白狐背上插著的一支箭便可知道，我們早已射下，怎好給你來湊現成呢？」紅薇道：「什麼你們先射不先射，我卻不曉得，只知白狐是給我擒住的，不容他人來奪。」說罷，卻又要去。一個方面的少年早勃然變色，對那較長的少年說道：「哥哥，我們休要和他講理，快將他手中的白狐奪過來再說。」於是弟兄二人各自大喝一聲，一個人展動手中銅鞭，一個抖開一支長槍，向紅薇下三路進攻。紅薇豈肯輕易讓人，將白狐掛在身邊，也就使開明月寶劍，和那兩少年狠鬥起來。這兩人的武藝很好，鞭如黃雲，槍如紫電，紅薇舞開了劍，卻又如銀龍騰空，架開鞭迎開槍，還要左劈右刺，向兩少年進攻，矯捷勇武，令人一看她的解數，便知非尋常可比。那個挾弓的少女勒住絲韁，在一邊張開著櫻桃小口作壁上觀。

這時李祥和阿俊已從後趕至，看見紅薇在和人家交手，不由驚疑，再一看那兩少年時，他不由高聲呼喊道：「前面是季家賢姪嗎？別要決鬥，我們都是自己人。」又喝住紅薇道：「義兒快快住手，這二位就是季家昆仲，不要失禮。」紅薇聽了，立即將劍一吐，跳出圈子來。二少年也已瞧見李祥，一齊跳下馬來，放下兵器，叫聲：「大伯父，你老從哪裡來？」李祥道：

「我今番正是從家中攜帶這個新認的義子，特地造府奉訪尊大人的。方才他追趕白狐，老夫落後了一段路，不想他和二位在此交手了。抱歉得很。」年長少年帶笑說道：「原來這一位乃是伯父的義子，我們不知道，多多冒犯。因為適才間我同舍妹出獵，舍妹用箭射中一頭白狐，那白狐狡甚，帶箭逸去，我們從後追尋，卻見白狐已給世兄拿去，我們不認識他，向他要時，兩下言語衝突，遂爭鬥起來了。若非伯父至此，我們自己人險些兒傷了和氣。」少年說畢，又回頭向那少女呼喚道：「華妹，你快來見見李伯伯吧。」少女遂亦從桃花馬上躍下銀鞍，過來行禮。李祥笑嘻嘻地向二少年說道：「這位姑娘就是你們的妹妹？果然出色，我以前沒有見過咧。」年長少年道：「是的，她是三妹秋華。」李祥點點頭，遂對紅薇說道：「你來見見這兩位世兄。」一手指著年長的少年道：「這是季九如老英雄的長子藝華。」又指著方面的道：「這是二公子棣華，我帶你上老英雄的門第拜見拜見，卻不料你冒犯了世兄，這白狐可以還給二位世兄，莫要攘奪他人的所有。」紅薇一笑道：「我也是一時高興，既然他們心愛此物，不妨以此為進見之禮。」棣華道：「我們也是一時好勝心重，不一定要此物，李世兄拿去便了。」李祥向地上的白狐一看，見了白狐背上的箭，又看看秋華手中的寶雕弓，便道：「這白狐果然是先中了秋華小姐的箭，那麼請小姐取去為是。」秋華也笑道：「我不要，還是讓李世兄取的好。」

李祥笑道：「你們一會兒彼此都不要了，那麼待老夫取了，送給九如兄做個上門禮吧。」於是他就俯身去提起那白狐，交與阿俊，又問藝華道：「尊大人可在府上嗎？」藝華答道：「家嚴這一陣常在家中種花養鳥，沒有出外，請伯父隨小姪來見他吧。」李祥道：「好，煩你引導。」於是藝華棣華兄妹三人牽著馬，陪同李祥紅薇阿俊，向東面山岫中行去，數僕人跟在後面。

紅薇已見到季氏昆仲的武藝，果不愧將門之子，卻不知秋華小姐的本領如何，她心裡這樣想，眼睛便向秋華偷窺，卻不料秋華也回轉杏臉來暗窺她，四目相視，正成直線，紅薇並不覺得怎樣，而秋華卻已雙頰微紅，旋轉頭去了。

走了一段山路，前面有一條清溪，流水潺潺，老樹橫覆。又有一座白石小橋，平渡彼岸。四圍草木蔭翳，境至幽靜，遠遠地在綠樹中露出一帶半新半舊的土牆，上面冒著女蘿之屬，綠蔭濛濛，朱實離離，這就是季家的莊院了。紅薇跟他們走過橋去，轉了一個彎，已見莊院大門，門口有兩株古槐，隱逸中帶著雄偉之姿，又和太湖之濱鍾家所居的茅廬，迥不相同了，紅薇不由暗暗喝采。到得莊門，藝華等將坐騎兵器等都交健僕帶去，阿俊也由僕人陪去休息，他們兄妹三人請李祥紅薇入莊。李祥本是來過的，舊地重臨，更覺可愛。而紅薇卻還是第一遭，左右睇視，覺得庭院闊暢，屋宇邃密，在山中有此巨廈，不可多得。僮僕如雲，都齊齊有英雄態，足見主人是一位在野的英傑了。此時季九如在內室已有人報告於他，連忙整冠出迎。紅薇見他衣服樸素，容貌清健，年紀和李祥彷彿，而目光更是炯炯照人，頷下蓄著長鬚，盛以錦囊，這一點愈見得此老的威嚴。李祥見了季九如，早搶上前帶笑說道：「九哥，多時不見，且喜別來無恙。」季九如也走過來，握著李祥的手說道：「李兄弟，你一向好嗎？我時常要想起你，今日且喜你大駕下降，請到裡面坐吧。」拉著李祥，走到大廳上，分賓主坐定。李祥指著紅薇道：「九哥，你瞧這孺子是我新認的義子，好不好？」遂教紅薇上來拜見季老伯，九如對她上下一打量，點點頭道：「極好了，秀雅英俊，兼而有之。李兄弟得此千里駒，令我也喜歡不置。」大家寒暄數語，藝華棣華侍坐在側，秋華即走到後面去了。

他們談談說說，轉瞬間天已垂暮，季九如因為李祥遠道而來，況又多時未見，早命廚下設宴洗塵，季九如陪李祥飲酒吃菜，藝華棣華秋華三人也坐在一邊，大家談談江湖軼事。李祥卻在心中轉念，如何去向季九如商量，請他出山相助，遂要紅薇在季九如面前顯一些本領，以便進言。他喝了一杯酒，向季九如說道：「我們稍微懂一些武藝的人，莫不想傳之其人，以為身後之光，如九哥膝下蘭桂庭秀，克紹箕裘，當然是很好的，但小弟頗憾伯道無後，寥落聲名，現在卻認得這一個義子，本名義字，巧之又巧，帶來拜見九哥，將來也可使他向九哥領教。」季九如摸著他頷下美髯，含笑說道：「令義兒相貌俊秀，如此青年，端的令人可愛。你有此義子，當不辱沒你了，你可教授他武藝嗎？」李祥答道：「他本略知一二的，小弟並未傳授與他。」李祥說到這裡，藝華早在旁說道：「李世兄的武藝甚佳，方才兒等已領教過了。」季九如不由驚奇而問道：「怎麼啦？」藝華便將他們出獵，射中白狐，和紅薇爭奪而起格鬥的事，告訴他的父親，季九如道：「原來如此，真所謂大水沖了龍王廟，一家人不認識一家人了。你們最喜歡好勇鬥狠，屢戒不悛的。」李祥便道：「我也忘記奉告九哥，那頭白狐，小弟現已交與府上下人，為九哥大寒時添一狐裘以取溫了。」季九如道：「這是我不敢當的，還是給你老弟拿去吧。你的義兒有這般好的本領，真是難得。」李祥乘機說道：「今夜不妨喚他在筵前使一下劍法，請九哥指正。」季九如點點頭道：「固所願也，不敢請耳。」

於是李祥便教紅薇舞劍，紅薇答應一聲，站起身來，將前後衣襟兜紮住，退後數步，向季九如說一聲：「放肆了。」走至庭中，從他腰間抽出明月寶劍來，寒光耀目，他就使出平生得意的梅花劍法，今夜為了座上有季九如在，更是竭其所能，抖擻精神，把寶劍舞得如鸞翔鳳翥，眾仙齊下，五花八門，變化離奇。宜僚之弄丸，公孫大娘之舞劍器，也不過如是了。季九如看得掀髯大笑，等到紅薇這路梅花劍舞畢，神色自如，走到筵前，對季九如說道：「小子獻醜而已。」季九如道：「極好了，你非有家學淵源，不能使這套梅花劍的，諒你也決非沒有來歷之人。」紅薇道：「先父在日，略知國術，悉心傳授與小姪。所以略諳此道，班門弄斧，還請賜教。」李祥又將他自己如何在南昌客舍中相識情形，約略告訴，季九如頻頻點頭，徐徐說道：「小女秋華也略得我的指點，喜歡學劍，今晚也教她舞一回，以供嘉賓。」李祥道：「秋華小姐有九哥傳授，一定是非常佳妙的，願得一觀。」季九如又向秋華說道：「你也來獻一下子醜吧。」秋華答應一聲，離座而起，回到裡面去了。頃刻間從屏後走出，換了一身青色的短衣，懷中捧著一柄青蓮寶劍，帶笑說道：「我的劍術哪裡及得這位李世兄好呢？」李祥笑道：

「小姐休要客氣。」季九如道：「你就使一路降龍伏虎劍吧。」秋華答應了，走下庭階，使開解數，恍如梨花飛舞，又似銀龍騰空。李祥和紅薇凝神細看，覺得很有幾路出奇制勝的劍法，看得紅薇只是張開著嘴笑，覺得秋華的劍術只在己之上，不在己之下了。

這一回，秋華將一路降龍伏虎劍舞畢，把寶劍交給侍婢拿去，李祥便向季九如說道：「恭喜九哥，有此多才多藝的掌珠，沈雲英不足專美於前了。」季九如道：「這一套降龍伏虎劍法，她還只學會淺近的一部分，他日進步與否，還要她自己勉勵呢。不過她有一個絕技，卻還能一觀。今夜承李賢弟稱讚，索性吩咐她獻醜吧。」李祥喜道：「這更好了。」季九如遂又對秋華說道：「你可拿飛鏢來一試。」秋華嬌聲答應，便叫侍婢去取出一個繡花的鏢囊，繫在自己腰間，又有一個侍婢去點了三支香，遠遠地向前面庭中走去，好在這庭是十分寬大的，走到約有百步的距離便停住了，季九如又叫那左右下人暫時熄去燈燭，廳上便變得一團漆黑。大家立起身來看秋華小姐獻技。阿俊也隨著下人入內觀看，藝華等是看慣的，當然不以為奇，唯有李祥紅薇特別注意，向庭心中望出去。他們都在夜間，也只見隱隱地有個人影立著，一支香拿在侍婢手裡，高高舉起，只見到一點小小的火星。秋華立在廳階上，將手一抬，嗖的一鏢飛出，香頭立刻落到地上，侍婢毫無損傷，又將第二支香頭舉起，秋華連發三鏢，都擊中香頭，李祥大聲叫起好來。堂上燈燭復明，眾下人逡巡退去，阿俊不勝驚奇，自思這種鏢法又比自己的小姐厲害了。這裡眾人各返原坐，秋華至後面回去重換鬒裝，走將出來。季九如傾了一杯酒，敬給紅薇說道：「李世兄少年英雄，老夫敬你一杯。」紅薇稱謝，接在手裡喝下，立刻還敬一杯，李祥也敬秋華一杯，說道：「秋華小姐劍術既妙，鏢法更強，求之閨閣，不可多得。」季九如道：「承李兄謬讚，實不敢當。但我膝下三人，最愛此女，善體人意，性質聰明，所以我更用心教她，而她的本領真也比她的兩個哥哥高強得多了。」大家飲過一杯，下人送一大盤燒鴨來，季九如道：「這鴨子是我們在山中養著的，此間山場中，餚餐盤中，愧無佳味，唯有這鴨子尚是肥嫩，是我家廚役特製的，請李兄弟多用一些吧。」於是大家飽啖鴨子。

季九如很愛重紅薇，又向紅薇問問家世，李祥遂乘機進言道：「我義子還有一位結義弟兄，姓史名麟，據說他們在鄱陽湖上曾被姚兆安等圍攻，史麟被擄，而他們主僕倆落水遇救的。我義子常想念他的義兄，欲代復仇，屢向小弟策劃。無奈我自知力量寡薄，敵不過姚家父子，所以想起了九哥，特地帶他來晉謁，要請求你相助一臂之力，同去鄱陽湖救出史麟，那麼我義子感謝不盡了。」季九如聽了李祥的話，點點頭道：「銀髯翁姚兆安，我也素聞此人縱橫在鄱陽湖上，十分厲害，我自愧沒有什麼勝人之處，恐不足以取勝吧。」他一邊說，一邊眼望著紅薇，紅薇也說道：「請季老伯不要客氣，倘蒙許以援助，小姪銘感心版，沒齒不忘。」季九如道：「我這個人也很重信義的，雖然可以相助，必要幫忙，不肯落後。但姚氏父子威名遠振，果非他人可比，不得不慎重考慮。今宵我們且歡飲尋樂，明天待我考慮後再告訴你們賢喬梓，可好嗎？」李祥道：「很好。」於是大家又開懷暢飲，李祥喝了不少酒，已有些陶然微醉，紅薇只喝得少許，她很敬愛秋華，在座上不時用目去偷看，而秋華也常秋波斜盼，脈脈有情。等到酒闌席散，季九如叫藝華引導李祥和紅薇客房去住，父子二人，各據一榻，而阿俊亦另有宿處。季九如是一向好客的，李祥又是老友，自然特別優待。次日李祥專候季九如的迴音，早飯後，季九如到客房裡來邀李祥到書房中去坐談，紅薇因為季九如不喚她去，未便相隨，但有藝華兄弟倆約她出去遊山，她自然高興，帶著阿俊同行，在山上可以遠眺長江風景之奇，遊覽至日中始返，見李祥已在客室中坐待了。

紅薇便問李祥季老伯可能答應到鄱陽湖去走一遭，李祥笑嘻嘻地說道：「他允許是可說允許了，但是有一種交換條件，問你可肯答應。」紅薇不由一怔道：「什麼條件？」李祥道：「季九如對我說，他的女兒秋華，年方十八，尚未許人，一向沒有相當的青年，配做他家的坦腹東床，今番見了你，卻十分喜歡，意欲將他的女兒許配與你，曾向秋華小姐試探意思，秋華小姐卻說願從父命，老太太也十分同意，剛才他遂對我說明，誠然你肯答應他時，他願意相助你去鄱陽湖找姚氏父子，一較雌雄，為史麟復仇。我因秋華小姐容貌和技藝都佳，真是女中人傑，季老英雄又是當世之英，難得他能垂青於你，恰好你也尚無家室，對於這位小姐，諒沒有什麼不贊成的地方，所以我已答應他了。現在告訴你一聲，你該歡喜不虛此行了。」紅薇聽了李祥的話，又喜又憂，喜的是季九如已允協助他們同去，不怕姚家父子猖狂，憂的是自己本是易釵而弁，圖混世人耳目。現在人家忽然一團好意，要將他愛女許配與自己，這又教自己怎樣去對付呢？倘然答應了，我的祕密不久就要洩露，倘然不許時，不但季九如要罵我不識抬舉，而李祥也要不歡了，又怎能希望他們助我去代史麟復仇呢？紅薇這樣想著，進退兩難，期期艾艾地說不出話來。阿俊聽著，也代她發怔。李祥見她這般模樣，便正色說道：「人家允許了你的請求，你若不答應時，未免太辜負人家的美意了。我想秋華小姐這般才貌，他人求之不得，你竟一旦能夠雀屏中選，還有什麼猶豫的呢？」

紅薇本想延宕，徐徐再行表明，今見李祥的態度如此，大有不容許她不允之理，自己若然說破前情，必將遭受他老人家的譴責了，只得點點頭道：「義父既如此說，我萬萬沒有不允之理，只恐齊大非偶，自覺不倫罷了。」於是李祥臉上始有笑容，季九如已遣僕人來請用午飯，李祥和紅薇走到外面餐廳上去，阿俊聽紅薇已答應了婚姻，不由又好笑又擔憂，也出去吃飯了。

飯後，季九如和李祥在書房中坐談，紅薇回至自己客室裡，阿俊悄悄地走來，看著四面無人，便對紅薇說道：「小姐，請你自己想想，你是不是真的男子身？怎樣可以貿貿然答應人家把女兒許配與你？結婚的時候，你又怎樣對付新娘子呢？」

紅薇皺皺柳眉，說道：「教我沒有辦法啊，你看李老頭兒逼得我如此緊急，我正要季九如相助，豈能拒絕人家呢？我只得姑且允諾了。」阿俊笑笑道：「以前我不是對小姐說過，你做了人家的義兒，還要做人家的女婿嗎？果然有這種巧事，真令人可笑。」紅薇搖搖頭道：「這真是不巧，你倒說巧，我已答應了人家，他日真不知如何對得住這位秋華小姐呢。」晚上李祥又對紅薇說道：「方才季九如又跟我說，他的意思即日就要使秋華小姐和你成婚，婚後方同你去鄱陽湖找姚家父子。我要他早早相助，所以答應了，他已選擇大後天吉日良辰，為你們二人成婚，好在新房可以在他莊中借用，一切布置，自有季家代勞，不用我們費一些心力，將來秋華小姐可以跟我們回去，住在我家，在我講起來，十分簡便，因人成事，何樂而不為？季九如的好意真不可辜負，因此告訴你一聲，準備做新郎吧。這是我萬料不到的事，有了義子，又有媳婦，真是天賜我也。」李祥說著話，老顏生歡，只是嘻開了嘴笑。紅薇沒奈何只好由人擺布，做一回假新郎。到了洞房花燭夜，再想方法吧。

李祥知紅薇已答應了季九如，當然季家是十分忙碌的，好在季九如既有資財，又多僮僕，雖在山中，而不論什麼東西，吩咐之間，都可立辦。三日內一切都已齊全，莊中懸燈結綵，氣像一新。不過賀客卻很少，因倉促之間，不及帖邀親朋，只是山中十幾家樵夫獵戶，都欣然地來吃喜酒。紅薇打扮了新郎，更見丰姿俊麗，阿俊瞧著她只是憨笑。季九如和李祥一個做丈人的，一個做舅大人，大家十分快活，藝華棣華也很愛紅薇少年英俊，堪稱同志。等到新郎新婦參拜天地時，鼓樂齊奏，送入洞房，阿俊也跟著大家到新房裡去參觀，錦繡華麗，誰能想到山中有此福地洞天似的青廬呢？

隔了一刻，又有賓相樂人引新夫婦拜見岳舅，季九如夫婦取出四錠黃金，給紅薇做見面禮，李祥因在客中，沒有什麼可給新媳婦，甚是抱歉，只好等後補償了。黃昏時又大排喜筵，眾人快喝喜酒。到亥時過後，眾人都已散去，紅薇還歸洞房，見華燭高燃，秋華小姐豔服盛妝，獨坐床頭，真如瑤臺仙子一般。偶舉鳳目，向她女婿偷瞧，倒也不會太害羞。這時候紅薇只恨自己不是男子，徒然辜負了香衾，怎麼去對付這位眼前如花似玉的新人呢？只窘得她撓頭抓耳，在室中往來躊躇，想不出個計較來。

秋華見她這個模樣，心中不免有些奇訝，暗想夫婿如此英俊，當然識得風流，值此良宵，何以躊躇不睡，難道是個傻子嗎？再也忍不住了，站起身來，過去取了門閂，把門關上，回頭對紅薇說道：「義哥辛苦了，口渴嗎？可要喝茶？」遂去旁邊桌上茶壺裡倒了一杯茶來，送到紅薇面前，紅薇聽秋華稱她義哥，又敬茶與她喝，這樣軟綿綿的情緒，自己竟無福消受，不覺嘆了一口氣，雙手接過茶杯，道謝一聲。

秋華聽她嘆氣，心頭更是一怔，今天是合婚良辰，新郎忽然嘆起氣來，這是什麼道理呢？便又問道：「義哥何以長嘆，胸中有什麼憂鬱，莫非對這樁親事心中有些不滿意嗎？還請明告。」紅薇聽了，不由默然，立在妝臺側，呆如木雞。秋華此時也有些不悅了，相視著紅薇之面，眉峰深鎖，似有憂愁之事，遂又緊緊詢詰，紅薇實在覺得沒有什麼很好的理由可以解釋自己難言之隱，遂對秋華說道：「秋華小姐，巾幗英雄，承蒙令尊不棄，招贅我為婿，這當然是我的榮幸，我還有什麼不滿意呢？只是我以前許過誓，非至父親服闋時不娶婦，我父逝世未有一年，而我已做新郎，新郎雖勉為，而同房則不可。若欲毀棄前誓，於心不安。所以我心裡對於你很覺抱歉。」

秋華聽了這話，不由臉上一紅，說道：「原來你有這個緣故，這也是你的孝心，未可訾言。既然你有誓在先，斷乎不可自毀其言。現在我們不妨做名義上的夫婦，待到你將來服闋時，我們再……」說到這裡，不由微微一笑。紅薇在惴惴然恐觸秋華之嗔，及聞秋華說得很坦白而誠懇，便雙手向她深深一揖道：「秋華小姐，你真是一個賢德的好女子，我心裡非常感激你，欽佩你，將來我永遠不忘你。必有一天使你快活。」秋華道：「我也是敬愛你的本領，願你精益求精，奮發不已。我父親雖是隱者，他有技藝，可以傳授於你。只要義哥精心學習便了。」

紅薇點點頭道：「秋華妹妹，我願意聽你的話。此來我本要仰求令尊的。」於是二人彼此一笑，解去外衣，同入羅幃。秋華小姐把一床鴛被重分作兩個，雖和紅薇並枕而睡，卻不同衾。

這一點很使紅薇敬愛秋華的美德了。二人在枕上喁喁地談了一刻，各人方才閉目安睡。明月窺窗，錦帳低垂，多情的月亮尚以為一對新夫婦如魚得水，同圓好夢呢。

次日起身，大家若無其事，雙雙前去拜見季九如夫婦和李祥，眾人觀此一雙麗影，無不欣喜。秋華十分賢淑，也沒有把此事去告訴她的父母，李祥當然更不明白。唯有阿俊夜間很代紅薇犯憂，現在瞧見二人十分愛好，並未破裂，不知紅薇如何對付過去的，心頭癢癢地急欲得知。湊個空向紅薇偷偷問詢，紅薇把自己偽託的事告訴了她，阿俊不覺笑道：「好小姐，真虧你情急智生，想得出這種說話話。婢子昨宵幾乎代你急煞了。但這位秋華小姐倒很賢淑的，她能尊重妳的意志，何等地愛妳，卻不料上了妳的大當。」這「當」字說得響了一些，旁邊恰巧有一下人走來，紅薇對阿俊白了一眼，便走開去了。

藝華棣華和紅薇變成了郎舅，彼此更是親密。大家在一起談談武藝，李祥和季九如也在一塊兒喝酒談天，從友誼而進為親戚，老臉彌覺愉快。

不知不覺已過了四五天，紅薇一心要去為史麟報仇，遂又向李祥提起這事，要李祥再去懇求丈人出山相助，同至鄱陽湖，殲滅姚家父子。李祥當然去向季九如要求，季九如因有言在先，自然答應到那裡去一遭，紅薇知道了十分歡喜。

一天晚上，季九如會合李祥、紅薇、秋華、棣華等坐在一處，商量上鄱陽湖去的事，季九如說道：「姚氏父子盤踞在鄱陽湖中歷有多年，頗著聲名，附近官軍也奈何他們不得。所以我們前去也不能說有十二分的把握。但我已經答應了李老哥和賢婿，無論那裡是不是龍潭虎穴，我總要路跑一趟。他們山寨裡人眾，我們六個人一起去對付，或者能夠僥倖取勝。」李祥道：「全仗九哥大力，我們追隨驥尾，一同努力。」紅薇道：「還有小婿的下人鍾貴，他年紀雖輕，也諳國術，可以帶他同去。」季九如道：「很好，我們七人同往，合了梁山泊七星聚義，定獲勝利。明天我們再在此間歡宴一天，後日便可動身。

到得南昌之後，可以僱船入湖，白天不宜上山，只得於夜間入探，較為穩妥。」紅薇道：「我等謹隨岳父之後，同殺狗盜。姚家父子雖然厲害，也只有姚兆安可憚一些，餘者碌碌，也不在小婿心上呢。」秋華對紅薇說道：「你倒說得好大口氣。」紅薇道：「就是為了已交過手，所以敢如此說。不過我不諳水性，在水面上作戰是很吃虧的。現在義父精通水性，也足為我等的一助呢。」李祥笑道：「你岳父已允幫助，我老朽也願拚這條老命去會會姚家父子的。好在九哥的國術我是一向佩服，有九哥前去，且有你們這群勇敢的後生，還怕對付不了嗎？」

商定之後，次日早晨季九如和李祥帶同紅薇、藝華、棣華、秋華以及阿俊，各人暗藏兵刃，裝束登程。離了岐亭，到鄱陽湖去找姚家父子。這一行總算被紅薇達到一半目的，暗暗祝告上蒼，但願史麟在盜窟中沒有喪身，方能夠把他救將出來，散而復聚，也不負了史成信之託。他們眾人一入潯境，李祥本想邀眾人先到他莊上去一敘，只因紅薇急於前去報仇，所以要緊趕路，不欲遲滯其行。

第十三章　旅店聚義

這一天趕到青龍鎮，距離南昌城只有數十里了。他們因為貪趕路程，到鎮上時天色已晚，過了晚餐時候，店家都關門打更了。好容易找到一家旅店，是個悅賓客寓，但是季九如打門進去時，店中已是客滿。季李二老和掌櫃的再三商量，方在最後面設法騰出一間上房來，讓他們住。他們本要借宿兩個房間的，此時也只好將就一些了。眾人住燈下坐定後，點了幾樣菜，大家胡亂用晚餐，肚子真餓了，飽啖一餐，店小二搬去殘餚，鋪好臨時現搭的床鋪，眾人解衣安寢。獨有紅薇和秋華最後睡眠，尚在燈下閒談，藝華等已起鼾聲了。忽聽遠遠有馬蹄之聲，如飆風疾舉，一會兒已到門前，跟著有一些人聲。紅薇聽了這聲音，覺得有異，暗想這是一個小小市鎮，時已不早，居民十九都入睡鄉，何來這些馬蹄之聲，十分蹊蹺，莫非有什麼盜匪糾夥來行劫嗎？便教秋華傾聽，秋華也聽得和紅薇有同樣的怙惙，對紅薇說道：「果然真有盜匪來劫掠時，我們倒不肯輕易饒讓他們的。」跟著便聽喝喊之聲，有許多人打門進來了，紅薇道：「是了。」連忙跳起身來，去取她的明月寶劍，秋華也去取過她的青蓮劍，又把鏢囊繫在腰際。聽外面人聲已殺進來了，店夥等一齊驚慌亂竄，紛紛望後面逃來。秋華又去推她的父親，一霎時季九如和李祥及藝華、棣華、阿俊等都從睡夢中驚醒，藝華眼尚朦朧說道：「剛睡得不多時候，怎麼便有事情發生了？人聲鼎沸，為了何事？」紅薇道：「藝華兄，外邊有盜寇行劫。」藝華哈哈笑道：「哪裡來的寇盜，如此猖獗？今晚撞到我們手裡來，包管他們飛蛾撲火，自來送死。」各人都去取了武器，預備和盜匪決鬥一下。紅薇先去開了房門，卻見外面燈火照耀，如同白晝。又有許多人聲，高呼：「不要放走了反叛！」大家又是一怔，難道不是盜寇？而是官兵來此捉拿犯人嗎？恰巧有一個店小二捧著頭，急急慌慌地逃進來，紅薇問道：「外面來的人究竟是盜匪還是官兵？為著何事？」店小二道：「外面來了不少官兵，刀槍劍戟，密排如林，衝入店中來，把掌櫃的都捉去詢問了。他們口口聲聲說來搜捕反叛人，外邊房間裡的客人都被他們圍住，將要逐一搜查，你們這裡當然也要來的。這些官兵凶得很，逢人即打，夥伴們已被打倒了二三人，卻不知客人裡面有沒有他們要捕的人呢？」藝華說道：「原來如此，怪不得如此驚天動地，但我們中間好在沒有什麼反叛，由他們去吧。」紅薇道：「我們索性走到外面去一看情勢，省得他們要到房間裡來滋鬧。」藝華道：「說得有理。」

於是大家走將出去，見院子裡站著許多官兵，手中都拿著明晃晃的刀槍鐵尺，準備拿人。有幾個都向屋上喊著道：「犯人逃到屋頂上去了，會上屋的快快上屋追捕吧。」紅薇跟著望屋上一看，因為四面的燈光明亮，所以屋上也看得清清楚楚，對面廂房屋上有十幾個官兵正在包圍著一男一女廝殺。那一男一女都是青年，手中各舞著寶劍，宛如兩頭猛虎，不可捉摸，官兵中早倒了數個。紅薇再向那男子一看時，幾乎失聲而呼，劍眉星目，龍驤虎步，不是史麟還有誰呢？史麟一心對付官兵，並沒留意下面旁觀的人，他將寶劍使開，一個一個地把官兵劈倒，滾下屋來的不計其數。唯有兩個清將也很驍勇，舞動樸刀，緊緊跟著二人，不肯放鬆一步。接著官兵攀緣上屋，秋華指著那女子說道：「你看這少女的一柄劍，也不弱於我們呢。」

紅薇點點頭，此時恨不得上屋去和史麟招呼，然又不敢孟浪，心中正在躊躇，只見那女子虛晃一劍，跳出圈子，和史麟向後面屋中撲來。清將追去時，兩顆彈子嗍的飛來，清將先後滾跌下屋，清兵驚呼。這時紅薇顧不得什麼，生恐史麟逸去，不能見面，立刻將秋華臂膀一拖，指著屋上說道：「咦，那屋上的少年正是我的義兄史麟，被鄱陽湖姚家父子擄去了，不知何以又在此地發現？

我不得不去找他一見。」說著話，飛身一躍，已上屋簷。秋華有些不放心，跟著跳上屋去，見那一對男女已向後面遁去。紅薇正追上前，她自然也跟在後面，一霎眼兩人已從店後牆上飄身躍下。見史麟正向西邊小徑中迅奔，紅薇追趕上去，史麟還以為官兵趕至，恰巧前面有一叢樹林，二人竄將進去。紅薇追到林外，眼前陡覺有一物飛至，連忙伸手一接，撈在手中，乃是一顆彈丸。紅薇恐防進去要引起林中人的誤會，自己未免吃虧。於是提高著聲音，喊一聲：「史麟世兄，紅薇在此。」喊了這一聲，只見林子裡探出一個頭來，向她看了一下，說一聲：「鍾賢弟，快請進來。」此時秋華也跑至紅薇身邊，紅薇便和她一同入林，會見史麟和那女子。紅薇運用夜眼，再一細看那女子時，乃是鄱陽湖上的姚家女匪，不由心中大大地一怔。當著她的面倒不好請問，只說：「世兄我們分散以後，卻不想再在此間重逢。我正要來湖上找尋世兄，世兄怎樣到此的？」史麟雖當著姚志芳的面，不便多說什麼，但也正要告訴一二，不防官兵已追到林子外來了，有兩個官兵說：「眼見有人逃入這林中去的，我們快入林搜尋。」接著火把大明，有數十官兵分頭入林。這林子不大，他們無處可以隱藏。紅薇已和史麟在一起，官兵也當她是反叛了。此時為自衛計，不得不和史麟等分頭抵禦，秋華也是這樣，所以官軍入林搜尋之時，四人立即動手。四人都是絕好本領的人，區區官軍，豈是他們的敵手呢？劍光到處，血雨四濺，一會兒官軍的屍體已縱橫林中了，受傷的都狼狽逃去。

這時已近四鼓，史麟等殺退官軍，但在官軍後面飛來兩條黑影，史麟以為又是什麼便衣捕役，正要攔截，紅薇眼快，早上前喝住道：「都是自己人，不要動手。」乃是藝華棣華來了。

當紅薇和秋華在店中躍登屋面之時，季九如十分奇異，既非盜匪行劫，不干自己的事，一任官軍去拘捕犯人，盡可作壁上觀，何必去相助他人。深怪紅薇年輕好事。但紅薇和秋華已去了，遂命藝華棣華弟兄倆到後面去一看究竟，勸紅薇秋華回來，不要多管閒事。藝華二人奉著父親之命，走至店後，正逢官軍追趕，弟兄二人跟在官軍後面，見官軍入林搜尋，死傷無數。方知有人伏在林中，不見自己妹妹和紅薇，他們也很擔心，等官軍退出後，他們也冒險入林，彼此想見後，紅薇便告訴藝華兄弟，說明史麟就是她要去營救的義兄。藝棣二人都欣喜道：「天下有這樣巧事嗎？但不知果是反叛，為何官軍要來捕拿？」紅薇一皺眉頭道：「這事說來話長，少緩我再奉告吧。

現在不知外邊可有官軍？」藝華搖搖頭道：「他們都退去了，但說不定他們受創而去，報告了主將，再要增兵前來的。」史麟道：「事不宜遲，我們快快避至一處較為安穩之地，再可談話，免得他們再來纏繞。我們究屬人少，恐到底要吃虧的。」紅薇道：「不錯，現在我們合在一起，官軍也要以為我們是一黨的人。這林子很小，不足掩蔽，況且岳父和義父尚在旅店內，也須去報告一聲，以免意外。」史麟不明白這些人和紅薇有什麼關係，不便說什麼。藝華道：「待我弟兄回去，請兩位老人家來此想見吧。」紅薇道：「也好。」藝華弟兄遂轉身出林去了。

紅薇等四人守在林中，時常出來偵察外邊動靜，只見地上官軍的屍體，其餘卻黑暗不見。等了一刻，人影亂晃，藝華棣華陪著季九如李祥兩位老人以及阿俊，帶著行李，一同來了。

藝華道：「我們回至店內，店夥和客人們亂雜雜地惶駭著，因為走了犯人，死了官兵，大家不知道究竟為了何事，我們暗暗告訴了父親，遂帶著行李，一同從後邊越屋而出，以防耳目。聽說死了一個游擊將軍，官兵回去調集人馬，再來逮捕了。」史麟道：「事不宜遲，我們快些離開此地再說吧。」於是眾人魚貫出林，其中要推李祥比較熟悉途徑，他當先引導，只揀僻靜處走去。走了十餘里，前面有一個山谷，天空漸現魚肚色，谷中樹木蔭翳。李祥指著對眾人說道：「這谷中十分隱蔽，我們何不入內休坐，若然官兵追來時，我們也可據住谷口，抵擋一陣。」眾人聽他說得有理，一齊隨他跑入谷中去。天色大明，紅日已出，照著紫的山色煞是好看。於是大家席地而坐，紅薇與史麟互談別後之事。

原來史麟在大牛山上，雖有志芳為伴，但他的心思不願長住在溫柔鄉中，奄忽一生，何況這溫柔鄉又是盜窟呢？心中更掛念紅薇主僕，不知生死存亡，所以心中終覺不快，要想離開這地方。志芳是個聰明女子，如何不識得？有一天晚上，二人睡了，在枕上喁喁細語時，志芳即問史麟道：「近來我看你臉上常有不快之色，背著人嘆氣。不知你究竟為著何事？我們雖然待你不薄，而覺你的心終是不向我們，莫非你懷有去志嗎？」

史麟被志芳一句話就問到心裡，不由猛吃一驚，立刻說道：「你真是個聰明人，我有去志怎樣，沒有去志又怎樣？」志芳道：「你若沒有去志，住在我們山上，彼此是一家人，當然是很好的事。但有去志時也不妨對我明白直說。古語說得好，夫唱婦隨，我決定肯跟你走的。」史麟不防志芳說得這樣坦白，驚喜參半，遂又說道：「你料我要想離去這裡嗎？」志芳點點頭道：「是的，我們既然做了夫妻，彼此的心事不必隱瞞，禍樂休戚，彼此共之。你老老實實地說吧，難道還要疑心我嗎？我對你沒有什麼歹心腸的。」

史麟道：「你這樣說，使我更感激了。老實說，我是揚州殉難的史閣部的宗族，我父成信在清平鎮起義未成，全家殉難，我被至友收留，東飄西泊，一心要想復興之計，豈肯側身綠林，以老此身？但若告訴出來，恐又於我不利。此番我在山上是被俘而住的，所以常想離開此地，去訪找我的義弟鍾義，一同另謀發展。當然我對於此地並無留戀之意，唯有你一人繫在我心上，不忍捨去。倘然你能相助我一同脫離，遠走他方，這是我的大幸了。萬一你要錯怪我有異心，而欲告訴老祖宗時，我也願束手就縛，引頸就戮的。」

志芳道：「我若要你死時，我早已不嫁與你了。你請放心，我絕不在老祖宗面前洩露一句半句。你要遠走，我當跟你同行，因你一個人要想獨自下山渡過這鄱陽湖，恐怕是不可能的事。我若相助你一臂之力，也許此事有幾分希望，且待稍緩數日，如有機會時，我再和你說吧。」史麟大喜道：「你能這樣地體貼我，相助我，足見你的愛心，使我非常感激了。」因此這一宵夫婦倆的綢繆深情，更是如漆如膠，一心一德。

過了十多天，一日誌芳忽然對史麟說道：「現在有一個機會來了，因為老祖宗在後天上午要坐船出去拜訪老友，此行也許要去一遊廬山，至遲有七八天光陰在外面耽擱。我父親或將同行，那麼山上空虛，我和你便可乘機他逸了。那時我可以向部下要一帆船，預泊山下，乘月明之夜和你同遁的。」史麟欣喜，對志芳深深一揖道：「我要謝謝你了。」到得後天，果然姚兆安駕舟出外，訪友遊山，但宏仁父子都沒有隨去。史麟對志芳說道：「老祖宗雖然去了，可是岳父和志敏兄都沒有偕行，不知我們可能走得成功？」志芳道：「你放心吧，我父親和哥哥雖在此間，我知道他們的本領，萬一有阻擋時，我和你兩人尚可勉強對付。我只怕老祖宗，他的枴杖是任何人難敵的。你既有志遠隨，我決定隨你同行便了。並非我對於母家無良。一則我已嫁了你，生為史家人，死為史家鬼。二則也要遂你的大志願，我不敢始誤於你。三則我在此間也住得膩了，這種綠林式的生涯，也覺得太沒有意思。憑著我二人之力出去奮鬥一下，也未為不可。所以我情情願願地隨你同行了。」史麟聽著這話，又向志芳稱謝不已。便在這天夜裡，二人收拾一切，準備出走。

次日史麟志芳依然伴著姚志敏一起玩，裝作若無其事，下午姚志芳悄悄地退出去，向部下一個頭目要了一艘帆船，叮囑他晚上泊在山下，預備要去月夜遊湖的。晚餐後，二人佩上兵器，攜著行篋，暗暗下山。明月如水，照得四下清澈，宛如一片玻璃，但是將至山下時，忽遇一隊巡卒，照著火把而來。月光下史麟志芳無處隱匿，巡卒們也已看見了二人，便攔住問訖，說：「老祖宗有令，夜間任何人不得在山間上下，你們二位攜了行裝到哪裡去？須讓我們去山上宏仁寨主那裡報告一聲，倘然寨主肯許你們下山時，再請二位離去不遲。」志芳嬌嗔道：「老祖宗可以管束你們，但我卻不受的。他已到廬山去了，吩咐我們二人也於今夜前往，你們不必多管。」一個巡卒道：「我不信，老祖宗既要你們同遊，為何不於昨日一起動身？

況且此人本是外來之人，才與姑娘成姻，姑娘莫要信他巧語，放他逃遁。我們卻脫不了干係的。」志芳被這巡卒一句話道破祕密，立刻豎起蛾眉，罵道：「放屁，放走不放走有我一個擔當，干你們甚事？不要胡說八道。」巡卒依舊攔住，不肯放他們過去。史麟急了，拔出龍泉劍，跳過去向小卒頭上便斫，說道：「多管閒事的吃我一劍。」巡卒連忙揮刀抵禦，志芳知道事情已僵，只得揮劍同鬥，幾個巡卒如何敵得住二人，早有三個跌倒在地，其餘的逃上山去報告了。志芳皺著蛾眉說道：

「我們快快走吧，再遲時便要走不成了。」史麟不敢怠慢，隨著志芳，飛步跑至水濱，幸虧志芳約定的船早泊在那裡，頭目不知二人出走，迎接上船。志芳便叫快些開船，頭目聽令，立即將船駛向湖上而去。

史麟和志芳坐在船艙裡，靜默無言，他瞧著湖上的波光，映著光色，銀光萬頃，蒼蒼茫茫，不由想起前次被擄時自己和紅薇月下探勝石鐘山的光景，心頭又有些感傷，不知她人現在何處，萬一已葬魚鱉之腹，那麼伯仁為我而死，自己將何以慰情呢？又恐適才的巡卒上山報告，山寨裡的人追來時，自己又難逃脫了。志芳見史麟悄然不悅，便安慰他道：「你不要擔憂，老祖宗不在山上，這事總便利得多。即使我父親聞訊追來，我也有法兒驅退他們的，你不必因此而憂慮。」史麟聽志芳說出這樣誠懇的話，足見她對於自己真能熱心相助，願意跟從，心中稍覺安慰。這時湖上除了風水之聲，其他一切靜寂。忽聽背後連吹數聲呼哨，志芳連忙立起身來說道：「背後有人追趕過來了。這是教我們停船的口號。」遂和史麟一齊探身後艙，向船後望去時，只見月光下相隔五六丈之遙，有三艘大船掛足了帆，正向這邊箭一般地追來。史麟對志芳說道：「大約你的父親和哥哥追來了，我們怎樣對付？」志芳道：「我們既然逃了出來，事情已僵，回去也是個死，不如抵擋一陣。幸而老祖宗不在山上，否則我也沒有這個膽量跟你同走呢。」這時，船上的頭目也向志芳問道：「小姐，我們要不要停船？後邊有船追上來了。」志芳搖搖頭道：「你只管駛向前去，休要停船。」頭目道：「違抗了命令，回山去不得活。」志芳怒道：「你聽我的命令呢？還是聽他們的命令？別的事你不要管，一切有我擔當。

你如不聽我令，我手中的寶劍不認識人，先斬了你這廝再說。」

頭目聽志芳說得厲害，只好聽她的話，依舊向前行駛。但是背後的船越追越近了，高聲大呼：「前面的船快快停駛，志芳妹妹不要聽信外人之言，袒護姓史的。快隨我們回山去，聽候老祖宗發落吧。」志芳聽出是志敏的聲音，卻不答話，從行囊裡取出彈弓和彈丸，走至後梢頭，立定嬌軀，抬起粉臂，向後面趕來的第一艘大船張弓發彈，喇的一聲，一彈飛去，正中那大船桅桿上的繩索，繩子立刻被迸成兩段，大帆直落下來，那船便橫轉在湖上，接著又是一彈飛去，第二艘船上的篷也相繼落下，第三彈飛出時也是這樣，三艘大船上的帆一齊落下，船便減少了速力，不能前進。志芳方才嬌聲喝道：「誰再追來時，我便請他吃我一彈。」背後船上正是姚宏仁和志敏，率領二十多健兒，因為志芳殺了巡卒，有幾個逃上山寨，報告與宏仁知道，宏仁大怒，說道：「這女孩子真是太沒有良心，反了反了，她知道老祖宗不在這裡，膽敢跟著姓史的小子遁逃，必然是給那小子誘壞了。不知是哪裡來的間諜，上了他的當，這婚事都是老祖宗做的主，我本不贊成的，現在務要把他們追回來才好。」於是他和志敏一齊坐了三艘大船，掛上了頭號的帆，緊緊追來。今被志芳擊落船帆，他更是怒上加怒，吩咐兒郎們快將繩子接起來，再張上去，一邊撐籬行船，但等他們將三道帆重行掛上時，志芳和史麟坐的船早已遠逸，湖水浩渺，不見一點影蹤了，只得廢然而還，等候老祖宗回來再作道理。

志芳和史麟見三船停頓不追，暗暗慶幸，吩咐這船向南昌開駛。一夜過去，到黎明時已至南昌城下，二人上岸，吩咐頭目回去，可是那頭目和兩個兒郎，畏懼老祖宗的責問，怎敢重返牛山？駕舟他逸了。史麟既出虎穴，又想乘便一遊滕王閣，遂和志芳走上一路問訖而行。來至滕王閣上，飲茗小坐，憑南昌城牆，檻望湖，各人心裡都有說不出的一種感觸。早晨的風景美妙極了，上下天光，一碧萬頃，有許多漁舟正迎著晨光而來。雪一樣的水鷗野鷺，在淺灘邊上下飛翔。二人又用了些點心，志芳見左右無人，便向史麟道：「我雖隨你逃出了山寨，幸而瞞過了老祖宗，父親追趕的船也被我擋住，僥倖出險，總算如了你的心願。可是大地茫茫，今後你想到哪裡去棲止？怎樣幹起你的事業來呢？」史麟給志芳這麼一問，心中暗想，我本來要和紅薇撲奔白雲上人的，不幸中途分散，紅薇的生死至今還是個謎，這都是姚家害得我如此的。我要尋找紅薇，然而紅薇在什麼地方呢？恐怕參商難見，萍水難逢，一時不容易找得到她呢。那時我不如和志芳徑往白雲上人那邊去吧，倘然紅薇尚在人間，也許她自會尋到那邊去的。這樣一想，遂對志芳說道：「我自覺技藝尚是平常，不能和上乘的人為敵，慚愧之至。本來我是要和同伴到四川雞爪山白雲上人那邊去托足而學藝的，現在同伴已失，不如我與你走往那邊去吧。」志芳點點頭道：「你要往四川，我很贊成，蜀山山水名天下，劍閣之險，峨眉之雄，巫峽之奇，都是我夢寐求之的。我和你順便一遊，也足以蕩滌塵襟，寬豁耳目。」史麟欣喜道：「你能如此，我自然寬慰得多了。」

所以兩人在南昌客寓住了一夜，不敢逗留，便望九江出發。他們想到了武昌，再行僱舟往長江上游去，不想在青龍鎮旅店內打尖時，恰遇見一個姓胡名玉山的，以前在清平鎮上，認得史麟，此刻在九江金游擊部下，充當把總之職，此時也是銜命出去鄂省公幹而歸。他在店中遇見了史麟，假作不識，沒有招呼，史麟也已看見了他，以為胡玉山不向自己招呼，也許他已不認得自己了，不虞有他。誰知胡玉山一心要想告發，把史麟捕住，因此可以得一功勞，有升官發財的希望，所以他悄悄地離了客寓，加鞭縱馬，向南昌去報信。金游擊的兩營兵駐在離城三十里的郊外，所以路途較近，得報後，貪得大功，立即點齊三百人馬，迅速出發，要想包圍旅店，生擒史麟，怎知道史麟和志芳雖是兩個人，然而都有高強的本領，等到官兵闖進來大呼捉拿反叛時，史麟和志芳已知事機危迫，間不容髮，各取寶劍，跳到屋上去。金游擊和胡玉山跟著上屋，史麟一見胡玉山，心裡明白，立刻揮劍迎戰。胡玉山被史麟一劍刺在心窩，倒斃屋上。金游擊也被志芳發彈擊傷腦門，跌下屋去。二人乘機兔脫，又誰知因此一場惡鬥，又遇見了紅薇。

當史麟把自己逃出牛山的情形告訴紅薇時，紅薇知道史麟已和志芳結婚，認賊為婦，心中很不以為然，但是當著眾人的面，也不便說什麼，反而裝出很歡喜的樣子，對李祥季九如說道：「我本想仰仗二位大人之力，前去鄱陽湖上救義兄，今幸在此相逢，真是天助我們了。」遂介紹史麟志芳和眾人想見，且將自己落水遇救，旅店患病，李祥相救，拜李祥為義父，在季家成婚等事，也約略告知史麟。史麟聽她已和秋華結婚，心中不由駭疑，他知紅薇本是女兒身，如何為人家坦腹東床？這假鳳虛凰怎樣敷衍過去的呢？礙著眾人之面，也不便詳詢。唯有阿俊在一邊盡對史麟瞧了數眼，深恨他不該背棄了紅薇小姐，和賊人之女去結成夫婦呢。李祥因為紅薇和她的義兄業已相逢，可以不必再往鄱陽湖去會姚家父子了，遂邀季九如等同到他家裡小聚，季九如也要自己女兒去拜見義姑，當然答應。

史麟和志芳遂亦隨往。幸喜官軍沒有追至，行了數十里，至午後已到李祥莊上。李祥把眾人招接到裡面，竭誠款待。夫人唐氏聽說義子在外邊娶了媳婦，心裡更是歡喜，當紅薇引秋華拜見時，唐氏雙手扶起，滿面笑容，把自己手上戴的一副金鐲賜給她，作為見面禮。紅薇又向史麟志芳拜見，唐氏知道史麟是紅薇的結義弟兄，丰神俊秀，而志芳也是美容質麗，不由嘖嘖稱讚，取出一隻金戒賜給志芳。

見過禮後，晚上李祥大排筵席，宴請眾人。大家舉杯歡飲，直飲至酒闌燈盡，方才散席。李祥引導各人至客戶安寢，好在他的莊院大，下人多，足以下榻，優待嘉賓。次日又設宴款待眾人，當然各人心裡都很快活，獨有紅薇心裡一則以喜，一則以恨。喜的是自己幸與史麟重逢，恨的是史麟不該貿貿然便與盜女成婚，自己的終身本來徇著亡父之意，要想歸宿在他身上的，現在事情已是變幻，以前的希望頓成粉碎，而且秋華面前也無以交代。所以她反覺悶悶然無以自解，下午志芳和秋華在裡面樓上講話，眾人都在書房裡飲茗閒談，她卻獨在庭中徘徊。

忽聽史麟悄悄地從背後走來，低聲說道：「世妹一人在此嗎？我尚有幾句話要向世妹剖白呢。」紅薇點點頭道：「很好，我也要問問你哩。」遂和史麟走到後面一個小軒裡去。前後院庭很深，較為祕密，不怕旁人聽去。二人到小軒裡坐定後，紅薇忍不住先向史麟說道：「世兄娶了志芳，果是很好的姻緣，可是志芳究竟是盜賊女，我要怪你，不該認賊為妻的。」紅薇這話說得較為嚴厲，加著嘆了一口氣，竟使史麟不好回答，只好低倒了頭，聽受紅薇的譴責。他的內心實在覺得萬分對不起紅薇，然而鐵一般的事實放在眼前，這教自己如何可以圖賴呢？

隔了一歇，他方才對紅薇嘆道：「世妹請原諒，此次我娶女盜為婦，當然是不應該的，自知罪無可逭，不容申辯。但聖人處事雖貴守經，有時亦宜達權。我雖不是聖賢，然而偷生於世，亦為了我亡父的遺囑，謹記不忘。終想建立一番事業。且於世妹的生死存亡，也縈諸心頭，欲知究竟，所以不得不虛與委蛇，隱忍苟活。因為我被擄上山，初擬一死，立志不屈，後來轉念及此，方才改變我的本衷。盜魁姚兆安父子也欲置我於死地，都是志芳一人救我於不死。他們遂要招贅我，我權宜應付，降志相從，其後遂說動志芳之心，藉著她的力量，一同逃下牛山，想訪尋世妹消息，且入蜀拜見白雲上人，以為世妹若在人世，也許先到那邊的，不料在旅店中重逢，這真是天意使我們復合了。世妹為了援救我的緣故，竟延請季老英雄等遠道前來，如此熱情，使我更是銘感無衷的。但望世妹能夠鑑諒我的苦衷而加以曲宥，使我的負愆得以減輕，這是我今天所要求於世妹的。」史麟說到這裡，微微嘆一口氣，表示無可奈何的樣子。紅薇聽史麟如此說，也就不再加以斥責，點點頭說道：

「這當然也難怪世兄的，總之對於志芳的事情確是很不容易，現在木已成舟，我也無須嚴責前情。雖然是我能和你有一樣的傾向，同舟共濟，那也是很好的事呢。我們主僕倆若荷不棄，仍當追隨驥尾，共立非常之功。」史麟聽她說話，雖然很是坦白，自己總覺得十二分地對不起她們主僕，面上紅了一紅，遂說道：「以前我在紫雲村受鍾老英雄的愛戀和栽培，我亡父亦以為付託得人，堪慰身後。初不料老英雄偶染疾病，棄我而逝，而奸人興風作浪，思欲加以危害，以致我們不得不出亡到外邊來。又誰知鄱陽之遊，變生一旦，竟使我們生生地分散，現在又幸劫後重逢，一則以喜，一則以愧。辱蒙世妹予以更諒，且願一同戮力，這樣的高誼和義氣，真使我佩服至極。以後我們仍當一起同行，生死不渝。」紅薇道：「很好，我等協力去開闢我們的前途吧。」

二人丟開這問題又談些其他事情，史麟忍不住向紅薇問道：「我還有一件事有些不甚明白，不揣冒昧，要向世妹一問，就是世妹是個女子身，怎樣也會入贅季家，和秋華小姐結成伉儷的呢？」紅薇微笑道：「這真如世兄所言權宜之計了。我因要救世兄，必須季老英雄出馬，所以挽我義父同去岐亭，懇求季九如出山相助，而季九如忽然謬加青眼，賞識我的薄技，要把愛女嫁我。我正要得他一臂之助，豈能拂逆他的美意？才勉強答應了。新婚之夕，我用話哄騙了秋華小姐，至今假鳳虛凰，空做夫婦。將來我也不知道怎樣安慰她呢？」史麟嘆道：「世間人類的遇合竟有這樣奇奇怪怪的事，大概那造化小兒在那裡戲弄人家呢。」

二人說了良久的話，忽聽軒外足聲雜沓，窗子外有人向裡面探望了一下，接著說道：「好，我們找尋不見，原來你們倆卻躲在這裡講話嗎？」二人回頭一看，原來是藝華和棣華，背後還跟著阿俊，一齊步入軒中。紅薇道：「我們在這裡講起姚兆安父子呢。」藝華二人相信她的說話，唯有阿俊卻明白史麟正和她敘述別後的事，不知紅薇可曾責問他何以和盜女成婚？

看看二人的臉色，也不覺有異。藝華道：「我們此事要往鄱陽湖會會姚家父子的，只因在旅店內巧遇史兄，於是此行作罷而回到這裡來了。我很可惜穩穩的一場廝殺卻未能實現。好久沒有唱真戲了，筋骨盡弛，怎得有一天給我們弟兄倆機會出去虎鬥龍爭一回呢？」史麟聞言，大有感觸，遂和季氏弟兄一同坐著，談談揚州守城史閣部以及清平鎮的軼事，季氏兄弟對於清平鎮的失敗也深為扼腕。

晚上李祥因為今宵有明月，便叫家人盛設一桌酒菜，在園中桂花廳上賞月。李祥陪著季九如藝華棣華史麟志芳以及紅薇和秋華團團坐著，醜丫頭卻站在一旁伺候。月色皎潔，園中花木亭榭，恍如浸在銀色的水中一般，大家舉杯暢飲，唯有鍾史心頭各具感慨。史麟本來酒量素豪，今夕舉杯狂飲，紅薇不會喝酒的，不知怎樣的心頭異常不悅，故欲以酒澆愁，遂也舉著杯喝。史麟知道她不會喝酒的，恰和她坐在一處，見她一連喝了三杯，兩頰已紅，便輕輕地對她說道：「你是不會喝酒的，千萬不要多喝，少停……」話猶未畢，紅薇狂笑說：「我為了不會喝酒，所以今夜偏要多喝幾杯，若是我會喝酒的，今夜卻不喝了。這叫做心理的變態，譬如有些人本來不肯做這種事，現在也會做了。這真是從哪裡說起呢？」史麟聽了紅薇的話，暗暗帶些諷刺，便知自己和志芳成婚，她心裡終是不贊成的，無怪她要發牢騷了。一時無話可答，眼看著紅薇喝酒。倒是秋華坐在對面，連連用鳳目注視紅薇，向她示意，勸她不要多喝。紅薇又對秋華說道：「多謝夫人的美意，只是今宵我卻要拚個一醉。」又對李祥和季九如說道：「義父和泰山恕我無禮。」

李祥微笑道：「你今天興致這樣好嗎？不妨多喝幾杯，橫豎在自己家裡，醉倒了扶你入睡。」紅薇哈哈笑了一聲，斟滿了一杯，咕嚕嚕地喝了下去。史麟見她的神情益發有異，他的心裡也益發不安。李祥和季九如見史麟酒量很好，便和他對起杯。

姚志芳坐在秋華旁邊，秋波斜吟，看著史麟微笑，並不勸少喝，臉上露出得意的樣子。紅薇看見了，提起酒壺，在姚志芳面前斟滿了一杯，回轉頭來對史麟說道：「恭喜義兄得此美婦，我要敬嫂嫂喝一杯酒呢。」史麟連說：「不敢不敢。」紅薇又向姚志芳作了一揖，志芳不明其中原因，向紅薇謝了一聲，把一杯酒喝了，也還敬紅薇一杯，紅薇舉起杯子，喝得一半，此時她實在勉強不下了，胸口一陣湧起，頓時小口一張，想要嘔吐，側轉身體去，恰巧嘔在史麟身上，身子也傾斜了。史麟不顧自己身上骯髒，要想去扶住紅薇，阿俊也過來扶持。李祥道：「果然醉了，還是扶去睡吧。」紅薇口裡還說不醉，秋華早立起來去扶紅薇，她兀自要坐著喝酒，可是身已旋轉不停，跟著嘔吐不絕。遂被秋華和阿俊扶去房中睡了。

這裡眾人依然飲酒談笑，史麟因見紅薇適才的情態有異，心坎中覺得非常歉疚，又和李季二老對杯，不免酒過其量，也就玉山頹倒。阿俊便扶他回客房去了，季李二人酒也喝得夠了，於是散席。

第十四章　祕谷隱蹤

次日，史麟見了紅薇，想起夜間醉狀，紅薇也不說什麼，史麟便問紅薇：「我們既已遇合，是否要繼續前言，同去四川雞爪山拜投白雲上人？」紅薇道：「先父遺言自然要遵辦的，我們技藝尚不及人，不可不再求深造。世兄倘然沒有變更初衷，我們主僕倆自當一起同行。」史麟道：「當然我是始終願和世妹貫徹意旨的，我一時的改變，自覺惶愧，請世妹原諒。」紅薇笑了一笑道：「原諒什麼呢？父親的遺言，令尊的囑託，我是永遠不會忘記的。」史麟聽了這話，心中方才稍安。

午後，大家約定要去潯陽江邊遊玩，早用午餐。餐後，藝華棣華秋華史麟紅薇志芳，攜著醜丫頭出去江邊遊覽，待到漁舟唱晚，方才回去。但當他們走到書房來見李季二老時，忽聽書房中多了一位客人在那裡談話，那客人正當壯年，面色微黑，滿面風塵，身上穿著藍布袍子，很是樸素，像是常走江湖的人，不知他是從哪兒來的。那客人見眾人步入，也有些驚愕。李祥代他們一一介紹，這位客人姓劉名沛然，是李祥的朋友，才從瓊州前來，少停還有奇事相告呢。紅薇史麟聽說有奇事，不由精神一振，頗欲得知。李祥已吩咐下人在廳上擺起筵席來，為劉沛然洗塵。秋華志芳要聽奇事，所以也坐在一起陪客。李祥仍請季九如坐了首位，劉沛然為次，其餘挨次坐定。

今晚紅薇史麟一則要聞奇事，二則懲於昨宵飲酒太多而醉倒，所以今夕都不敢貪杯中物了。酒過三巡，紅薇忍不住開口說道：「可是你這位客人從瓊州來嗎？那邊山嶺很多，地方想尚太平，不知有何奇事，想已向二位大人談過了，但我們沒有聽得，很想暢聆其事，請客人可能在此時不吝見告？」李祥笑道：「我知道你急欲明白了。」

遂對劉沛然說道：「劉賢弟請你再說一遍吧，讓他們快活快活。」劉沛然道：「小弟在江湖上東飄西泊，漫無定蹤，此次從鄂入川，要到瓊州去訪問一位姓林的朋友，誰知那位朋友已於去年溘然物化了。我遂感到人琴之痛，無事可為，遂到瓊州之南蔥嶺間去遊覽。當地人民勸我不宜單身深入，因那邊山巒重疊，豺狼囂張，入山稍深，常易被噬。況且有許多山谷，人跡罕至，外邊人豈可冒險進去呢？我自恃尚有一些防身本領，憑著我的一柄單刀，虎豹豺狼，完全不在我的心上。於是我不聽他們的話，帶了兵器和糧入山去。起初遊玩的風景甚佳，尚有人跡，並未遇到什麼危險，過了二三天，入山稍深，草木塞道，山壁峭拔，不知所窮。見一蒲團，有一老僧和一小沙彌卓錫其中，他見我來，頗為奇怪，問我何往，我說要一窮諸山之勝。他勸我不要再向前，前進終必不幸，且有野人亦將打攫人而食。但聞有懸喜馬拉雅山，其上可探雲穴，有清泉，飲了泉水，可以長壽。

我聽了更要一探究竟了，遂不從那僧之言，尋到懸喜馬拉雅山去。」

劉沛然說到這裡，略停一停，喝了一口酒，舉起箸來，夾取盆內的雞塊，送到口裡大嚼，紅薇正聽到緊要的當兒，便說道：「劉君以後又怎樣？可曾一嘗喜馬拉雅山清水？」

劉沛然道：「總算喝到的。我那裡又走了三天，夜間沒有住宿，便效上古時代人的穴居巢棲生活，宿在大樹上，恐怕夜來酣睡時要翻跌下樹，所以將一根帶子把自己縛在樹枝上，以防萬一。夜間虎嘯狼哮，果然有許多野獸在附近出沒。但我卻僥倖尚沒有受到它們的侵襲，只有一次我坐在樹下休息，取出乾糧充飢時，背後忽有一頭狼來襲擊，幸我發現得早，已抽出刀來防備。等它撲至時，我就跳起身來，一刀刺中狼的咽喉，那狼便僕斃在草際了。我走了數天，方才到得懸喜馬拉雅山。完全沒有人跡，峰上只有一座小小石屋，蛛網塵封，滿地鳥糞。且有一堆骸髏，我也沒有走進去。找到那個珠泉，果然一泓清水，可鑑人影。上有高大的松樹遮陰，看這泉水還很清潔，所以我用雙手掬水而飲，喝了不少。那水在池中時時打轉，形如珍珠，故得此名。至於水源是在懸崖間遷回急流而下，所以跳珠濺玉，也很好看。一會兒有許多白雲自巖穴內湧也，恍如一團團的白棉絮，頃刻間把我這個人裹在雲中，什麼都看不見了。

我那時也不敢走動，只得席地而坐，守了一會兒，白雲方始向東方推去，眼前立刻清明。望到東方山峰都是烏雲掩蔽，只露出許多山尖，好似大盤凝脂中有筍脯矗現狀，白茫茫一片齊至山腰，景色煞是好看。」

劉沛然說著，又喝兩口酒，再說道：「我既得飲珠泉，不自以為滿足，據在千仞處，縱目四顧，忽見西面隔開萬重山峰，那裡有一個深谷，很是幽深，見得絢爛的花，引人入勝。所以我就離了懸喜馬拉雅山，向西邊去探尋那深谷。誰知走過了萬重山峰，卻找不到那地方。前面石壁摩天，又似不通行樣子。我再爬到高的樹上去搜尋，卻也看不見。心裡不由狐疑，但自信我的目力不錯，方才在懸喜馬拉雅山上絕不會看錯的。在此叢山中一定有那好地方，不過真像桃花源可望而不可即。使我心頭癢癢地終欲尋著那地方，可以一擴眼界。因此再緣著崖壁走去，前面有一條小溪，本來有一條木橋凌空蓋在上面，以便兩端交通，可是年久月深，那條木橋已是朽斷了，像沒有人往來過。

俯視絕壑千尋，杳不知其幽深，倘然一失足，必將粉碎無疑。

睇視橋的那邊，樹木蔭翳，正有許多楠樹，其下似有人跡可循的小徑，暗想不入虎穴，焉得虎子，若欲得到世人不見的地方，非冒一下子險不可。」

紅薇在旁拊掌稱快道：「對啊，到了此際，豈可半途中止錯過機會呢？」

劉沛然又吃了些菜餚，繼續講道：「那時我決定要想法渡過橋去。自恃有些本領，必要克服這個困難。相度形勢，恰巧有一株老榆樹，生在澗旁，斜伸出半個樹身，像人傾圮的樣子。我就爬到榆樹上，緣枝而前，到了一枝的盡頭，差不多已臨絕澗之半，離開對岸不遠了。我就晃著數根枝條，將身子宕空，此時我也危險極了，覷準著對岸可以落腳之處，徐徐將身子向前晃動數下，枝條便如打鞦韆一般，臨風搖曳。這麼一來我就趁著勢向對岸一跳，果然輕輕落到草際，安然無恙。我既到了彼岸，鎮定心神向楠木林中走去，約莫走了一裡多路，穿過了林子，山道便望下洩。我就從一個峰上向下面走去，又被我看見錦繡一般的花，和在懸喜馬拉雅山上瞥見的相同，於是我就認定有這人間仙境了。」

劉沛然說到這裡，又端起酒杯來喝酒，史麟忙代他斟一個滿，眾人都張開著嘴靜聽他講，李季二老也徐徐舉杯，聽得悠然神往。紅薇又問道：「那麼劉君可尋著那個地方呢？」

劉沛然道：「我望下走了二百尺光景，回視山峰都高高地矗立在上面，四周好似列著許多蒼翠的屏風。走到一處石壁之下，見地上有一頂人戴的舊帽子，我心裡一喜，果然有人跡了。又循著山壁走去，在長林豐草之間，忽見一塊大石張口如巨鰲，我一時好奇心起，向鰲口中走了進去，便見一個山洞，足容一人出入，有幾隻巨大的蝙蝠從洞中拍著翅膀飛出來。我拔出佩刀，警戒著，一步步走進去，走了數十步，前面已是石壁，似乎無路可通。但是從左邊漏進來一線微光，我就知道希望未絕，遂折轉身子向左邊走。起初很狹，後來漸廣。走了二十多步，豁然開朗，已穿過了山洞，前面卻是一片平原。桑麻、田禾，阡陌縱橫，又有許多屋舍，都築成堡壘之形。我遠遠地望著，十分奇怪，不信在這萬山之中竟有這麼一處地方，可稱別有世界，迥非人間。但不知其中住的是什麼人？真如桃花源記中所謂「不知有秦無論魏晉」的世外遺民嗎？恍惚間幾疑是夢是幻。來到此間，必要一訪此中人了，所以大踏步向前走去。初時也不見有什麼人，夕陽銜山，天色快要黑了，又向前走近堡壘式的房屋，那邊忽然嗖的一聲，有一支箭從屋中飛出，向自己面上射來。這也是出於我意料之外的，幸虧我避得快，將頭一偏，那箭恰從我頰旁拂過。我吃了一驚，知道有人在那邊暗算我了，我當怎樣辦呢？遂立定身形不走，等候對方的動靜。一會兒從最先的一座屋子裡奔出三四個人來，都在壯年，服裝都是穿著戎衣，手裡各拿著兵刃，完全不是什麼黃髮垂髫之人，我頓時感到失望，且充滿著駭異之心。他們口裡不知吆喝些什麼，向我撲來，我為自衛計，只得揮刀迎擊。他們見我凶猛，一齊動手，卻被我打傷了二人，他們立刻回去，接著一陣鑼響，又從各處屋子裡紛紛跑出數十個壯丁來，各執很長的紅纓鉤鐮槍，大呼快捉姦細，別放走了奸細。我方知道他們對於我起了誤會，所以惡意對待我了。那時候我既有口難辯，又覺進退狼狽，不知所可。一剎那間已被谷中人把我包圍住，眾鉤並進，向我上中下三路進攻。我只得舞動佩刀，用盡平生本領和他們廝殺。起初我把他們逐走，後來越殺越多，有幾個披髮戴冠的將士，高持長矛，指揮眾人和我力戰。那幾個將士本領很好，我戰得力乏了，腿上受了一鉤槍，頓時跌倒在地，被他們擒去，那時我已拼一死了。他們擁著我向西邊田岸上走去，走了一二裡光景，看的人愈聚愈眾，都很奇怪地問從哪裡捉到的奸細。前面有一座較大的屋宇，門關有荷戈守衛的士卒，點著明燈，氣魄莊嚴。他們把我押解入屋，到得一座堂上，見中間踞坐著一虬髯大漢，穿著前代的制服，旁坐二壯士都是蓄髮的，押解的人把我推至階下，將緣由稟告一遍，虯髯大漢便親自審問我是何人，是否奉命來此做奸細的。我遂說遊玩山水，誤入此間，並無其他惡意。他就說既無惡意，為什麼帶著佩刀，刺傷我谷中人。我說這是為自衛計，一時講不明白，現已被擒，死生聽之。虯髯大漢聽了我的說話，便叫一個壯士帶我去，當作俘虜看待，叫我工作。那壯士便帶我去，到了一個堡壘式的屋子裡，問明我的姓名年歲，記在一本冊子上，他又吩咐兩個少年監視著我去造屋子，代他們搬運木石。我要保全我的性命，又要明白谷中情形，所以俯首下心，去做他們的工作。幸虧那壯士待我尚不殘酷。過了十多天，我和他們熟了，漸漸向他們探聽，始知那壯士姓畢名雄，是虯髯大漢麾下的偏將。那虯髯大漢姓朱名大旺，本在左良玉麾下，屢立戰功。其後左良玉死，朱大旺帶領數千殘兵到江西來，占據九江以南各地，直到明亡，遂通入谷中。恰巧發現了這個葫蘆谷。

這葫蘆谷隱藏在萬山之中，外面狹小，裡面廣大，形如葫蘆，故取此名。谷中原有二三百農民聚族隱居於此，以避世亂。谷中良田很多，河沼亦有，尚可自給。唯有些東西不免要取給於外的。朱大旺既發現了這個好地方，和谷中人談妥了，方才把他的軍隊駐屯在谷內，以避清軍耳目。但是那時朱大旺部下尚有千餘人，雖然谷中地方很大，可以容身，可是糧食和其他用品不免發生問題。於是一面在谷中開墾荒田，從事製造各種用品，一面時時派人出去，暗暗購備，很祕密地運回谷中。因在谷後山壁裡尚有一條祕徑可通外面的，谷中人常從那處出入。朱大旺遂在祕徑上設立陷阱多處，以防外面有人侵入，又將谷中的房屋改建成堡壘形式，預備倘有外人進來時，也可據堡而守，不致倉促無禦。唯有這前洞因險阻難通，所以沒有設防，恰巧我從那邊進去，沒有障礙，否則我恐怕早要墮身陷阱中了。」

劉沛然說了一大篇話，至此眾人方才明白他所到的地方，紅薇和史麟聽了，各人心裡暗暗歡喜。藝華問道：「劉君既已被他們俘獲，卻如何又來此間的呢？」劉沛然笑著道：「我在谷中住了兩個月，和畢雄等已是很熟。恰巧朱大旺差畢雄到南昌來購置用品，畢雄因聞我說起南昌情形頗稱熟悉，他遂帶我出來了。我因疏散已慣，不願老死在山岩洞穴之中，所以到了南昌，遂背地裡悄悄一走，只得有負人家了。途中想念李大哥，所以特地到這裡來拜訪，兼告自己所遇的奇事。」劉沛然說畢，李祥笑道：「那地方堪稱世外桃源，惜乎駐有雄師，笳聲劍氣，將來或是個義師起義所在。」

史麟聽了，心裡又不由一動。大家聽罷奇聞，各個飲酒大嚼，直至夜半方才散席。李祥留劉沛然在此下榻數天，和眾人敘談，劉沛然自然一諾無辭。

次日，史麟和紅薇見面，藝華等不在一邊，史麟又和紅薇走到那邊小軒裡去談話。史麟對紅薇道：「世妹，我昨晚聽了劉沛然的說話，心中不由一動。那葫蘆谷形勢十分幽邃，正好暫時韜晦，養精蓄銳，待時而動。所以我倒很想和世妹到那邊去一探究竟呢。那邊倘然可以做根據地，那麼四川也不必去了。不知世妹意下如何？」紅薇點點頭道：「很好，我也是這樣想。但是那地方十分祕密，非有熟人做嚮導，不易到達的。除非我和那劉沛然商量，請他領導我們，方可前去。」史麟道：

「我想不如把自己的來歷告訴與他，他也許肯引導我去的。那個朱大旺我雖然不認得他，只要把我史閣部告訴出來，他也許可以和我們合作的。」史麟剛才說到這裡，忽聽軒外有人哈哈笑道：「合作合作，我們也肯合作的。」跟著便跳進兩個人來，正是藝華和棣華，紅薇道：「我以為是誰和我們開玩笑，原來是兩位內兄。我和史兄說的話，你們都在外邊聽得嗎？」藝華搖搖頭道：「我們沒有聽得清楚，剛才我們要找你，卻又不見你們二人，料你們又在此間談話了。我們遂尋來，果然料著，聽你們說要到葫蘆谷去一遊，要煩劉沛然引導，和他合作。我們弟兄二人恰巧也有此志，所以我們何不一同前去？」紅薇道：「這是再好也沒有的事了，但恐岳父不會允許的。」棣華道：「我們不妨嘗試嘗試，業已到了外邊來，就此回去，似乎交代不下，也許他老人家肯答應的。」史麟道：「假使他老人家不去時，我們可以去嗎？」紅薇道：「就是這一點，我們須加謹慎。我料他老人家未必肯老遠地跑到那地方去，我們不一定要請他同行，最好要求他允許我們前去一遊便得了。」藝華道：「我自會和他說的，明天我給你們好音。」紅薇道：「很好，倘然我岳父能夠應諾時，我義父也能允許的。」藝華道：「李家叔父也許自己願意同去的呢？」紅薇道：「我們若有他老人家一同指導，那是最好的事了。所慮的我岳父不肯允許罷了。」藝華笑道：「妹丈，你不必多慮，萬一我父親不答應時，我可和我妹妹一同去向他要求。他珍愛我妹妹的，妹妹的說話他有十九肯聽的。」紅薇道：「很好，我們希望此事能夠實現。」四人又談了一刻，方才走出軒來。

午後，紅薇見了秋華，便將此事告訴了她。秋華欣然說道：「我同哥哥去說，一定要使我父親允諾。」紅薇將手拍著她的香肩說道：「全仗你們兄妹之力了。」秋華懷著一團高興，便去見她的哥哥，要和藝華一同去見父親，要求達到目的，可以一探奇地，擴充眼界。黃昏時，晚餐早已用畢，秋華等去見她父親，紅薇獨坐室中，專候佳音。只見秋華凸著嘴走了回來，臉上露出非常不高興的樣子，便料到這事有些不妥了。她立刻站起身問道：「你們和岳父說了？岳父可能允許嗎？」秋華搖搖頭道：「這次竟不能成功，出於我意料之外。他說此次出外，因為你和李叔父之請，方才勉強出行，多事一遭。至於瓊州那邊，相隔尚遙，大可不必前往，多生事端。況且那裡有朱大旺盤踞在內，究非桃源。劉沛然遇險而脫，也是天幸。若去窺探，反易引起谷中人狐疑，必有殺殘之禍。勝之無益，敗則徒殞其生，究有何裨呢？所以他不但不許我們前去，反而吩咐哥哥等將於日內動身回黃州呢。我們向他再三懇求，他總是不肯許諾，我們不得已頹然而退了。我已在你面前說得很有把握，現在被我父親拒絕，我也覺得無顏見你了。」秋華說罷，盈盈欲淚，紅薇聽了，心中很是殷憂，但不得不勸慰秋華道：「這是我和史兄的不是，好奇心生，多此一事。岳父不答應，那也無可奈何的，我們只好再想別法了。你心裡切不可因此難過。」

秋華雖聽紅薇安慰之話，可是心裡終究不快，紅薇也是充滿著失望。二人坐在燈下，默然無語了良久，方才談些別的話，不覺已過二更，悵然而寢。

次日，紅薇把這事告知史麟，且說此事有些進退維谷，去既不可，不去亦有不甘。史麟為著他的前途，蓄意要去走一遭，他遂悄悄對紅薇說道：「我的意思，即使季九如不肯允許，我也要離開季氏弟兄等眾人私自前往，不知世妹之意如何？」

紅薇道：「世兄決志願往，我也自願追隨，不過一個人來去須要分明，我不欲效法世兄在鄱陽湖上祕密下山。即使我們要去，也須說個明白。我想季九如只好不許他的子女前去，至於世兄和我，卻不能強加干涉了。」史麟道：「世妹說得不錯，我想他不許我們前去，無非不欲多事而已，他還沒有明白我們的真相呢？我所以要到那個地方去，無非聽見劉沛然說谷中有朱大旺軍隊，所以要去會合。否則我又何必多此一舉呢？我想我們的事不必再隱瞞了，索性告訴出來，也沒有什麼危險。他們都是義重如山的人，豈肯出賣他人呢？也許季九如矜憐我是史公的後裔，反肯讓我前去了。」紅薇點點頭道：「世兄的話說得是，那麼我喬裝的事可要吐實呢，我怎樣對得住秋華小姐呢？」

史麟沉吟片刻，又說道：「你喬裝的事不妨暫緩吐露，因為……」

史麟說到這裡，立即頓住，好像不便說下去的樣子，紅薇也明白他的意思，遂說：「很好，我們幾時同季九如講？」史麟道：「季九如和你義父在午後必在一塊兒閒談，我們不妨就在那個時候去見他們，傾吐實話。」

當晚，紅薇史麟去見李祥季九如，紅薇把史麟身世和盤托出，只把自己的偽裝未有露出。只說自己是史麟的朋友，季李二老十分同情，季九如當時便允許他們同去。紅薇又請李祥一路前去，李祥笑道：「老夫正好無事，不妨也和你們同去。」當時便請劉沛然計議，屏擋三數日，即啟程赴葫蘆谷。老人有李祥，其次為史麟志芳、紅薇秋華真假夫妻，以及藝華弟兄。這一天已至瓊州，離開葫蘆谷不遠。

大家精神十分興奮，劉沛然引導眾人入山。他不欲去走前一次的途徑，以免迂迴之勞，遂去走到山後祕密的小路。那邊雖有許多陷阱，然而劉沛然業已跟著畢雄走過一次，他都記在心裡，不至於冒險了。所以眾人仗著他領導之力，居然很平安地從這條小徑悄悄地到了葫蘆谷裡面。紅薇等初入異境，遊目四顧，如入山陰道上，目不暇接。只見一處處村堡式的人家屋上都插著一面紅旗，好似營房一般，充滿著殺氣，哪裡有什麼桃源氣象？忽然村堡裡射出一排箭，志芳正和史麟同走，箭射個正著，僕地倒了。史麟大驚，眾人拔出兵器來四望，噹噹幾聲銅鑼，各村堡出來不少守兵，當先一人，劉沛然認得是畢雄。畢雄見了劉沛然罵道：「你這狗賊，前番闖到我谷裡來，我聽了你的花言巧語，沒有把你殺卻。誰知你私自逃走，洩露本谷祕密。早防你要有什麼暗算的，今日果然領了人來，真是可惡萬分。這次若被我們捉住，定要把你碎屍萬段，以洩我恨。」不容劉沛然分說，一箭射來，劉沛然側身躲開，恰巧志芳被箭射中咽喉。劉沛然剛要分辯，畢雄過來，舉刀便砍。這時史麟扶著志芳，看她傷中要害，顯是難活。不由悲憤交加，跳起來舉劍直取畢雄，各守兵也一擁而上，卻當不過醜丫頭諸人勇武，不消一刻，死亡甚多。畢雄被史麟一劍刺中要害，死於非命。這時敗殘守兵已報與朱大旺知道，大旺出來卻沒有立刻行動，問明史麟來歷，才知史麟為史閣部後人，立即和好。

史麟雖然痛惜志芳，但朱大旺一方也折了畢雄，雙方相等，也就沒得什麼說的。朱大旺當時要把一切軍務交讓史麟，史麟謙謝，原來大旺卻是末明支裔，史麟正好做他的輔弼。

藝華弟兄倆在谷內住了多日，又去遊過附近各處名勝，興致已盡，恐老父在故鄉有倚閭之思，所以要想告辭回去。史麟卻堅留他們再盤桓數天。他心裡正盤算著另外一件事情，因為他自志芳慘死以後，頓有失侶之痛，對於紅薇不免重颺情絲，起初本覺對於紅薇很有些慚愧，現在志芳已死，好似老天故意再給他一個良好的機會，以求一償素志。所以有一天他和紅薇假著出去視察地勢為名，走到深谷之中，左右無人，坐在石上休息一會兒。紅薇把手支著香腮，仰首看天上的白雲，悠然遐思，史麟對她說道：「人在世間，遭遇各異，有時竟是出乎意料。譬如我和世妹，本要到四川去拜見白雲上人的，不料夜遊鄱陽湖，忽遇姚家父子，以致被擄，而和世妹分散。後因為一時權宜之計，遂與志芳成婚，但覺得這是不義之事，曾遭世妹斥責，我也自覺慚愧，無言可解。後來不幸志芳慘死，這真是出於意料之外。回想前塵，恍如一夢。不知世妹也能夠原諒我的不義之舉，狂悖之行嗎？」紅薇道：「這也不能深怪世兄的，所以你前次解釋之後，我也沒有什麼別的可說的了。」史麟道：

「世妹能夠原諒，在我心裡比較安慰多了。但是以後一切之事全仗世妹鼓勵我，贊助我。我們二人是始終同患難，共甘苦的。」紅薇道：「世兄的事如跟我自己的事，我遵亡父的遺囑，所以追隨世兄之後，共圖大業，今後當然仍在一起，以效微力。」史麟點點頭道：「世妹的美意使我真是感激，但是還有一件事情，我要代你犯憂的。就是你和秋華小姐假鳳虛凰，做到幾時方止呢？」紅薇聽了，咯咯一笑，繼又皺著雙眉說道：「我和秋華結為優儷，本是一時權宜之計，同她說了假話，我想暫時敷衍過去的，不料她十分賢德，竟使我擺脫不了。如之奈何？」史麟道：「我想這件事早些說破為妙，不要耽誤人家的青春。況且世妹的喬裝也是一時之計，斷不能一輩子這樣過去的呀。」紅薇微笑道：「照事實說來，我們正要從事戎馬生涯，那麼我就永遠假扮男子，也無不可，像從前花木蘭喬裝從戎，也有十二年的歷史呢。」史麟道：「這也不可一概而論的。」他說了這句話，頓了一歇，向紅薇臉上相視了一下，又說道：「我有幾句冒犯的話，要向世妹直陳，不知世妹可能鑑諒我的愚衷？」紅薇一怔道：「什麼話？」史麟道：「我承蒙你父親教授武藝，愛我如子，如同自家人一般，十分感激。又幸有世妹一起盤桓，解我寂寞，不料你父親早謝人世，我和你失去指導，倍覺徬徨。不得不出外來東飄西泊，努力奮鬥。現在僥倖被我們找得一個立足之地，我的心裡也可稍得一些安寧。但世妹既是患難相共的人，而你父親逝世之時，又曾叮嚀我們要終身在一起，他老人家的心理不言而可喻了。所以我今日敢斗膽向世妹懇求，許為終身伴侶，永結好合。不知世妹可要鄙棄我這個人嗎？至於我和志芳的事是不得已而為之，也要請你特別原諒的。」紅薇聽了，不覺頰上有些紅暈，俯首無言。史麟又向她一再請求，顯出十二分誠懇的樣子，紅薇的心裡本也敬愛史麟少年英俊，相交莫逆，亡父之意也要他們始終在一起。那麼當然天生佳偶。無如後來史麟在鄱陽湖中和盜女結為夫婦，頓使她意冷心灰，不再有這個念頭。可是現在志芳已死了，史麟向她提起這件事來，芳心也不能無動。沉吟了一會兒，方才說道：「蒲柳之質，葑菲之采，承蒙世兄這樣見愛，這是萬不敢當的。我既許你終身追隨左右，那麼世兄的話敢不唯命是聽？」

史麟聽紅薇這樣回答，當然是千金一諾了，好不歡喜，握著她的柔荑說道：「世妹肯許婚，此樂雖『南面王不與易』了。」紅薇又對史麟說道：「我既答應了你，但是還有一件事情不得解決，就是那秋華小姐叫我怎樣對付她呢？」史麟道：「好在日子還不久，你和她說明之後，可以送她回家，另行擇配。」紅薇搖搖頭道：「我騙了她一回，而拋棄了她，去和別人成婚，這是何等使她傷心的事？我想古時娥皇女英同嫁一夫，秋華既嫁了我，而我又嫁了你，那麼你就無異於我。何妨將她也嫁給了你呢？我和秋華可以姊妹稱呼，仍舊在一起，豈不是好？」史麟道：「秋華小姐也是女中豪傑，能夠照你的說法，這又是我的僥倖了。此事由世妹做主，我也唯命是聽的。」紅薇笑笑道：「不過太便宜你了。」

二人談了許多話，心裡說的話彼此都講過了，然後攜手同歸，商定在後天午時請大眾吃酒，當眾宣布，擇吉成婚。隔夜紅薇便和秋華說明此事的一切經過。秋華大為驚異，對紅薇說道：「我們只知道史麟是史閣部的後裔，誰知我的丈夫又是女子改扮的，真是奇之又奇了。你既不是男子，那麼哄騙我做甚？現在你去嫁給史麟便了，讓我一人去休，何勞你越俎代庖呢？」紅薇道：「這是我的苦心，你竟不能原諒我嗎？你既嫁了我，我又要和史麟成婚，那麼你跟我嫁了史麟，無異嫁給我了。」秋華笑道：「你是你，史麟是史麟，究竟是兩個人呀？」

紅薇又向秋華作個揖道：「一切請你原諒，答應了我的要求吧，否則我更對不起你了。」秋華笑道：「你們的事情真是奇怪，你和史麟既是伴侶，史麟為何又要同姚志芳結為夫婦，現在姚志芳死了，否則恐怕你也不能和史麟成婚，而我卻要一生上你的當了。」紅薇點點頭道：「真是奇怪，我們自己也料不到的呀。」

二人既是這樣講定了，秋華自然也是很願意的。別無閒言，到後天午時，史麟宴請眾人，紅薇換了閨裝而去，還她本來的面目，眾人無不驚異，連醜丫頭也覺得突兀。藝華棣華見紅薇和他們的妹妹並立在一起，好似江東二喬，一樣嫵麗，更是十分驚異。紅薇和秋華臉上都堆滿著笑容，只不說話。史麟遂對大家把這個事情前因後果公布出來，眾人方才恍然大悟。

且聞紅薇和秋華將要聯袂嫁與史麟，更是快活，眾人都向史麟紅薇秋華三人道賀。

吉期既定，大家預備熱鬧一番。大喝喜酒，為這個岑寂的葫蘆谷添上一重喜氣。新房就設在這座大堡屋內，東西相對，稍事修飾。到了吉日，史麟和紅薇秋華一同通行結璃佳禮。部下兒郎一齊入賀，這時醜丫頭也已回覆了女子的裝束，高高興興地做伴娘。眾人見兩位新娘那樣美麗，而伴娘卻又這般醜陋，一齊好笑。至於新婚中的美麗風光，不必細表。唯李祥好容易認了一個義子，卻是英雌，這樣一來，不但義子沒有，義媳也沒有了，未免掃興。不過紅薇仍願做李祥的義女，史麟就做了李祥的義婿了。藝華棣華又住了半個月，不得不回鄉了。

遂向史麟夫婦告辭，秋華苦留不得，只得託他們在父母面前代為請安。李祥也要回九江去，劉沛然要和李祥一起走，史麟挽留不住，只得設宴餞行，由劉沛然引匯出谷，臨行之時，未免各自潸然。

史麟自李祥等去後，和朱大旺等苦心擘畫，整頓葫蘆谷，隱居在這世外桃源，與兩個愛妻研究劍術，其樂是無窮的。

整理後記

《祕谷俠隱》，上海勵力出版社 1948 年 5 月出版，上、下集各七章，共十四章。我社 1992 年 8 月版《祕谷俠隱》缺收下集，上集第一章缺二千五百字；本次出版，將所缺全部補齊。

祕谷俠隱：
別有世界，迥非人間

作　　者：白羽
發 行 人：黃振庭
出 版 者：崧燁文化事業有限公司
發 行 者：崧燁文化事業有限公司

E-mail：sonbookservice@gmail.com
粉 絲 頁：https://www.facebook.com/sonbookss/
網　　址：https://sonbook.net/
地　　址：台北市中正區重慶南路一段六十一號八樓 815 室
Rm. 815, 8F., No.61, Sec. 1, Chongqing S. Rd., Zhongzheng Dist., Taipei City 100, Taiwan
電　　話：(02)2370-3310
傳　　真：(02)2388-1990

印　　刷：京峯數位服務有限公司
律師顧問：廣華律師事務所 張珮琦律師

定　　價：299 元
發行日期：2024 年 04 月第一版
◎本書以 POD 印製
Design Assets from Freepik.com

國家圖書館出版品預行編目資料

祕谷俠隱：別有世界，迥非人間 / 白羽 著 . -- 第一版 . -- 臺北市：崧燁文化事業有限公司 , 2024.04
面；　公分
POD 版
ISBN 978-626-394-161-8(平裝)
857.9　　113003603

電子書購買

臉書

爽讀 APP